Brennende

Der Autor

Der Kanadier Rick Mofina hat schon als Fünfzehnjähriger seine erste Kurzgeschichte an eine Zeitschrift verkauft. Nach seinem Studium (Journalismus und Englische Geschichte) berichtete er jahrelang als Reporter aus Kriegs- und Krisengebieten. Heute lebt und arbeitet er als Kommunikationsberater in Ottawa und schreibt »nebenbei« seine erfolgreichen Thriller.

Rick Mofina

Brennende Lügen

Thriller

Aus dem Kanadischen von
Bernhard Liesen und Marie Henriksen

Weltbild

Die Originalausgabe erschien 2006 unter dem Titel *Every Fear*
bei Kensington Publishing Corp., New York

Werner-von-Siemens-Straße 1, 86159 Augsburg
Übersetzung: Bernhard Liesen und Marie Henriksen
Projektleitung & Redaktion: usb bücherbüro, Friedberg/Bay
Umschlaggestaltung: *zeichenpool, München
Umschlagmotiv: www.shutterstock.com (© cineuno)
Satz: Datagroup int. SRL, Timisoara
Druck und Bindung: CPI Moravia Books s.r.o., Pohorelice
Printed in the EU
ISBN 978-3-96377-163-7

2022 2021 2020 2019
Die letzte Jahreszahl gibt die aktuelle Ausgabe an.

Ich widme dieses Buch
Stephen, Mary, Teresa und Amanda

Und der König fuhr fort: Holt mir ein Schwert! Man brachte es vor den König. Nun entschied er: Schneidet das lebende Kind entzwei, und gebt eine Hälfte der einen und eine Hälfte der anderen. Doch nun bat die Mutter des lebenden Kindes den König – es regte sich nämlich in ihr die mütterliche Liebe zu ihrem Kind. Bitte, Herr, gebt ihr das lebende Kind und tötet es nicht! Doch die andere rief: Es soll weder dir noch mir gehören. Zerteilt es!

Altes Testament, Das erste Buch der Könige, 1:3

Erster Tag

1

In der Stunde vor Sonnenaufgang prallte eine Amsel gegen die Scheibe von Maria Colsons Schlafzimmerfenster, und sie wurde aus dem Schlaf gerissen. Der Vogel schlug hektisch mit den Flügeln gegen das Glas und verschwand.

Sie tastete nach ihrem Ehemann, doch Lee war nicht da. Um Mitternacht war er wegen eines Notfalls angerufen worden. Irgendwas mit einem Laster auf der Interstate 5 in der Nähe des Jackson Park. Seine Koteletten hatten ihre Haut berührt, als er sich zu einem Abschiedskuss von ihr über sie gebeugt hatte.

Sie dachte an den Vogel, doch es war verrückt, darüber nachzudenken. *Alles ist in Ordnung,* sagte sie sich. Im Mondlicht sah sie Dylans Kinderbettchen auf der anderen Seite des Flurs. Vielleicht sollte sie nach ihm sehen. Das mit dem Vogel wäre für ihre Großmutter ein schlechtes Omen gewesen. Aber sie war so erschöpft. Sie war den ganzen Tag auf den Beinen gewesen, und letzte Nacht hatte Dylan ihr keinen Schlaf gegönnt. Schließlich hörte sie, wie er sich im Schlaf bewegte, und sie atmete erleichtert auf.

Alles war gut, was interessierten sie die Geschichten ihrer Großmutter.

Sie fiel wieder in einen unruhigen Schlaf. In ihren Träumen verfolgte sie, was sie und Lee in den letzten Jahren an schmerzlichen Erfahrungen durchgemacht hatten. Immer diese irrationale Angst, dass etwas Schlimmes auf sie wartete.

Halt. Nie wieder. Bitte.

Als sie einschlief, träumte sie glücklicherweise von einem Strand in der Karibik. Warmes, azurfarbenes Wasser liebkoste ihre Füße, Palmen wiegten sich in der Brise. Dann wurde sie wach, weil ein Baby weinte. Dylan katapultierte sie in die Realität zurück. Sie stöhnte.

»Nicht doch, Schätzchen. Nur noch ein paar Minuten.«

Das Weinen wurde lauter.

»Schon gut, Süßer, ich komme ja.«

Sie quälte sich aus dem Bett, schleppte sich ins Bad, dann nach unten in die Küche und schließlich wieder nach oben in Dylans Zimmer. Sie nahm ihren Sohn in den Arm. Dann wechselte sie die Windeln, setzte sich in den Schaukelstuhl und fütterte ihn.

Sie küsste seine Finger und seinen Kopf.

Dylan war ihr Ein und Alles.

Während ihrer Jugend hatte sie sich eine Verletzung am Becken zugezogen, und die Ärzte hatten gesagt, wie könne nie Kinder bekommen. Aber sie hatte sich geweigert, ihnen zu glauben und die Hoffnung aufzugeben. Sie hatte Gott angefleht, ihr ein Baby zu schenken, mehr werde sie nie verlangen.

Und es hatte geklappt.

Nach mehreren Jahren. Alle waren überrascht.

Sie lächelte Dylan an. Ihr wurde warm ums Herz, als sie an ihn und an Lee dachte, an ihr gemeinsames Leben, auch wenn es nicht perfekt war. Dunkle Zeiten hatten die Ehe belastet. Es gab finanzielle Probleme. Doch nun hatte sich die Lage gebessert.

Lee arbeitete bei einem Abschleppdienst und verdiente etwas besser wegen der Überstunden, während sie ihre Arbeit aufgegeben hatte, zu Hause blieb und sich um Dylan kümmerte. Doch solange sie einander hatten, würden sie mit allem klarkommen.

Die Sonne war aufgegangen, und Dylan war wieder eingeschlafen.

Sie legte ihn in das Kinderbettchen, ging unter die Dusche und zog dann eine alte Jeans, ein Mariner-T-Shirt und weiße Sneaker an. In der Küche sah es nach ein paar hektischen Tagen mit Dylan chaotisch aus. Lee hatte sein Bestes getan, um ein bisschen Ordnung zu schaffen. Um den Rest würde sie sich später kümmern. Nachdem sie ein Glas Orangensaft getrunken hatte, aß sie ein Muffin und holte die Morgenzeitung aus dem Briefkasten.

Als sie die Titelseite des *Seattle Mirror* sah, schnappte sie nach Luft.

Das große Foto zeigte einen Feuerball. Am nördlichen Stadtrand war auf der Interstate 5 ein Tanklaster explodiert.

Dorthin wurde Lees Abschleppdienst gerufen.

Das Telefon klingelte, und ihr Herzschlag beschleunigte sich.

Im ersten Stock begann Dylan erneut zu weinen. Sie starrte auf das Foto, dann auf das Telefon. Auf dem Bild war Lees Abschleppwagen nicht zu erkennen.

O nein …

In ihrem Kopf ging alles durcheinander. Sie zwang sich, den Hörer abzunehmen.

»Hi, Babe, ich bin's«, hörte sie ihren Mann trotz der lauten Geräuschkulisse an dem Unfallort.

»Lee! Guter Gott, alles in Ordnung?«

»Warum sollte es nicht so sein?«

»Ich habe das Foto auf der Titelseite des *Mirror* gesehen.«

»Ja, die Explosion war schlimm. Auffahrunfälle, doch es wurde niemand verletzt.«

»Da bin ich froh.«

»Nachdem wir an dem Unfallort fertig waren, bin ich gleich zum Abschleppdienst gefahren. Wie sieht's zu Hause aus?«

»Es war eine seltsame Nacht. Ein Vogel ist gegen das Schlafzimmerfenster geprallt.«

»Ist die Scheibe kaputt?«

»Nein.«

»Wie geht's Dylan?«

»Er hat die halbe Nacht geweint, und jetzt geht es schon wieder los. Wir brauchen Milch und Brot. Ich nehme ihn mit zum Einkaufen.«

»Hör zu, Lou hat mir heute Morgen erzählt, er meine es ernst damit, den Abschleppdienst zu verkaufen. Wenn du wieder Vollzeit in dem Supermarkt arbeiten würdest, bekommen wir vielleicht einen kleinen Kredit. Das könnte unsere Chance sein. Was denkst du?«

Schweigen.

»Maria?«

»Lass uns später darüber reden. Ich muss mich jetzt um Dylan kümmern.«

»Gib ihm einen Kuss von mir. Ich liebe dich.«

»Ich dich auch. Pass gut auf dich auf.«

Nachdem sie Dylan angezogen hatte, sagte sie: »Komm, mein Kleiner, wir gehen einkaufen.«

Ein paar Minuten später hatte sie Dylan in den Kinderwagen gepackt.

Das kleine, einstöckige Holzhaus der Colsons stand in

Ballard, einem ruhigen alten Viertel im Nordwesten von Seattle, in der Nähe der Salmon Bay und von Ballard Locks. Die Geschichte des Stadtteils ging bis ins späte 19. Jahrhundert zurück, als hier zumeist Schiffsbauer skandinavischer Herkunft gelebt hatten.

Maria liebte dieses friedliche Viertel. Vogelgezwitscher, vom Puget Sound kam mit der leichten Brise, die durch die Blätter der Ahornbäume, der Platanen und Weiden strich. Zwei Häuser weiter hatte ein ehemaliger Colonel, dessen Blumenkästen immer so gepflegt aussahen, im Vorgarten die Flagge der Vereinigten Staaten gehisst.

In diesem verschlafenen Teil von Ballard passierte nicht viel, abgesehen davon, dass am Ende der Straße eine große Villa im Kolonialstil renoviert wurde. Die Wagen von Baufirmen standen vor der Tür des Lincoln House.

Als sie an einer Ecke die Straße überquerte, musste sie wieder daran denken, wie seltsam die Geschichte mit dem Vogel gewesen war. Lee am Ort des schweren Unfalls, das Foto auf der Titelseite des *Mirror.* Lee würde sie damit aufziehen, das sie an böse Omen glaubte.

Und er würde mit ihr darüber sprechen wollen, Lous Abschleppdienst zu übernehmen.

Was sollte sie dazu sagen? Während er sich nach einem eigenen Geschäft sehnte, träumte sie davon, zu Hause zu bleiben und ein zweites Kind zu bekommen. Auch darüber würden sie reden müssen.

»Denk an unsere Lage«, würde Lee sagen. Maria blickte in den Kinderwagen. Dylan wirkte schläfrig.

Ein paar Straßenecken weiter, als sie vor Kim's Corner Store stand, schlief ihr Sohn fest.

Der Laden hatte große Fenster, und am Eingang musste sie den Kinderwagen zwei Stufen hinaufbugsieren.

Shannon, ein junges Ladenmädchen mit gepiercter Augenbraue und Kopfhörer, schaltete die Musik aus und beugte sich über Dylan.

»Was für ein kleiner Engel.«

»Die letzten paar Nächte war er eher ein kleiner Teufel. Ich habe kaum ein Auge zugetan.«

Als sie den Kinderwagen die Stufen hinaufschob, wurde Dylan wach und begann zu weinen. »Schon gut, schon gut.«

Sie machte kehrt, stellte den Wagen vor das Schaufenster und hob ihren Sohn heraus. Er weinte heftiger und wand sich in ihren Armen, bis sie ihn wieder in den Wagen legte. Erschöpfung überkam sie.

»Du bringst mich noch um, mein Kleiner.«

Shannon nahm den Kopfhörer ab. »Sie können ihn hier draußen lassen. Ich passe auf ihn auf.«

»Sehr freundlich. Macht es Ihnen wirklich nichts aus?«

»Nein, kein Problem.«

»Vielen Dank, ich muss nur schnell ein paar Sachen besorgen.«

Sie blickte die Straße hinauf und hinab. Bei Shannon war Dylan in Sicherheit. Sie hatte ihr das Baby schon häufiger anvertraut. Sie war so müde, es war so anstrengend gewesen mit Dylan während der letzten Tage. Schon ein paar friedliche Augenblicke waren ihr sehr willkommen.

Die Glöckchen über der Ladentür bimmelten.

Mrs Kim saß an der Kasse und lächelte sie an. Sie trug ihre Bifokalbrille und war mit einer Handarbeit beschäftigt.

»Hallo, Maria.«

»Guten Morgen, Mrs Kim.«

Die hölzernen Bodendielen ächzten, als Maria zu dem Kühlschrank im hinteren Teil des Ladens ging. Weiter weg hört sie ein Mobiltelefon klingeln. Es musste das von Shannon sein, denn in dem Geschäft waren außer ihr keine Kunden.

Bei der Milch achtete sie darauf, dass sie möglich frisch war, und dann ging sie zum Brotregal, wobei sie durch den Gang einen Blick aus dem Vorderfenster warf. Sie sah den Kinderwagen und die telefonierende Shannon. Sie wirkte aufgebracht.

Maria ging zu Mrs Kim, um zu bezahlen. Sie legte die Milch und das Brot auf die Ladentheke, öffnete ihr Portemonnaie und blickte erneut aus dem Fenster.

»Schläft das Baby?«, fragte Mrs Kim.

»Ja, während der letzten beiden Tage hat er genug Theater gemacht.«

Wieder bimmelten die Glöckchen. Shannon, noch immer telefonierend, ging nach hinten. »*Das stimmt so einfach nicht.* Ich habe den Brief in meiner Tasche. Ich hole ihn und ...«

Maria blickte auf dem Kinderwagen auf der anderen Seite der Scheibe. Fast hätte sie ihn berühren können. Es war alles in Ordnung, und in ein paar Augenblicken wäre sie hier fertig.

Maria bemerkte das Drehgestell mit den aktuellen Taschenbüchern neben der Kasse und sah nicht den großen Schatten vor dem Schaufenster. Sie brauchte etwas zu lesen. Einen Thriller. Vielleicht würde sie mit Dylan in den Park gehen. Das Drehgestell quietschte, als sie die Titel studierte.

Aus dem Augenwinkel sah sie, dass Mrs Kim nach draußen blickte. Die Miene der alten Frau wirkte verstört, und Maria folgte ihrem Blick. Fast wäre ihr das Herz stehen geblieben.

Der Kinderwagen war verschwunden.

Der Adrenalinstoß setzte ein, und innerhalb eines Augenblicks war sie auf der Straße. Ihre Sinne waren aufs Äußerste angespannt. Der Kinderwagen rollte gerade über die Bordsteinkante. Sie sah noch Dylans weiche Baumwolldecke, und kurz darauf hörte sie mit einem dumpfen Geräusch die Tür eines Lieferwagens zuschlagen. Dann sprang der Motor an, und ihre Finger klammerten sich an einem Griff und einem Spiegel fest, als der Wagen losfuhr.

Sie warf sich auf die Motorhaube und hämmerte mit der Faust gegen die Windschutzscheibe. Finger umklammerten Dylans kleinen Arm und seine Hand. Sie hörte die Schreie ihres Sohnes, während sie verzweifelt versuchte, die Scheibe einzuschlagen.

Der Lieferwagen machte einen Satz. Bremsen kreischten, der Fahrer versuchte sie abzuschütteln. Dann drehte sich alles vor ihren Augen, und sie schlug auf der Straße auf. Sie sah Sterne und hörte den Wagen wegfahren. Als sie wieder sehen konnte, erblickte sie den umgekippten Kinderwagen, dessen Räder sich noch immer drehten. Warmes Blut sickerte in ihre Augen.

Bevor alles schwarz wurde, dachte sie noch an Dylan, an den Abschiedskuss ihres Mannes und die Amsel, die gegen die Scheibe des Schlafzimmerfensters geprallt war.

2

Jason Wade ging in der verwaisten Redaktion zu seinem Schreibtisch.

Willkommen in der Tretmühle.

Seine Frühschicht beim *Seattle Mirror* begann immer mit den Frequenzscannern. Der Polizeifunk hielt ihn auf dem Laufenden darüber, was gerade in Seattle passierte.

Er musste das Gequake verfolgen und entscheiden, was unwichtig war und was vielleicht das erste Anzeichen einer Story, von der die ganze Stadt reden würde. Es war eine Aufgabe, die er mittlerweile ganz gut meisterte. Es blieb ihm ja auch nichts anderes übrig. Als Polizeireporter war er abhängig von den Frequenzscannern und vom Polizeifunk.

Bis jetzt schien nichts Spektakuläres passiert zu sein.

Dann kam der Moment der Wahrheit: Er musste sehen, wie der *Mirror* sich im Vergleich zur Konkurrenz schlug. Ein Coup brachte ein Lob, das am nächsten Tag wieder vergessen war, doch wenn ein anderer einem bei einer Story zuvorkam, war das eine Niederlage.

Herausgeber und Chefredakteure kannten kein Erbarmen.

Er verglich die letzten Ausgaben der *Times* und des *Post-Intelligencer* mit jener des *Mirror.*

Alle brachten dieselben Themen. Ein Mädchen, das bei einer Party in der Nähe der Universität von einem Balkon gefallen war. Zu viel Alkohol. Die Drogenrazzia in der Nähe von Scola Beach, bei der ein paar Schüsse gefallen waren.

Keine Verletzten. Die Messerstecherei in einer Bar in Burien. Das Opfer würde überleben. Der Tanklaster, der auf der Interstate 5 in der Nähe von Jackson Park in Brand geraten war. Alles Kleinkram.

Er entspannte sich ein bisschen und griff nach dem Becher mit Kaffee, den er sich unterwegs besorgt hatte. Vielleicht hatte er die Möglichkeit, an seinen längeren Artikeln weiterzuarbeiten.

Einer galt dem bevorstehenden Jahrestag einer Schießerei, ein anderer dem Thema Terrorismus in Kanada. Und dann war da noch ein alter Fall, über den er zufällig gestolpert war, als er im Archiv nach etwas anderem suchte. Er wollte weiter nachdenken, doch ihm fehlte immer die Zeit dafür.

Etwas an dem Foto des Tanklasters stach ihm ins Auge. Darunter stand »exklusiv für den *Mirror*«, was darauf hindeutete, dass das Foto von einem Freelancer geschossen worden war. Also war keiner der fest angestellten Fotografen vor Ort gewesen, was besagte, dass die Kollegen von der Nachtschicht geschlafen hatten.

Das war nicht gut.

Als er gerade in seinen E-Mails nachschauen wollte, was seine Kollegin ihm über die Vorfälle der Nachtschicht mitzuteilen hatte, hörte er über den Polizeifunk die Stimme einer Einsatzleiterin, die von einem Verkehrsunfall berichtete. So etwas war meistens keine große Sache, doch ihm fiel die angespannte Stimme der Frau auf.

»Die Anruferin hat geweint. Moment. Wir haben die Leitung verloren und versuchen, sie wiederherzustellen.«

»Seventy-six?«

»Seventy-six hier. Ten-four.«

»Bleiben Sie dran.«

Er stellte zwei Scanner auf die nordwestliche Frequenz ein und schaute aus dem Fenster. Der *Mirror* residierte in einem Gebäude an der Ecke Harrison Street und 4th Avenue, ein paar Blocks nördlich des Zentrums. Die Redaktion war im sechsten Stock, die westliche Wand ganz aus Glas. Er sah die Schiffe in der Elliott Bay. Mittlerweile machte er den Job seit einem Jahr, doch die meisten sahen ihn immer noch als Anfänger. Es war lange her, seit er zuletzt eine gute Story gelandet hatte. Und auch, seit sich etwas Positives in seinem Leben ereignet hatte.

Er blickte auf das mit Perlen besetzte Armband an seinem Handgelenk und dachte an Valerie, die es auf dem Pike Place Market für ihn gekauft hatte, vor langer Zeit. Dann schaute er auf das Foto von Karen Harding an seiner Pinnwand. Er fragte sich, was diese beiden Frauen machten, die er einst gekannt hatte.

Die Dinge entwickeln sich nicht immer so, wie man es sich vorstellt, dachte er, bevor er wieder nach der Mail von Astrid Grant suchte, der Polizeireporterin von der Nachtschicht. Seltsam, ihre feindselige Einstellung ihm gegenüber hatte sich nicht geändert; doch das war ihr Problem.

Astrid war ein Vertrag angeboten worden, nachdem sie bei dem letztjährigen Praktikantenprogramm den zweiten Platz belegt hatte. Deshalb war sie noch immer verbittert. Sie war die Tochter eines hohen Tiers aus der Chefetage eines Hollywood-Studios und daran gewöhnt, zu bekommen, was sie wollte. Nach dem Abschluss an der University of California in Los Angeles war sie nach Seattle gekommen in der Erwartung, als Beste unter den Praktikanten abzuschneiden und die Festanstellung zu bekommen. Sie war talentiert und sehr schön, stand aber in dem Ruf, sich an die Storys von Kollegen dranzuhängen, um als Co-Autorin genannt zu werden.

Jason war ein Einzelgänger, der auf eigene Faust arbeitete. Aufgewachsen war er in einem Arbeiterviertel zwischen dem Westufer des Duwamish River und dem Highway 509, in der Nähe des Boeing Field und der Werften. Seit er dort in jungen Jahren als Zeitungsbote den *Mirror* ausgetragen hatte, war es sein großer Wunsch gewesen, später Journalist zu werden.

Und es war nicht einfach gewesen, diesen Traum zu verwirklichen.

Sein Vater war ein trockener Alkoholiker, der in einer Brauerei gearbeitet hatte. Jason hatte dort einen Job als Gabelstaplerfahrer gehabt, um sein Studium am Community College zu finanzieren. Er kannte Cops und verkaufte als Freelancer die ersten Artikel über Kriminalität an Seattles große Tageszeitungen.

Beeindruckt von seinem Eifer, hatte ihm ein Redaktionsleiter vom *Mirror* in letzter Minute den letzten freien Platz des Praktikantenprogramms angeboten. Das war seine Chance gewesen. Die Konkurrenz, zu der auch Astrid zählte, kam ausnahmslos von Eliteuniversitäten und hatte erste Berufserfahrungen bei großen Zeitungen gesammelt. Sechs Praktikanten rangelten um eine Festanstellung, und Jason gewann aufgrund einer großen Exklusivstory. Seitdem hatte er einen Vollzeitjob beim *Mirror*.

Und doch hätte es fast nicht geklappt, und zwar wegen seines Vaters. Bis auf den heutigen Tag weigerte der sich, darüber, zu reden, warum er seinerzeit gezwungen gewesen war, seinen Job bei der Polizei von Seattle aufzugeben. Es hatte ihn seine Ehe gekostet, und fast hätte er Jason mit in den Abgrund gerissen, weil seine Trinkerei ihre Beziehung unerträglich belastete.

Der peinliche Höhepunkt war dann im letzten Jahr gekommen, als sein alter Herr auf der Suche nach seinem Sohn betrunken in der Redaktion auftauchte. Die Scham über diesen Vorfall hatte den Alten dazu gebracht, sich einzugestehen, dass er ein Problem hatte.

Er gab den Alkohol auf und suchte professionelle Hilfe.

Jetzt hatte er ein Jahr keinen Tropfen mehr angerührt und schlug sich großartig. Jason war stolz auf ihn. Er war ein anderer Mensch geworden. Er hatte in der Brauerei gekündigt und sich nach ein paar Kursen den Traum erfüllt, Privatdetektiv zu werden. Eine Detektei, die von einem alten Kumpel aus Polizistentagen geleitet wurde, hatte ihn eingestellt.

Er wandte sich wieder der Gegenwart zu. Keine Mail von Astrid. Seltsam. Sie hatte nie einen Hehl daraus gemacht, dass sie den Job als Polizeireporterin hasste, ihn aber bisher immer wissen lassen, was während der Nachtschicht passiert war. Bis auf dieses Mal. Etwas stimmte nicht.

Er lauschte wieder dem Polizeifunk.

»An alle Streifenwagen im Bereich Ballard, wir haben möglicherweise eine durch einen Unfall verletzte Fußgängerin. Bleiben Sie dran wegen der Bestätigung.«

»Seventy-six, hast du den Notarzt bestellt? Ten-four.«

Er wollte gerade sein Notizbuch aufschlagen, als ihm auf Astrids Schreibtisch deren Tasche auffiel.

Merkwürdig.

Ihre Schicht endete um zwei Uhr morgens. Hatte sie die Tasche vergessen? Er schaute sich in der Redaktion um. Computer, mit Zeitungen, Berichten und Essenresten übersäte Schreibtische. Verwaist. Um diese Uhrzeit war hier niemand.

Auch keine Menschenseele von den anderen Ressorts – Lokales, Wirtschaft, Sport, Unterhaltung, Lifestyle.

Die Tür zum verglasten Büro seines Chefs flog auf. Astrid Grant stürmte zu ihrem Schreibtisch, zog Schubladen auf und packte ihre Sachen so hektisch in ihre Tasche, als würde das Gebäude in Flammen stehen.

»Was ist los?«, fragte er.

Ihr Gesicht und ihre Augen waren gerötet.

»Ich bin gefeuert.«

»Was? Warum?«

»Frag den Idioten.« Sie zeigte auf das Büro des Chefredakteurs des Lokalteils. »Dieser verdammte Unfall mit dem Tanklaster. Ich hab die Schnauze voll von dieser Stadt, wo es ständig regnet. Ich gehe zurück nach L.A.«

Sie schnappte sich ihre Tasche und eilte davon. Er wollte ihr folgen, doch der Polizeifunk hielt ihn auf.

»An alle Streifenwagen im Bereich Ballard. Update. Bei der verletzten Fußgängerin könnte es sich auch um das Opfer eines Mordversuchs handeln. Vielleicht war es kein Unfall. Der Fahrer ist flüchtig. Seventy-six, wann sind Sie vor Ort?«

»In höchstens zehn Minuten. Können Sie die Adresse wiederholen?«

Die Einsatzleiterin tat es, und Jason schrieb mit. Mordversuch mit Fahrerflucht? Das konnte interessant werden. Astrid verschwand in der Kabine eines Aufzugs.

»Wade!«, rief Fritz Spangler, der neue Chefredakteur des Lokalteils.

Er leitete die größte Abteilung des *Mirror* und war Herr über fast hundert Menschen. Spangler kam aus Seattle und hatte seine Karriere beim *Post-Intelligencer* begonnen, bevor er zu den *Daily News* in New York City wechselte. Dort hatte er sich hochgearbeitet, bis er das Angebot vom *Mirror* bekam.

Seit seiner Rückkehr nach Seattle arbeitete er daran, etwas gegen die sinkende Auflage zu tun. Dabei setzte er auf harte Fakten und Exklusivstorys.

Den letzten Pulitzerpreis hatte der *Mirror* in den frühen Neunzigerjahren gewonnen. Selbst Jasons Exklusivstory aus dem letzten Jahr war nicht dafür nominiert worden. Für Spangler war diese große Story Schnee von gestern, der niemanden mehr interessierte.

Ihm war nie etwas gut genug, kein Journalist erfüllte jemals seine Anforderungen. Vor vier Monaten, als Spangler eintraf, hatten dreißig Reporter für den Lokalteil gearbeitet. Jetzt hieß es, Spangler habe die Anweisung, ihre Zahl auf zweiundzwanzig zu reduzieren.

Spangler sprach wenig. Er trug Hemden mit Button-down-Kragen und lockerte nie seine Krawatte. Sein Blick wirkte ständig genervt, so auch jetzt, als er vor Jasons Schreibtisch auftauchte. Er verlor kein Wort darüber, dass er Astrid gefeuert hatte, und lauschte dem Polizeifunk.

»An alle Einheiten in Ballard. Die Sache mit der verletzten Frau und der Fahrerflucht war möglicherweise ein Mordversuch. Eine Mutter mit ihrem Baby ...«

Spangler warf Jason einen Blick zu.

»Warum sind bist du noch hier?«

»Weil das gerade erst gemeldet wurde.«

»Du solltest längst dort sein.«

»Ich kümmere mich darum.«

Jason steckte sein Notizbuch und das Mobiltelefon ein. Er wies auf die Pinnwand, an der seine alte Exklusivstory über Karen Harding hing.

»Nur damit Sie es wissen, ich bin nicht Astrid. Ich weiß, wie ich meine Arbeit tun muss.«

»Dann verschwinde und beweise es. Wir brauchen mal wieder einen richtigen Coup.«

Spangler sollte wissen, dass er keine Angst vor ihm hatte.

»Seventy-six?«, fragte die Einsatzleiterin.

Über Funk hörte man schreiende Polizisten und das Heulen von Sirenen.

»Laut Auskunft des Notarztes sind die Verletzungen des Opfers lebensbedrohlich! Es ist wirklich schlimm. Vielleicht schafft sie es nicht lebend bis ins Krankenhaus. Benachrichtigen Sie besser die Mordkommission!«

3

Grace Garner von der Mordkommission des Seattle Police Department saß in einem Chevrolet Malibu und trank Himbeertee.

Der Wagen, äußerlich nicht als Polizeiauto erkennbar, parkte vor einer Kindertagesstätte. In dem Haus daneben lag die Wohnung eines Mannes, auf den sie wartete. Er war ein möglicher Zeuge in einem Fall, der eigentlich schon zu den Akten gelegt war.

Die Kinder waren wunderbar.

Würde sie jemals selbst eines haben? Wahrscheinlich nicht. Und warum nicht? Weil sie allein war. Das war ihr Leben, das sich ergeben hatte nach dem Vorfall an *jenem Tag*.

Obwohl sie es sich selten eingestand, führte sie ihre Einsamkeit auf den Tag zurück, als Roger Briscoe mit einer unheimlichen, höhnischen Miene zum Englischunterricht erschienen war. Mr Lorton, der Lehrer, hatte gerade zwei Worte – *Joseph Conrad* – auf die Tafel geschrieben. Er blickte die Schüler an und verkündete: »Heute beginnen wir mit *Herz der Finsternis.* Conrad war ein Meister darin …«

Ein Schuss. Mr Lortons Kopf wurde zurückgerissen, und er stürzte zu Boden. Vor ihm stand Roger Briscoe, mit einer Pistole in der Hand, die im Geschirrschrank seiner Mutter versteckt gewesen war, hinter der Soßenschüssel und einer Flasche Jack Daniels.

»Heute nicht, Lorton.« Briscoe richtete die Waffe auf

seine Klassenkameraden. »Heute lernt ihr etwas über meinen Schmerz. Hört gut zu, ihr Ungeziefer.«

Schreie.

Stühle und Tische wurden umgeworfen, als alle zur Tür stürmten. Irgendjemand löste Feueralarm aus. Ohrenbetäubendes Klingeln, ein zweiter Schuss. *»Stehen bleiben!«*, schrie Roger Briscoe. *»Heute bin ich Gott!«*

Mädchen schluchzten, Jungen fluchten. Alle suchten Deckung, alle außer Grace Garner. Sie war ganz ruhig und hatte keine Angst, als sie Briscoe gegenübertrat und ihm direkt in die Augen blickte.

»Lass die Waffe fallen, Roger.«

»Nein.«

»Bitte. Warum tust du das?«

»Du weißt warum, Grace.«

»Bitte, Roger. Tu nicht noch jemandem etwas an.«

»Vergiss es. Ich will alle umlegen.« Er richtete die Waffe auf sie. *»Auch dich.«*

Zwei Mitglieder der Ringermannschaft, kleine, flinke Jungen, stürzten sich auf Briscoe, schlugen ihm die Pistole aus der Hand und hielten ihn fest, bis die Sirenen der Streifenwagen ertönten.

Nie würde sie Mr Lortons weit aufgerissene Augen vergessen, die leblos an die Decke starrten.

Als er aufgebahrt wurde, waren sie geschlossen.

Die Schule, die Stadt und das Seattle Police Department zeichneten sie und die beiden Jungen wegen ihrer Tapferkeit aus. Weil sie verhindert hatten, dass bei dieser Tragödie noch mehr Menschen ums Leben kamen. Zu der Zeit hatte sie beschlossen, Polizistin zu werden.

Nach dem College, das sie mit Bestnoten abgeschlossen hatte, dachte sie darüber nach, sich beim FBI zu bewerben, doch schließlich hatte sie sich für das Seattle Police Department entschieden. Angefangen hatte sie als Streifenpolizistin, und sie wurde ausgezeichnet, weil sie einen flüchtigen Kriminellen festgenommen hatte, der bei einem Banküberfall einen Schalterbeamten verwundet hatte. Bei der Weiterbildung hatte sie auch immer mit Bestnoten abgeschnitten, und dann hatte man ihr vor ein paar Monaten den Job bei der Mordkommission angeboten, was einigen männlichen Kollegen der alten Schule gar nicht gefiel.

Sie war die einzige Frau bei der Mordkommission, und diese Machos machten ihr das Leben schwer mit ihren dummen Bemerkungen über Frauen im Allgemeinen und Polizistinnen im Besonderen.

Das war ihre Lebensgeschichte bis jetzt.

Eine hochintelligente, einsame Polizistin, für die es nur ihre Arbeit gab. Aber vielleicht wollte sie jetzt einfach nicht länger allein sein. Du wirst nicht jünger, dachte sie, als sie die süßen Kinder vor der Kita sah.

Schluss mit dem Selbstmitleid.

»In Gedanken wieder mal woanders?«, fragte Detective Perelli, der neben ihr auf dem Beifahrersitz saß.

»Entschuldige, Dom. Was hast du gesagt?«

»Dass es für mich nicht so aussieht, als würde unser Typ noch auftauchen. Ich schlage vor, wir warten noch zehn oder fünfzehn Minuten und fahren dann zurück. Wir haben im Büro Papierkram zu erledigen.«

»Du sagst es.«

»Ach übrigens, wie ich höre, hat Jake vom Einbruchsdezernat zwei Karten für das Spiel am Sonntag. Rechne mit meinem Anruf.«

»Hör auf, dich immer um mich kümmern zu wollen.«

»Ich kann nicht anders. Wenn ich schon sehe, wie du diese Kinder anschaust ... Als hättest du das Gefühl, dass das Leben an dir vorbeigeht.«

»Was?«

Er trank einen Schluck kalten schwarzen Kaffee.

»Seit zehn Monaten arbeiten wir jetzt zusammen, und du weißt alles über mich. Achtzehn Jahre bei der Polizei, davon die letzten acht bei der Mordkommission. Verheiratet, drei Kinder, eine Hypothek und Rückenschmerzen. Deshalb bin ich manchmal ein ziemlicher Dreckskerl.«

»Was willst du sagen?«

»Du öffnest dich mir gegenüber nie, obwohl es eigentlich so sein sollte.«

»Sei nicht so neugierig, Dominic.«

»Wie alt bist du, siebenundzwanzig oder achtundzwanzig?«

»Warum ist das wichtig?«

»Niemand schafft es in so jungen Jahren in die Mordkommission. Du bist anders. Weißt du, was die Jungs vom Einbruchsdezernat über dich gesagt haben, als du von ihnen zu uns gewechselt bist?«

»Interessiert mich nicht.«

»Dass du eine traurige junge Frau bist und dass wir einen Mann für sich suchen sollten, der dich glücklich macht. Sieh dir Jake an vom Dezernat für Internetkriminalität. Er ist ein kleiner Computerfreak, und doch ist er jetzt mit ... Aua!«

Sie hatte ihm den Ellbogen in die Rippen gestoßen, damit er endlich aufhörte.

Ihr Mobiltelefon klingelte.

»Garner.«

»Boulder hier. In Ballard wurde eine Frau angefahren. Fahrerflucht. Vielleicht sogar ein Mordversuch. Der Notarzt sagt, dass sie es vielleicht nicht überleben wird. Fahrt zu dem Krankenhaus in Ballard und seht, ob sie noch eine Aussage machen kann. Dann fahrt ihr zu Schaeffer und Berman, die am Ort des Unfalls oder am Tatort auf euch warten. Ich melde mich, wenn ich ihren Namen und Details über die Familie habe.«

»Okay.« Sie ließ den Motor an.

»Noch etwas, Grace. Das FBI wird sich auch mit dem Fall befassen.«

»Das FBI? Warum?«

»Wer immer sie angefahren hat, er hat auch ihren kleinen Jungen entführt.«

Die Aussage eines sterbenden Verbrechensopfers konnte gut dazu beitragen, einen Fall zu knacken. Grace wusste das. Vor ein paar Monaten war bei einem bewaffneten Raubüberfall in der Nähe des Flughafens auf einen Sicherheitsbeamten geschossen worden. Bevor er starb, hatte er die Gürtelschnalle des Täters beschrieben, was zu dessen Verhaftung geführt hatte.

Während der Fahrt nach Ballard telefonierte Perelli, um weitere Informationen über das Opfer zu bekommen. Eine Viertelstunde nach Boulders erstem Anruf bog Grace von der Barnes Avenue auf den Parkplatz des Krankenhauses ab.

In der Notaufnahme sagte ihnen die Schwester am Empfang, wohin Maria Colson gebracht worden war. Auf dem Weg dorthin begegneten Grace und Perelli zwei Krankenschwestern, die ein Bett in einen großen Aufzug rollten.

»Besuche sind nicht gestattet«, sagte die ältere Schwester.

Grace zeigte ihre Dienstmarke. »Wir müssen so schnell wie möglich mit Mrs Colson reden.«

»Machen Sie Witze? Sie ist bewusstlos und hat eine schwere Kopfverletzung. Wir bringen sie gerade in den OP.«

Grace musterte die junge Mutter, die noch dieselbe Kleidung trug wie bei dem Einkauf mit ihrem kleinen Sohn in dem Eckladen, wo sie Milch und Brot besorgen wollte. Weiße Sneaker, eine verwaschene Jeans, mittlerweile genauso zerrissen wie das blutverschmierte T-Shirt mit dem Emblem der Mariners. Sie bekam eine Infusion und trug eine transparente Sauerstoffmaske. Das Gesicht war übersät mit Hautabschürfungen.

»Wie schlimm ist es?«, fragte Perelli.

»Es sieht nicht gut aus.«

»Wie lange wird die Operation dauern?«

»Schwer zu sagen. Bestimmt ein paar Stunden.«

»Hat sie etwas darüber gesagt, was passiert ist?«

»Nein, sie war die ganze Zeit bewusstlos.«

»Und im Krankenwagen?«

»Fragen Sie die Rettungssanitäter. Sie sind noch hier.«

Grace und Perelli fanden sie in der Cafeteria. »Sie war in einem schlechten Zustand, als wir eintrafen«, sagte einer von ihnen. »Sie war nicht ansprechbar. Manchmal reden sie noch in der Notaufnahme, aber meistens ist es unverständlich, weil sie unter Schock stehen.«

Grace und Perelli kehrten in die Notaufnahme zurück und befragten einige Pfleger, die Maria stabilisiert und für die Operation vorbereitet hatten. Niemand von den Pflegern erinnerte sich, dass sie etwas gesagt hatte. Aber eine Schwester konnte etwas sagen.

»Ich habe gehört, dass sie etwas vor sich hin gemurmelt hat.«

Grace zog einen Stift und ihr Notizbuch hervor.

»›Warum nehmen sie mir mein Baby weg?‹, glaube ich verstanden zu haben.«

»Sie?«, wiederholte Grace. »Sind Sie sicher, dass sie die Mehrzahl benutzt hat?«

»Ja, die Patientin hat ›sie‹ gesagt.«

»Nicht vielleicht doch ›er‹?«, hakte Grace nach. Sie musste sich absolut sicher sein.

»Nein.«

»Ist Ihnen noch etwas aufgefallen?«

Am Empfang versuchten zwei Schwestern einen aufgebrachten Mann zu beruhigen.

»Maria! Wo ist meine Frau?«

»Wir kümmern uns um sie, Mr Colson«, versicherte eine der Schwestern.

Seine dunkelblaue Arbeitshose war fleckig, das Flanellhemd steckte nicht im Hosenbund. Sein unrasiertes Gesicht war von tiefen Sorgenfalten durchzogen. Die Augen waren rot gerändert.

Grace ergriff den Arm des Mannes. »Ich bin Detective Garner, Mr Colson, und das ist mein Kollege Detective Perelli. Die Ärzte kümmern sich um ihre Frau und tun, was sie können.«

»Ich muss Dylan sehen. Ist er verletzt? Wo ist mein Sohn?«

»Dann hat es Ihnen noch niemand gesagt?«, fragte Grace.

»Was?«, fragte Colson schwer atmend. »Ich wurde von der Sekretärin des Abschleppdienstes während der Arbeit angerufen. Sie sagte, Maria und Dylan hätten einen Unfall gehabt und seien in dieses Krankenhaus gebracht worden. Würde mir bitte jemand erzählen, was eigentlich los ist?«

Grace tauschte Blicke mit Perelli und den beiden Schwestern aus.

»Kommen Sie mit.«

4

Jason bog vom Parkplatz des *Mirror* ab und schlug den kürzesten Weg zum Ort des Vorfalls ein.

Erst die Elliott Avenue zur 15th Street, dann in nördlicher Richtung über die Brücke nach Shillshole, und schon würde er da sein. Er fuhr einen roten Ford Falcon, Baujahr 1969, und scherte sich nicht um das Tempolimit.

Spangler schätzte das Können der Journalisten im Ressort Lokales falsch ein. Verglichen mit Reportern aus New York waren sie für ihn sämtlich nur Bauerntölpel.

Die Narbe unter Jasons Kinn war ein Beleg dafür, dass er als investigativer Journalist immer dicht an seinen Storys dranblieb, doch für Spangler bedeutete das gar nichts. Wahrscheinlich hatte er ihn ins Visier genommen, genau wie Astrid.

Zum Teufel damit.

Er überquerte die Ballard Bridge, die sich über die Salmon Bay spannte. Zu schade, Astrid hatte echt Pech gehabt, doch Tatsache blieb, dass ihr im Polizeifunk und vor Ort ständig etwas entgangen war. Sie hatte es nicht geschafft, wirklich interessante Neuigkeiten zu entdecken.

Gezielte Informationsbeschaffung war nicht jedermanns Sache.

Vor Kim's Corner Store war die Straße mit gelbem Flatterband abgesperrt. Davor Polizei- und Übertragungswagen sowie eine wachsende Zahl von Neugierigen. Man hörte das Gequake aus Funkgeräten, ein Cop hatte das rötlich flackernde Alarmlicht nicht abgeschaltet.

Jason parkte ein Stück entfernt und machte sich auf zu den Reportern an der Absperrung. Dabei kam er an einem leeren Streifenwagen vorbei, dessen Tür offen stand. Die Polizei von Seattle nutzte Mobile Data Computers, und niemand sah, wie er sich bückte und einen Blick auf das Display warf.

Maria Jane Colson
104 Shale St.

Lee William Colson
104 Shale St.

Darunter stand noch etwas, doch die Schrift war zu klein, um sie lesen zu können. Er trat zwischen zwei Übertragungswagen und schrieb die Namen und die Adresse auf. Die Straße war ganz in der Nähe. Bevor er weiter darüber nachdenken konnte, lenkte ihn ein lauter Bariton ab.

»Wenn das nicht der legendäre Jason Wade ist«, sagte der gebräunte David Troy, erfahrener Polizeireporter vom Sender WKKR.

»Was genau ist passiert, Dave?«

»Nach dem, was ich gehört habe, wurde eine Mutter, die mit ihrem Baby einkaufen war, von einem Auto angefahren. Der Fahrer des Wagens ist flüchtig. Die Frau wird nicht durchkommen.«

»Ja, das habe ich auch gehört.«

»Wir warten darauf, dass die Detectives mit uns reden. Sie sind in dem Laden.«

»Kennst du den Namen der Mutter?«

»Noch nicht.«

Dann habe ich einen Vorsprung, dachte Jason befriedigt.

»Wie sieht's mit Zeugen aus?«

»Bisher gibt es keine.«

»Sicher?«

»Ich bin mir sicher, dass du mir nicht zuvorkommen wirst. Wenn dein Blatt diese Story bringt, ist sie schon Schnee von gestern.« Er schaute auf die Satellitenschüssel auf dem Übertragungswagen. »In fünf Minuten gehen wir auf Sendung. Sieh dir die Bilder an. Die sagen mehr als tausend Worte.« Er zog einen Taschenspiegel hervor und überprüfte für den bevorstehenden Auftritt sein Aussehen.

Kameras richteten sich auf die Mitarbeiter der Spurensuche. Jason wartete auf der anderen Seite der Absperrung. Der umgekippte Kinderwagen, die Blutlache in der Nähe des Bordsteins, Rutschspuren auf dem Asphalt. Ist das da ein Scheibenwischer? Er versuchte sich vorzustellen, wie es sich abgespielt hatte. Neben den Kameraleuten der Sender waren auch Fotografen da, unter ihnen Nate Hodge vom *Mirror,* der ihm zunickte.

Jason hatte eine Idee. Er überquerte die Straße, betrat den Vorraum des Eisenwarengeschäfts Arnie's Hardware und rief beim seiner Zeitung an.

»Kelly Swan, *Seattle Mirror.*«

»Hallo Kelly, hier ist Jason Wade. »Ich bin in Ballard wegen eines mysteriösen Verkehrsunfalls, der sich als Mordversuch herausstellen könnte. Ich brauche deine Hilfe.«

»Kein Problem, Jason.«

Er buchstabierte die Namen Maria Jane und Lee William Colson.

»Jag die Namen mal durch unser elektronisches Archiv. Mal sehen, ob was dabei herauskommt.«

»Bleib dran.«

Er hörte Kelly auf ihrer Tastatur tippen.

»Nichts über Lee William Colson. Halt, hier ist etwas über einen William Colson, doch das ist ein Baby.«

»Ein Baby? Klick das mal an.«

Während er wartete, schaute er in das Eisenwarengeschäft. Er glaubte einen Detective zu erkennen, der mit einem älteren Mann sprach. *Worum geht's da?* Er würde sich später darum kümmern.

»Hör zu«, sagte Kelly. »Es stand nicht in der Werktagsausgabe, sondern in unserer Wochenzeitung. Keine Story, sondern nur ein paar Worte unter einem einige Wochen alten Foto von Maria Colson und ihrem Sohn Dylan, der sich auf einem Wohltätigkeitsbasar in Ballard Kinderspielzeug ansieht. Was für ein süßer kleiner Kerl.«

»Kannst du mir das Bild schicken?«

»Wird gleich erledigt.«

Nach dem Ende des Telefonats warf er einen Blick auf die Adresse der Colsons. Es war nicht weit weg, vielleicht drei oder vier Straßenecken entfernt. Er hatte eine Ahnung und wollte ihr nachgehen. Er rief den Fotografen des *Mirror* an.

»Hodge.«

»Hallo Nate, hier ist Jason. Ich muss weg, um etwas zu überprüfen. Ruf mich an, wenn die Polizei eine Stellungnahme abgibt.«

»Kein Problem.« Er senkte die Stimme. »Hör zu, ein befreundeter Cop hat mir erzählt, es sehe so aus, als hätten sie das Kind entführt.«

»Was sagst du da?«

»Wer immer die Mutter angefahren hat, hat ihr Baby gekidnappt.«

Gekidnappt?

Sein Herzschlag beschleunigte sich. Hier ging es um mehr als Fahrerflucht. »Das könnte eine große Story werden. Sag Bescheid, wenn sich etwas tut.«

Kurz darauf konnte er sich das Foto auf dem Display seines Mobiltelefons anschauen. Maria Colson und ihr Sohn Dylan, beide lächelnd. Mutter und Kind. Was genau war geschehen? Bisher wusste er es nicht.

Als er um eine Ecke bog, sah er einen Streifenwagen vom Seattle Police Department vor dem einstöckigen Haus der Colsons stehen. Bingo. Andere Journalisten waren nicht vor Ort. Sehr gut. Er war fast da, als er eine Frau aus dem Vorgarten der Colsons kommen sah. Sie ging in seine Richtung.

»Entschuldigen Sie.« Er trat ihr in den Weg, zeigte ihr einen Presseausweis und gab ihr seine Karte. »Jason Wade vom *Seattle Mirror.* Kann ich mit Ihnen reden?«

Sie sagte nichts, bis er auf seinem Handy das Foto aufrief und es ihr zeigte.

»Wissen Sie, wer das ist?«

Ihr traten Tränen in die Augen, und sie nickte. »Das ist Maria mit ihrem kleinen Sohn Dylan.«

»Colson?«

»Genau.«

»Sind Sie mit ihnen verwandt oder eine Freundin?«

Sie gab ihm das Handy zurück und zeigte auf ein Haus auf der gegenüberliegenden Straßenseite. »Freundin.«

»Und Sie heißen?«

Sie zögerte.

»Ein Zeitungsartikel könnte dazu beitragen, herauszufinden, wer das getan hat.«

»Annette.«

»Nachname?«

»Tabor.«

Er zog sein Notizbuch hervor und schrieb den Namen auf.

»Ich habe nach Lee gesucht, doch er ist nicht da«, sagte sie.

»Lee?«

»Marias Ehemann. Der Polizist vor dem Haus glaubt, dass er zu dem Krankenhaus gefahren ist, zu dem sie Maria gebracht haben. Wenn er da gewesen wäre, hätte ich ein paar Dinge eingepackt für Maria, aber der Cop wollte mich nicht reinlassen.«

»Wissen Sie, was wirklich passiert ist?«

»Ich weiß nur, was Shannon mir erzählt hat.«

»Shannon?«

»Meine Tochter. Sie arbeitet in dem Laden. Die Detectives wollten sie nicht mit mir reden lassen, doch sie hat später angerufen. Sie hat nicht gesehen, wie sie Dylan verschleppt haben.«

»Wer? Wer hat Dylan entführt?«

»Keine Ahnung, aber sie müssen ihn finden! Hat die Polizei Ihnen etwas gesagt über Maria? Ist sie schwer verletzt?«

»Ich weiß bisher auch nichts Genaueres über sie.«

»Und über Dylan?«

»Auch nichts. Bisher sind die Cops sehr schmallippig.«

»Ich habe ein schlechtes Gefühl.« Annette Tabor schaute auf das Haus der Colsons. »Guter Gott, warum Lee und Maria? Die beiden haben so viel durchgemacht. Und jetzt das!«

»Wovon reden Sie. Was haben sie durchgemacht?«

Annette Tabor schüttelte den Kopf. »Vergessen Sie's, ich hätte nichts sagen sollen. Entschuldigen Sie, ich muss jetzt gehen.«

5

Von den Buntglasfenstern der Krankenhauskapelle blickten Engel auf Lee Colson hinab.

Grace Garner und Perelli sahen ihn auf einer der Eichenbänke sitzen. Der Mann schien völlig durcheinander zu sein.

Dr. Raj Binder, ein Harvard-Absolvent, trat mit einer Schwester in die Kapelle und sprach mit einer Empathie, als wäre er seit Jahren mit Colson befreundet.

»Mr Colson, Ihre Frau Maria wird oben gerade operiert.«

Colson schaute den Arzt an.

»Sie hat eine schwere Gehirnerschütterung. Sie ist mit dem Kopf auf die Bordsteinkante geschlagen, wodurch Nervenfasern durchtrennt wurden. Dazu kommt eine Gehirnblutung. Als sie eingeliefert wurde, war sie bewusstlos. Unsere besten Neurologen operieren sie. Das könnte ein paar Stunden dauern. Zurzeit kann niemand sagen, wie der Ausgang sein wird. Vielleicht wird sie wieder ganz gesund, ohne jeden Gedächtnisverlust, aber sie könnte auch periodisch an Amnesie leiden.« Binder berührte Colsons Schulter. »Es ist aber auch möglich, dass sie nie wieder zu Bewusstsein kommt.«

»Besteht Lebensgefahr?«

»Leider ja.«

»Wer hat das getan ... Ich verstehe nicht ... Wo ist Dylan?«

Grace setzte sich neben ihm auf die Kirchenbank.

»Da ist noch etwas«, sagte sie.

»Noch etwas? Was zum Teufel ist passiert?«

»Ihr Sohn wurde entführt, Mr Colson.«

»*Entführt?* Was? Wer …?«

»Soweit wir wissen, hat Ihre Frau den Kinderwagen vor Kim's Corner Store bei einer Angestellten stehen lassen, während sie den Laden betrat, um ein paar Einkäufe zu machen. Die Angestellte, eine Teenagerin, hat dann den laden betreten, und während dieser Zeit hielt ein Fahrzeug, vermutlich ein Lieferwagen. Jemand stieg aus, schnappte sich Dylan und wollte mit ihm flüchten. Maria hat es aus dem Geschäft gesehen. Sie ist nach draußen gestürmt und hat versucht, den Wagen aufzuhalten, und da wurde sie angefahren. Wir werden jetzt Ihre Hilfe benötigen. Haben Sie irgendeine Ahnung, wer das getan haben könnte?«

»Nein. *Nein!*«

Es ist verrückt. Sie sind alle Idioten.

Colson musterte nacheinander Grace, Binder, Perelli und Cindy von der psychologischen Beratungsstelle. Gab es Anzeichen für Betrug, einen Fehler, einen grausamen Scherz? So etwas musste es sein, denn man sagte einem Mann nicht mal eben so, seine Frau liege im Sterben und sein Sohn sei entführt worden.

Doch als er ihre ernsten Gesichter sah, wusste er, dass es die Wahrheit war.

Als er sie zu akzeptieren begann, hatte er das Gefühl, sich nicht mehr auf den Beinen halten zu können, wenn er aufstehen würde. Er blickte sich in der Kapelle um wie ein Mann, der in der Falle saß.

In seinem Beruf hatte er Menschen geholfen, die mit einem Platten oder einer leeren Autobatterie liegen geblieben waren.

Sie waren immer so dankbar, weil er sie gerettet hatte. Nun konnten sie weiterfahren auf dem Highway des Lebens.

Doch es gab auch Unfälle, wo er nicht mehr helfen konnte, weil es zu spät war. Leichen, zerquetscht zwischen Autowracks. Wenn die befreit waren, zog er die Wracks auf seinen Abschleppwagen. Manchmal klebte an ihnen noch Blut und Hautgewebe. Aber er verfügte über so etwas wie professionelle Distanz und konnte sich davon lösen, selbst wenn er die Habseligkeiten der Toten sah – Bierdosen, Brieftaschen, Mobiltelefone, Einkäufe, Geschenke, Jacken, Schuhe, Kindersitze, Spielzeuge ...

Seine größte Hoffnung – wie die aller Rettungssanitäter, Cops und Feuerwehrleute – war es, dass er nie selbst betroffen sein würde.

Solche Tragödien trafen nur die anderen, nicht einen selbst.

Also erzählen sie nur Unsinn. Es ist alles nicht wahr. Es ist nicht wahr, weil ich vor ein paar Stunden noch mit Maria gesprochen habe. Es ging ihr gut. Sie wollte mit Dylan einkaufen gehen, weil wir Milch und Brot brauchten. Das ist alles. Man bezahlt nicht mit dem Leben dafür, dass man Milch und Brot einkauft.

Also ist alles ein Irrtum.

Sie haben nichts bewiesen. Sie werden beweisen müssen, dass es wahr ist.

»Ich will Maria sehen!« Colson stand auf und machte sich von Grace' Griff frei, als die in festhalten wollte. »Ich will meinen Jungen sehen. Meine Frau und meinen Sohn, sofort!!«

»Immer mit der Ruhe, Colson.«

Binder bat ihn, sich wieder zu setzen.

»Es ist nicht wahr, weil ich gerade noch mit ihr telefoniert hatte. Ich konnte Dylan weinen hören. Letzte Nacht habe ich ihnen einen Abschiedskuss gegeben ... Es kann nicht wahr sein ... Wir haben Pläne ... Sie wollte nur Milch und Brot holen ...«

Die Tür der Kapelle öffnete sich, und ein Mann in einem dunklen Anzug trat ein.

»Detective Garner?«

Er zeigte ihr seinen Dienstausweis. Special Agent Kirk Dupree vom FBI.

»Können wir unter vier Augen reden?«

In der hellen Halle vor der Kapelle fiel ihr sein ordentlich gescheiteltes, grau meliertes Haar auf. Sein Blick wirkte fast feindselig.

»Ist das Mr Colson da drin?«, fragte Dupree.

»Ja.«

»Ich will eine Aussage.«

»Dazu kommen wir später. Wir haben ihm gerade erst das mit seiner Frau und seinem Sohn erzählt.«

»Wie geht es ihr?«

»Sie ist bewusstlos und wird es vielleicht nicht überleben.«

»Das ist Ihr Fall, sehe ich das richtig?«

»Ja.«

»Für die Entführung sind wir zuständig. Ich will, dass Mr Colson umgehend in sein Haus zurückkehrt für den Fall, dass die Entführer sich melden – telefonisch, per E-Mail oder durch einen Kurier. Unsere Techniker sind unterwegs. Haben Sie eine Fahndung eingeleitet und eine Pressekonferenz mit ihm angesetzt?«

»Alle Kollegen haben eine Beschreibung des Lieferwagens.«

»Wir müssen die Öffentlichkeit im gesamten Bundesstaat über Radio und Fernsehen informieren, verstanden?«

»Wir sammeln noch Informationen dafür.«

»Es geht mir nicht schnell genug.«

»Pardon?«

»Ist Ihnen klar, dass bei den meisten Entführungen dieser Art innerhalb der ersten paar Stunden gemordet wird, Detective Garner?«

»Das ist mir bewusst«

»Sie haben bereits eine Stunde verloren. Verstehen Sie, was ich meine? Hier kann Colson nichts tun für seine Frau. Er muss helfen, sein Kind zu retten. Da Sie noch keinen Mordfall haben, übernehmen wir.«

»Darf ich noch mal Ihren Dienstausweis sehen?«

Dupree runzelte die Stirn, als sie ihn studierte.

»Da steht nichts davon, dass Sie ein Arschloch sind, das die Autorität hat, mich zu tyrannisieren.«

Seine Gesichtszüge entgleisten.

»Kurz nachdem der Notruf kam, hatten wir Leute am Ort des Geschehens«, fuhr sie fort. »Wir waren rechtzeitig hier, um zu sehen, ob Maria Colson noch eine Aussage machen konnte, doch sie war bewusstlos und wurde gerade in den OP gebracht. Dann wollten wir ihren Mann befragen, doch der ist kaum vernehmungsfähig. Wir haben *keine* Zeit verloren, Dupree, haben Sie mich verstanden?«

Ihr Mobiltelefon klingelte.

»Berman hier, Grace. Ich glaube, wir haben etwas.«

»Was?«

»Es ist möglich, dass die Überwachungskamera des Eisenwarengeschäfts gegenüber von Kim's Corner Store alles aufgezeichnet hat.«

6

»Ich verstehe das nicht. Warum sind die Bilder nicht da?«

Arnie Rockwell, vierundsiebzig Jahre alt, ließ die Aufnahme seiner Überwachungskamera einmal mehr zurücklaufen.

Grobkörnige Schwarzweißbilder seines Eisenwarengeschäfts erschienen auf dem kleinen TV-Monitor auf der Ladentheke. Oben auf dem Bildschirm sah man durch das Fenster die Straße. Ab und zu kamen ein Auto oder ein Passant vorbei. Ein Teil des Bereichs vor Kim's Corner Store war sichtbar.

Aber Dylan Colsons Entführung war nicht aufgezeichnet worden.

»Ich verstehe das nicht«, wiederholte Rockwell.

Er kratzte sich mit einer von Altersflecken gesprenkelten Hand am Kopf, als könnte er so eine Erinnerung heraufbeschwören. Sein Sohn hatte die billige Überwachungskamera vor Jahren installiert, nachdem ein pickeliger Teenager versucht hatte, ein Jagdmesser zu stehlen. Die Anlage war alt, funktionierte aber noch.

Arnie Rockwell führte dieses Geschäft, seit er aus dem Koreakrieg zurückgekehrt war, lange vor der Zeit, als sein Gedächtnis immer schlechter geworden war. Lange bevor seine Frau, die glücklicherweise die Regale in Ordnung hielt, ihn davon zu überzeugen versuchte, in den Ruhestand zu treten. Er weigerte sich. »Da könnte ich mich gleich beerdigen lassen«, lautete sein lakonischer Kommentar.

Jetzt war er ratlos.

»Ich verstehe das nicht«, sagte er zum dritten Mal. »Die Bilder müssten da sein.«

»Mr Rockwell, auf der Aufnahme Ihrer Überwachungskamera erscheint kein Datum«, sagte Grace Garner. »Sind Sie sicher, dass die Kamera heute eingeschaltet war?«

»Worauf Sie sich verlassen können. Ich bewahre die alten Videokassetten auf und wechsle sie etwa einmal pro Woche. Und ich weiß, dass ich das Band gewechselt habe nach dem, was heute Morgen passiert ist.«

»Wo liegen die Bänder?«

»Im Hinterzimmer.«

»Zeigen Sie es uns.«

Es war ein chaotischer Raum, das Durcheinander war bezeichnend für Arnie Rockwells Gedächtnisschwäche. Paletten, Kartons, Lattenkisten, gestapelt bis zur Decke. Fässer und Eimer mit Schrauben, Nieten und Nägeln. An den Wände Kalender mit leicht bekleideten Mädchen und Autokennzeichen aus dem Fünfzigern. Der Schreibtisch war übersät mit ungeöffneten Briefen, Rechnungen, Geschäftsbüchern, alten Illustrierten und einem Berg von Videokassetten. Vielleicht fünfzig, schätzte Grace. Alle unbeschriftet. Sie blickte Schaeffer und Berman an.

»Ich dachte, wir hätten die Bilder, Grace«, sagte Berman.

»Geht diese Bänder mit ihm durch und ruft mich an, wenn ihr die Bilder findet.« Sie schaute auf die Uhr. »Ich fahre zu Kim's Corner Store.«

Sie verloren Zeit.

Dupree war ein typischer Repräsentant des FBI in der Art und Weise, wie er den Fall an sich gerissen hatte, doch Grace wusste, dass er recht hatte. Es gab wenig Hoffnung, dass sie das Kind lebend finden würden. Sie standen extrem unter Druck.

Als sie die abgesperrte Straße überquerte, riefen die Journalisten auf der anderen Seite des Flatterbands: »Detective Garner, haben Sie eine Stellungnahme für uns?«

Angeblich sollte jemand von der Pressestelle des Seattle Police Department hier sein, um sich um die Medienvertreter zu kümmern. Grace winkte ab. Das hatte ihr gerade noch gefehlt angesichts dieser Kombination von Mordversuch und Entführung.

Die Ärzte hatten gesagt, nach der Operation könne es Stunden dauern, bis Maria wieder zu Bewusstsein komme. *Wenn überhaupt.* Grace bezweifelte, dass sie überleben würde, und sie hatte den Ehemann auf das Schlimmste vorbereitet. Das FBI hatte ihn nach Hause gebracht für den Fall, dass Dylans Kidnapper sich meldeten.

Dieser Fall war nervenaufreibender als die meisten anderen. Keine verlässlichen Zeugen, die Pleite mit den Bändern der Überwachungskamera, keine entscheidenden Beweise, Zeitdruck. Die Jungs von der Spurensuche in ihren weißen Schutzanzügen beschäftigten sich mit der Blutlache und dem Kinderwagen. Sie war wütend, würde aber nicht aufgeben. Sie brauchte einen Durchbruch, zumindest eine Spur, die sie dorthin führen würde.

Die Glöckchen über der Ladentür bimmelten, als sie Kim's Corner Store betrat.

Dominic Perelli befragte eine Jugendliche mit gepiercter Augenbraue.

»Das ist Shannon Tabor«, sagte Perelli zu ihr. »Sie arbeitet hier.«

Im hinteren Teil des Ladens sprach eine Frau Mitte fünfzig mit zwei uniformierten Polizisten.

»Und das da hinten ist Betty Kim, die Inhaberin des Geschäfts. Miss Tabor, das ist meine Kollegin Detective Grace Garner.«

Grace und Shannon nickten einander zu.

Berman hatte zuvor bereits angerufen und ihr und Perelli mitgeteilt, was die beiden Frauen gesehen hatten. Aber sie mussten persönlich hören, was die beiden zu sagen hatten, bevor sie später beim Seattle Police Department eine offizielle Aussage machen mussten.

Shannon hatte geweint und schluchzte immer noch.

»Wie oft soll ich es Ihnen noch sagen? Es ist nicht meine Schuld! Ich möchte nur noch nach Hause!«

»Niemand gibt Ihnen die Schuld. Sagen Sie einfach, was passiert ist.«

»Ich habe vor dem Laden gefegt. Maria hat mich gebeten, auf Dylan aufzupassen, während sie einkaufte. Dann wurde ich auf meinem Mobiltelefon angerufen. Ich sah, dass Maria bereits an der Kasse stand und jeden Moment herauskommen und bei Dylan sein würde. Also bin ich reingegangen.«

»Wer hat Sie angerufen?«

Shannon wandte den Blick ab.

»Wir haben keine Zeit, Shannon. Antworten Sie, oder ich finde es auf einem anderen Weg heraus.«

»Cody, mein Freund. Er ist einundzwanzig, und meine Mutter würde ausflippen, wenn sie es wüsste.«

»Nachname?«

»Whitfield. Er arbeitet als Schreiner bei der Renovierung des Lincoln House mit.«

»Ich brauche seine Telefonnummer und muss wissen, warum er sie zu der Zeit angerufen hat.«

»Nur um zu reden.«

»Worüber?«

»Über den Besuch eines Konzerts.«

»Ist Ihnen irgendetwas Außergewöhnliches aufgefallen, bevor es passierte?«

Shannon schüttelte den Kopf.

»Ich habe nichts gesehen«, schluchzte sie. »Wird Maria wieder gesund? Wir haben versucht, ihr zu helfen. Sie hat so stark geblutet, und dann begann ihr ganzer Körper zu zucken. Mein Gott, wird es ihr wieder besser gehen?«

»Wir wissen es nicht.«

»Sie müssen Dylan finden!«

»Wir tun, was wir können. Es ist wichtig, dass Sie uns alles erzählen, woran Sie sich erinnern können.«

Grace ging nach hinten, um mit Betty Kim zu reden. Bettys Bifokalbrille baumelte an einer Kette um ihren Hals, und sie tupfte sich mit einem zerknüllten Papiertaschentuch die Augen ab.

»Können Sie mir erzählen, was Sie gesehen haben?«

»Ein dunkler Lieferwagen bremste vor dem Laden, keine Ahnung, was für ein Modell es war. Eine Person stieg aus, mit Hut. Schwer zu sagen, ob es ein Mann oder eine Frau war. Er schnappte sich das Baby und stieg wieder in das Fahrzeug. Alles ging so schnell und war so irreal, wie ein Traum.«

Grace blickte sich um.

»Haben Sie eine Überwachungskamera?«

»Ist kaputt.«

»Ist Ihnen an dem Lieferwagen oder dem Verdächtigen etwas Besonderes aufgefallen?«

Betty Kim schüttelte den Kopf und vergrub das Gesicht in den Händen.

Grace' Mobiltelefon klingelte.

»Berman hier. Wir haben die Videokassette gefunden.«

Grace und die anderen Detectives standen vor Arnie Rockwells Monitor, während Berman die Aufnahme in Zeitlupe laufen ließ.

Die Kamera war so installiert, dass sie am oberen Rand des Bildschirms nur einen eingeschränkten Blick auf die Straße vor dem Laden ermöglichte. Von Shannon Tabor waren nur ihre Schuhe und die Bürste an dem Besenstiel zu sehen. Dann kamen die Räder von Dylans Kinderwagen und Maria Colsons Schuhe ins Bild.

Da sind sie.

Maria betrat den Laden, Shannon und der Kinderwagen blieben draußen. Kurz darauf verschwand auch Shannon. Sekunden vergingen, dann glitt ein Schatten über den Kinderwagen. Man sah nur den unteren Teil eines roten Lieferwagens, möglicherweise war es ein Dodge. Er blieb stehen, und der Kinderwagen war nicht mehr zu sehen. Ein Schuh tauchte aus dem Lieferwagen auf und verschwand aus dem Bild.

Nur noch das Fahrzeug war zu sehen.

Schließlich fuhr der Wagen los. Der Kinderwagen rollte auf den Bordstein zu, wo er umzukippen drohte. Maria Colsons Schuhe tauchten wieder auf, bewegten sich schnell vor das Fahrzeug und waren verschwunden. Als das Fahrzeug aus dem Bild verschwand ...

»Verdammt!«, fluchte Berman.

Maria Colsons Kopf schlug auf die Bordsteinkante. Betty Kims Schuhe, gefolgt von denen Shannons. Dann eilte Arnie Blackwell aus seinem Laden auf die Straße. Die drei versuchten, Maria zu helfen. Berman schaltete auf schnellen Vorlauf bis zum Eintreffen der Rettungssanitäter. Arnie Rockwell verschwand wieder in seinem Laden.

Der Bildschirm wurde schwarz.

»Moment!«, rief Grace. »Spul zu der Stelle zurück, wo der Lieferwagen auftaucht.«

Berman gehorchte.

»Da!« Grace tippte mit ihrem Stift in der unteren Ecke gegen den Bildschirm. Eine Person trat in den Bildausschnitt.

»Das ist eine Zeugin, die alles aus der Nähe gesehen hat. Scheint mir eine Frau zu sein. Wer ist sie?«

»Eine meiner Kundinnen«, antwortete Arnie Blackwell. »Sie wohnt auf der anderen Seite des Parks und war in meinem Geschäft, direkt bevor es passierte. Ich glaube, man sieht sie am Beginn des Bandes.«

Berman spulte zurück.

7

Während Jason Wade zu der Absperrung vor Kim's Corner Store zurückkehrte, dachte er darüber nach, was Annette Tabor, die Nachbarin der Colsons, ihm erzählt hatte.

Die beiden haben so viel durchgemacht. Was hatte sie damit sagen wollen?

Darum würde er sich später kümmern. Jetzt musste er erst mal Annette Tabors Tochter Shannon finden und andere Leute, die sich möglicherweise in Kims Corner Store aufgehalten hatten. Er musste hören, was passiert war. Musste tiefer einsteigen in diese Story.

Bis jetzt wusste er nur, dass in einem verschlafenen Viertel im Nordwesten Seattles ein Baby entführt und seine Mutter angefahren worden war, was sie möglicherweise nicht überleben würde. Es war unglaublich. Er brauchte Fakten, Zeugen, Hintergründe, denn diese Story war vielversprechend.

Sein Mobiltelefon klingelte.

»Spangler hier. Was hast du zu bieten?«

»Vielleicht einen rätselhaften Mord. Es sieht so aus, als würde es die Mutter nicht überleben. Sie heißt Maria Colson und ist Ende zwanzig oder Anfang dreißig.«

»Das wurde schon im Fernsehen gemeldet. Was hast du noch?«

Was noch? Mach mal halblang, Fritz. Ich hab gerade erst angefangen.

»Noch was, Jason?«, hakte Spangler nach.

Sag's ihm, bevor er es selbst herausfindet.

»Wer immer sie angefahren hat, er hat ihren kleinen Sohn Dylan entführt.«

Schweigen am anderen Ende.

Das war neu für Spangler.

»Weiß außer dir noch jemand von der Entführung? Die Konkurrenz?«

»Bis jetzt nicht, soweit ich weiß.«

»Hast du dir das mit dem Kidnapping vom FBI bestätigen lassen?«

»Noch nicht.«

»Ruf mich an, wenn du es erledigt hast. Wir stellen das auf unsere Website. Bei der Story müssen wir die Nase vorn haben. Das war's?«

Wenn man davon absah, was die Nachbarin ihm erzählt hatte, doch es war besser, das vorerst zurückzuhalten. Er musste dem nachgehen. Erzähl Spangler nicht alles. *Man darf eine Story nie vorzeitig hochjubeln.*

»Fürs Erste schon.«

Spangler legte ohne ein weiteres Wort auf. Dieses Arschloch. Das Handy klingelte erneut, und er blickte auf das Display. Glücklicherweise war es nicht schon wieder Spangler.

»Hodge hier, Jason. Wo bist du?«

»Ganz in der Nähe. Was gibt's?«

»Da sind mehrere Detectives in Arnie's Hardware Store. Sie wirken ziemlich ernst, es muss wichtig sein. Komm so schnell wie möglich zurück. Glaub's mir, irgendwas ist hier los.«

Er eilte durch einen kleinen Park. Auf einer Bank sah er eine weißhaarige alte Frau mit einem farbenfrohen Kopftuch sitzen. Slawische Gesichtszüge. Sie wirkt verloren, dachte er.

Er wollte schon weitergehen, doch da fiel ihm etwas auf.

Eine Einkaufstüte mit dem Aufdruck »Arnie's Hardware Store«.

Er musste daran denken, dass auch er geglaubt hatte, in dem Eisenwarengeschäft einen Detective gesehen zu haben. Und eben hatte deswegen Nate Hodge angerufen.

Die Frau schaute ins Leere.

Wusste sie vielleicht etwas?

Man konnte es ja mal versuchen. Er stellte sich vor, präsentierte seinen Presseausweis und zeigte ihr auf seinem Mobiltelefon das Foto von Maria Colson und ihrem Sohn Dylan.

»Kennen Sie die beiden, Ma'am?«

Sie betrachtete das Bild mit dem liebevollen Lächeln einer Großmutter, doch es löste sich schnell auf. Sie schien jede Erinnerung an die Welt vergessen zu wollen.

»Ma'am? Wissen Sie, was den beiden zugestoßen ist? Haben Sie gesehen, was passiert ist?«

Sie schaute ihn an und lächelte dann.

Schließlich murmelte sie etwas Unverständliches vor sich hin.

Er interpretierte es als ein *Ja* und zog sein Notizbuch hervor.

Aber die alte Dame war in Gedanken woanders. In der Vergangenheit. Wie eben, bevor Jason sie gestört hatte.

Sie war eine emeritierte Professorin von der University of Washington, eine Linguistin, die fünf Sprachen beherrschte. Sie lebte ganz in der Nähe der Colsons, eines jungen Ehepaars mit einem wunderbaren Baby.

Früh an diesem Morgen hatte Lani Arnie's Hardware Store aufgesucht, weil sie eine neue Angel benötigte, um die

Katzentür zu reparieren. Dann musste Buttons nicht mehr an der Fliegentür kratzen, um herein- oder herausgelassen zu werden. Auf dem Heimweg war ihr eingefallen, dass sie noch Glühbirnen brauchte, und so hatte sie wieder kehrtgemacht.

Und da hatte sie den Lieferwagen, das Baby und Maria gesehen.

Alles.

Lani wurde nach Kiew zurückkatapultiert, in eine frühere Epoche ihres Lebens, vor ihrer Heirat mit einem attraktiven amerikanischen Geschichtsstudenten, mit dem sie nach Seattle gezogen war. In eine Zeit, als sie ein kleines Mädchen war. Vor ihrem inneren Auge sah sie die Überreste der alten Schlösser auf Kiews Hügeln, die Seidenweberei, den Markt. Sie erinnerte sich an jenen Tag, als Onkel Taras ihr Podil gezeigt hatte, eines der ältesten Stadtviertel von Kiew. Später hatte sie mit ihrer kleinen Cousine Analise in der Nähe des Dnjepr gespielt. Und dann hatten sie die dumpfen Motorengeräusche der sowjetischen Armeelaster gehört.

Sie kamen schnell näher.

»Lass den Ball liegen, Analise! Nimm meine Hand!«

Doch die Hand entglitt ihr, als sie von dem ersten Lastwagen erfasst und in die Luft geschleudert wurde. Sie krachte auf den Boden, und dann rollte der nächste Laster über sie hinweg, ohne dass ihr etwas Schlimmes zustieß. Sie kam sich vor wie eine Stoffpuppe in der Gosse.

Sie war zu Analise gerannt, hatte ihre Hand ergriffen und nicht mehr losgelassen.

Die entsetzlichen Erinnerungen, die sie in Kiew zurückgelassen zu haben glaubte, kamen jetzt zurück, als sie an das entsetzliche Ereignis dachte, dessen Zeugin sie vor Kims Laden geworden war.

Es hatte sie völlig paralysiert.

Zu benommen und geschockt, um zu helfen oder die Polizei anzurufen, hatte sie sich einfach auf den Rückweg gemacht und in dem Park auf die Bank gesetzt. Wieder dachte sie an die Ufer des Dnjepr vor dem Eintreffen der Sowjets, vor der Konfrontation mit dem Tod. Und nun wollte dieser junge Zeitungsjournalist Jason Wade, dass sie ihm erzählte, was sie vor dem Laden gesehen hatte. Sie wollte es gern tun, doch wenn sie die Ereignisse Revue passieren ließ, wurde ihr klar, dass es einfach zu schmerzhaft sein würde.

»Bitte, Ma'am, Sie haben doch gesagt, Sie waren Zeugin des Vorfalls. Was genau haben Sie gesehen? Bitte, erzählen Sie es mir.«

Lani wollte helfen – musste helfen –, war aber in Gedanken wieder bei Analise und den sowjetischen Lastern. Dann wurde sie in die Gegenwart zurückgerissen, denn sie hörte eine andere Stimme, die Stimme einer hübschen Frau.

»Lani Tychina?«

Woher kennt sie meinen Namen?

Die alte Frau nickte.

»Ich bin Detective Grace Garner.« Die Frau präsentierte ihre Dienstmarke und wandte sich Jason zu. »Wer sind Sie?«

»Jason Wade vom *Seattle Mirror*. Ich mache gerade ein Interview mit der alten Dame.«

»Das Interview ist zu Ende«, sagte Grace. »Verschwinden Sie.«

»Dies ist ein öffentlicher Park, Detective.«

»Ich wiederhole mich ungern. Hauen Sie ab. Dies ist Sache der Polizei.«

Jason musterte sie. Makellose Haut, zurückgebundenes Haar. Sie schien in seinem Alter zu sein, vielleicht ein oder zwei Jahre älter. Sie wirkte stark, aber zugleich etwas traurig. Vielleicht wegen des Verbrechens. Oder einer persönlichen Geschichte.

»Sind Sie taub?«

Grace trat näher und musterte ihn ihrerseits, den silbernen Ohrring, die Bartstoppeln. Er war etwa eins achtzig groß, kräftig gebaut, wirkte intelligent und hatte einen durchdringenden, fast gefährlich erscheinenden Blick.

»Wie gesagt, dies ist Sache der Polizei. Gehen Sie endlich.«

»Ich habe das Recht, Fragen zu stellen.«

»Und ich kann Sie festnehmen, weil Sie polizeiliche Ermittlungen behindern.«

Jason sah, dass Lani die Hand hob, als wollte sie signalisieren, dass sie sich erinnerte.

»Da waren ein Mann und eine Frau in dem Lieferwagen«, sagte die alte Frau.

»Beschreiben Sie die beiden bitte«, sagte Grace. »Waren sie alt? Jung? Weiß? Schwarz?«

Mit geschlossenen Augen versuchte Lani angestrengt, sich zu erinnern.

»Was ist mit dem Lieferwagen? Erinnern Sie sich an etwas? Modell, Farbe, Kennzeichen?«

Die alte Dame öffnete die Lider.

»Ich erinnere mich doch an etwas. Auf der Hecktür des Lieferwagens ist mir ein Aufkleber mit der Sonne und Bäumen aufgefallen.«

8

Zwei Stunden und vierzig Minuten nach Dylan Colsons Entführung studierte Detective Wes Delucca auf seinem Computermonitor die Aufnahme der Überwachungskamera aus dem Eisenwarengeschäft.

Seine Aufgabe war es, den roten Lieferwagen zu identifizieren.

Auf den Bildern der Überwachungskamera waren nur der unterste Teil der Räder des Fahrzeugs bis zur Radmutter zu sehen, der unterste Teil der Türen, des vorderen und hinteren Endes, der Ansatz der beiden Stoßstangen. Er vergrößerte die Bilder und verglich sie mit denen ähnlicher Modelle. Dann versuchte er, die Marke des vor Ort gefundenen Scheibenwischers zu eruieren, indem er die Datenbanken verschiedener Hersteller durchsuchte. Der Scheibenwischer schien zu einem Chrysler zu gehören, konnte aber auch ein x-beliebiges Ersatzteil sein.

Wenn jemand dieses Rätsel lösen würde, dann er. Früher war er bei der Verkehrspolizei gewesen, heute galt er als anerkannter Experte für Verbrechen, bei denen Fahrzeuge eine entscheidende Rolle gespielt hatten.

Mach voran. Jede Minute zählt.

Er schätzte die Größe der Reifen, den Achsabstand, die Bodenfreiheit, wobei er zum Vergleich erneut Bilder aus einer Datenbank heranzog, die er über die Aufnahmen der Überwachungskamera legte. Er glaubte, fast am Ziel zu sein, musste es aber mit absoluter Sicherheit wissen.

Der Computer analysierte die Bilder.

Er blickte auf seine Notizen. Lani Tychina, die verwirrte Zeugin, war außerstande zu sagen, ob das Kennzeichen des Lieferwagens aus Washington oder einem anderen Bundesstaat stammte. Aber sie hatte gesagt, auf der Hecktür einen Aufkleber mit der Sonne und Bäumen gesehen zu haben. Der Computer piepte. Treffer. Delucca atmete erleichtert auf. *Das hätten wir. Der Lieferwagen auf der Aufnahme der Überwachungskamera ist ein Chrysler Town & Country, Baujahr 2002.*

Er griff nach dem Telefon.

Zwei Stunden und achtundfünfzig Minuten nach der Entführung klingelte Grace Garners Mobiltelefon. Sie meldete sich und notierte, was Delucca herausgefunden hatte.

»Gute Arbeit, Wes. Danke.«

Grace rief den Koordinator der Washington State Patrol an, der dafür zuständig war, die Großfahndung einzuleiten.

»Das Fahrzeug ist ein Chrysler Town & Country, Baujahr 2002«, sagte sie und fasste schnell ihre Begegnungen mit Lani Tychina, Betty Kim und Arnie Rockwell zusammen.

»Ein Chrysler Town & Country, Baujahr 2002«, wiederholte der Koordinator.

»Korrekt. Jetzt wissen Sie, was Sie wissen müssen.«

»Bleiben Sie dran, Detective.«

Der Koordinator verband sie mit dem Analysten, der den Text der öffentlichen Bekanntmachung abzufassen hatte und abschließend die Einzelheiten mit ihr besprach.

Das Seattle Police Department und das Federal Bureau of Investigations arbeiteten zusammen. Das SPD hatte bereits eine Hotline eingerichtet, und Special Agent Kirk Dupree war mit Lee im Haus der Colsons, für den Fall, dass die Verdächtigen Kontakt aufnahmen oder eine Lösegeldforderung stellten. Bis jetzt war nichts passiert. Dupree war durch eine E-Mail informiert worden und klinkte sich mit seinem Handy in das Telefonat von Grace und dem Analysten ein. Der las den Text zur Sicherheit noch zweimal vor.

»Einverstanden«, sagte Dupree.

»Ich auch«, sagte Grace zu dem Analysten. »Worauf warten Sie?«

Keine vier Minuten später wurden alle Fernseh- und Radioprogramme im Bundesstaat Washington gleichzeitig unterbrochen für die Durchgabe des Fahndungsaufrufs.

Es folgen wichtige Informationen über eine Kindesentführung im Stadtteil Ballard von Seattle, King County, Bundesstaat Washington. Das FBI und das Seattle Police Department bitten die Öffentlichkeit um Hilfe bei der Suche nach dem sieben Monate alten Dylan James Colson, der in der Calvington Street In Ballard entführt wurde, nachdem seine Mutter, die neunundzwanzigjährige Maria Jane Colson angefahren und schwer verletzt wurde, möglicherweise mit Tötungsabsicht. Dylan James Colson schwebt in Lebensgefahr. Er hat blondes Haar und trägt ein weißes T-Shirt, Bluejeans und weiße Sneaker. Die Entführer könnten eine ungefähr dreißigjährige weiße Frau und ein ebenfalls etwa dreißigjähriger weißer Mann sein. Möglicherweise sind sie in einem roten Chrysler Kleintransporter vom Typ Town & Country unterwegs, Baujahr 2002, dem ein Scheibenwischer fehlt. Auf der Hecktür klebt ein Aufkleber mit der

Sonne und Bäumen. Falls Sie über sachdienliche Informationen verfügen, benachrichtigen Sie bitte umgehend das Seattle Police Department oder das FBI.

Der Fahndungsaufruf wurde zugleich via E-Mail, SMS und Fax an Websites und staatliche Stellen geschickt.

Die Fahndung war nicht auf den Bundesstaat Washington begrenzt, sondern erstreckte sich auch auf Oregon, Idaho, Montana sowie auf British Columbia und Alberta in Kanada.

»Dieser Fahndungsaufruf erreicht Millionen von Menschen, Grace«, sagte Perelli. »Dadurch verbessern sich unsere Chancen beträchtlich.«

Grace antwortete nicht. Sie schaute auf den unter der Decke angebrachten Fernseher in einem Wartezimmer des Krankenhauses, nur ein paar Schritte entfernt von der Intensivstation, wo Maria Colsons Operation soeben beendet worden war.

Der Chirurg hatte ihnen gesagt, dass es mehrere Stunden dauern würde, bis sie wieder zu Bewusstsein kommen würde. Wenn überhaupt.

Selbst wenn sie wieder zu sich kommt, könnte sie mir etwas sagen, das mir hilft bei der Aufklärung dessen, was möglicherweise ein Mordversuch war?

Sie betastete das kleine Aufnehme gerät in ihrer Tasche und bereitete sich auf eine Aussage auf dem Totenbett vor.

Haben wir getan, was wir tun konnten? Ist uns etwas entgangen?

Sie war sich nicht hundertprozentig sicher.

Und dann war da dieser Typ vom *Mirror*. Sie zog seine

Karte aus der Tasche. Jason Wade. Der Typ war clever, er hatte Lani Tychina gefunden. Er war ein guter Journalist. Und sie eine gute Polizistin.

Warum die Selbstzweifel?

Möglicherweise lag es daran, dass sie beunruhigt darüber war, in ihrem Leben die falschen Entscheidungen getroffen zu haben. Vielleicht hatte sie es satt, abends in eine leere Wohnung zurückzukehren mit dem Gefühl, dass sie etwas verpasste in diesem Leben.

In dem Raum roch es penetrant nach Antiseptika. In einer Ecke unterhielten sich leise Marias Tante und ihr Onkel. Grace blickte auf die trostlosen Möbel und die Tische mit den alten Exemplaren von *Newsweek* und *People.* Auf einem lag eine abgegriffene Bibel.

In diesem Wartezimmer beteten Verwandte für das Leben ihrer Angehörigen; der Tod war immer präsent.

Perelli rieb sich die müden Augen. Er akzeptierte es, nicht alles über Grace zu wissen. Konnte man jemals wissen, was ein Mensch im tiefsten Inneren dachte? Und doch sah er, dass sie an sich selbst zweifelte.

»Wir tun, was wir tun können«, sagte er leise. »Der Fahndungsaufruf wird uns helfen.«

Sie schaute ihn an und nickte.

Auch Maria Colsons zweiundsechzigjährige Tante, eine pensionierte Sekretärin, die bei Boeing gearbeitet hatte, betete leise für ihre Nichte, die um ihr Leben kämpfte. Im Moment war nur eine Schwester von der Intensivstation bei ihr, die auf Monitoren die vitalen Funktionen überprüfte.

Nicht lange nach der Ausstrahlung des Fahndungsaufrufs, ging WKKR mit einem Beitrag über die Entführung auf Sendung. David Troy beschrieb den Vorfall und blendete dann die Website des *Seattle Mirror* mit einem Artikel von Jason Wade ein, der auch ein Foto von Maria und Dylan enthielt. Es konnte einem das Herz brechen.

In dem Krankenzimmer lief der Fernseher ohne Ton.

Maria war weiter bewusstlos, doch die Schwester, die Erfahrung hatte mit Fällen, wo es um Leben oder Tod ging, glaubte daran, dass die Patientin unterbewusst mitbekam, dass alles getan wurde, um ihren kleinen Jungen zu finden.

Die Schwester ging zum Fenster und blickte auf die Stadt hinab.

Wo war Dylan?

9

Mehrere Meilen südlich des Krankenhauses, im vierundvierzigsten Stock des Gebäudes der Bank of Amerika, schäumte Everett Sinclair vor Wut.

Vor drei Stunden war dieser Idiot in dem gottverdammten Lieferwagen seitlich an seinem Mercedes 450SL entlanggeschrammt, und er war immer noch stinksauer.

Je länger er darüber nachdachte, desto aufgebrachter war er. Die seinen geliebten Benz entstellenden Kratzer in dem blauen Lack machten ihn halb wahnsinnig.

Wie die Flecken auf seinem anthrazitfarbenen, perfekt geschnittenen italienischen Anzug, den er vor einem Monat für neunhundert Dollar gekauft hatte.

Ruiniert.

Wie der ganze Tag.

Dabei hätte es sein großer Tag werden sollen. Eine Präsentation bei einem Meeting mit dem gesamten Vorstand. Das war seine Chance. Wenn er sie nutzte, würde er die jüngste Top-Führungskraft in dem Unternehmen sein.

»Dein Stern steigt, Ev«, versicherte ihm Hadley. »Das sollte ein Kinderspiel sein für dich.«

Vergiss den Blechschaden, sagte sich Sinclair. Aber er konnte nicht, musste immer wieder daran denken.

Er besaß ein großes Haus im Kolonialstil in Sunset Hills mit Blick auf den Puget Sound und die Olympic Mountains. Am Morgen hatte er es früh verlassen, weil er einen Termin mit seinem Anlageberater vereinbart hatte. Danach würde ihm reichlich Zeit bleiben, um sich in seinem Büro auf den großen Auftritt vorzubereiten. Sein Aktenkoffer lag offen auf dem Beifahrersitz, und während er vor einer roten Ampel halten musste, trank er einen Schluck Kaffee und warf einen Blick auf seine Papiere.

Er war irgendwo in Ballard und las, als die Ampel auf Grün umsprang. Hinter ihm hupte jemand, und er hob entschuldigend eine Hand. Warum? Weil er zwei Sekunden zu spät reagiert hatte? Er fuhr los. Hinter ihm heulte ein Motor, Reifen quietschten, und der Idiot hinter ihm raste an ihm vorbei und streifte dabei seinen Mercedes. Erschrocken trat er auf die Bremse.

Die Aktentasche rutschte vom Beifahrersitz, der Deckel von dem Becher sprang ab. Kaffee spritzte auf seinen Anzug, die Papiere, den Lederbezug des Sitzes. Er blickte sich um. Niemand hatte etwas gesehen. Und wenn schon, es wäre ihm egal gewesen. Wütend gab er Vollgas, um den Dreckskerl zu verfolgen. Drei oder vier Straßenecken weiter sah er den Kleintransporter. Als er ihn fast eingeholt hatte, blickte er plötzlich in das entsetzte Gesicht eines Radfahrers und legte eine Vollbremsung hin. Das brachte ihn zur Vernunft.

»Everett?«

Sinclair blickte sich in dem Konferenzraum um. Ein riesiger Mahagonitisch, vierundzwanzig Vorstandsmitglieder auf Stühlen mit hoher Rückenlehne, Großbildschirme, auf denen seine Präsentation lief, Harleys fragender Gesichtsausdruck.

»Wie ist die Lage in Detroit, Everett?«, wiederholte Hadley. »Ihre Präsentation deutet an, dass Sie eine Lösung für unser Problem haben.«

»Ja.« Sinclair setzte eine ernste Miene auf und machte sich eine Notiz. »Ich bin zuversichtlich, dass wir dieses Problem beheben können, wenn wir die Fabrik auf der anderen Seite des Detroit River in Windsor nutzen. Wie ich es in dem Memo skizziert habe, das Sie diese Woche erhalten haben. Wenn Detroit einverstanden ist, dass das Konzept aus El Paso auf Windsor übertragen wird, kann es weitergehen.«

Hadley nickte zustimmend. Während das Thema per Telekonferenz mit Führungskräften aus dem ganzen Land erörtert wurde, beschäftigte er sich wieder mit seinem privaten Rachefeldzug.

Er hatte die Verfolgung dieses Arschlochs, das seinen Mercedes beschädigt hatte, vorerst aufgegeben. Hatte die Verabredung mit seinem Anlageberater eingehalten, weil er weiteres Geld auf seinem Nummernkonto in Aruba verschwinden lassen wollte, bevor er die Scheidung von seiner untreuen Frau einreichte, dieser Hure. Danach, in seinem Büro, hatte er einen zerknitterten dunkelblauen Anzug angezogen, der dort in einem Schrank hing, und die Präsentation erneut ausgedruckt. Für kurze Zeit hatte er seine Wut verdrängt.

Aber er würde sich rächen. Dieser Dreckskerl würde bezahlen für das, was er ihm angetan hatte.

Ein roter Kleintransporter von Chrysler.

»Hören Sie mich, Everett?«, fragte der Fabrikleiter aus Detroit. »Ich habe umgehend auf Ihr Memo reagiert. Wir teilen Ihre Einschätzung hundertprozentig.«

»Wunderbar, Jim. Wir sind alle auf derselben Wellenlänge.«

Eine Frage hing in der Luft. »Können Sie das vor Ort beaufsichtigen, Everett?«, fragte der Vorstandsvorsitzende.

»Je schneller Sie in Detroit-Windsor sind, um sich um die Umgestaltung zu kümmern, desto schneller können wir die Produktion wieder aufnehmen. Mit drei Schichten rund um die Uhr, sobald Sie grünes Licht geben.«

Alle am Tisch nickten.

»Ich könnte übermorgen dort sein«, sagte Sinclair.

»Warum nicht sofort, direkt nach diesem Meeting?«, fragte Hadley.

»Heute?«

»Genau.«

»Ich muss mich noch um das Tokio-Projekt kümmern.«

»Das übernimmt Langston. Detroit ist wichtiger, da geht es um Riesensummen.«

»Ja, verstehe.«

Hadley drückte auf einen Knopf. »Gloria?«

»Ja. Sir?«

»Bitten Sie Ellen, für Everett Sinclair ein Ticket für die nächste Maschine nach Detroit zu besorgen.«

»Ja, Sir.«

»Also gut«, sagte Hadley zu den Anwesenden. »Das wär's für heute. Ich danke Ihnen.«

Als Sinclair den Konferenzraum verließ, klopften ihm einige der Vorstandsmitglieder auf die Schulter. »Weiter so, Everett«, sagte einer. Hadley hatte recht. Sein Stern stieg.

Während er in seinem Büro seine Sachen packte, fiel sein Blick auf den italienischen Anzug mit den Kaffeeflecken, und seine Wut kam zurück. Er trat ans Fenster und blickte für einen Moment auf Seattle, bevor er noch einmal seine Notizen bezüglich Detroit durchging.

Doch er konnte sich nicht konzentrieren und war in Gedanken wieder bei dem Arschloch. Mit seiner Handykamera hatte er Fotos gemacht von dem ruinierten Anzug und seinem zerkratzten Mercedes 450SL.

Und von der Rückseite des Chryslers, inklusive Kennzeichen.

Du wirst es noch bereuen, dich mit Everett Sinclair angelegt zu haben.

Er holte seine Laptoptasche und den Kulturbeutel, den er auf der Toilette des Büros aufbewahrte. Dann suchte er das Büro von Ellen Gorman auf, welche die Reisen der Führungskräfte organisierte.

»Alles erledigt, Ev«, sagte sie, während sie Papiere in einen Umschlag schob. »Die Maschine nach Chicago geht in zwei Stunden. Da müssen Sie umsteigen, und schon sind Sie in Detroit. Der Wagen wartet unten.«

»Danke, Ellen.«

Doch sie schaute schon wieder auf den Fernseher.

»Das ist ja so traurig«, bemerkte sie, ohne den Blick von dem Bildschirm abzuwenden.

»Was ist traurig?«, fragte Sinclair, ohne dass es ihn interessiert hätte. Er dachte an die Berichte, die er noch lesen musste.

»Da wurde gerade eine Großfahndung ausgerufen. Heute Morgen wurde ein kleiner Junge entführt, nachdem seine Mutter angefahren worden war.«

Sinclair hörte nicht hin. Für einen Augenblick musste er daran denken, was für ein Glück er gehabt hatte, es geschafft zu haben, den Radler nicht zu überfahren. Außerdem gratulierte er sich, weil er daran gedacht hatte, das Kennzeichen des Lieferwagens zu fotografieren.

Die Geschichte ist noch nicht ausgestanden, Arschloch.

Er tippte auf seien Tasche. »Danke, Ellen. Ich mach mich auf den Weg.«

»Wir haben ein Hotelzimmer für Sie in Detroit und eines auf der kanadischen Seite in Windsor für Sie gebucht. Viel Glück.«

Gorman verfolgte weiter kopfschüttelnd den Bericht über die Entführung von Dylan Colson.

10

»Es wird nicht einfach für Sie sein, sich das anzusehen.«

Special Agent Kirk Dupree vom FBI schob die DVD mit der Aufnahme der Überwachungskamera des Eisenwarengeschäfts in den Player der Multimedia-Anlage im Wohnzimmer der Colsons. Die Bilder auf dem Großbildschirm ließen Lee zusammenzucken.

Die Räder von Dylans Kinderwagen.

Marias Sneaker.

Der Kleintransporter, aus dem weiße Schuhe auftauchten. Jemand eilte zu dem Kinderwagen, dann zurück zu dem Fahrzeug.

Sein Sohn war entführt worden

Sein Herzschlag beschleunigte sich. *Es kann nicht wahr sein.*

Am letzten Abend hatte er vor dem Fernseher gesessen und Dylan in den Armen gehalten. Der Kleine in dem Strampelanzug mit kleinen Elefanten und Giraffen darauf hatte glücklich an einer Flasche mit warmem Kinderbrei genuckelt. Und er hatte mit leuchtenden Augen zu seinem Vater aufgeblickt.

Sollte das seine letzte Erinnerung an seinen Sohn sein?

Er dachte an Maria. An den Abschiedskuss, den er ihr gegeben hatte, als er wegen des Unglücks mit dem Tanklaster angerufen worden war.

Hatte er ihr gesagt, wie sehr er sie liebte?

Diese Bilder auf dem Großbildschirm ...

Marias Sneaker, als sie aus dem Laden gestürmt kam und

sich auf die Motorhaube des Lieferwagens warf. Das Fahrzeug machte einen Satz. Das Bild wackelte, und dann schlug Maria mit dem Kopf auf die Bordsteinkante.

Ihm drehte sich der Magen um.

Seine Frau würde möglicherweise sterben, und er war machtlos. Konnte nichts tun.

Die Räder von Dylans Kinderwagen drehten sich immer noch. Vielleicht waren es für ihn die letzten Bilder von seiner Frau und seinem Sohn.

Dupree ließ die Aufnahme immer wieder von vorne laufen, bis in Lees Kopf alles durcheinanderging. Das Blut rauschte in seinen Ohren, er klammerte sich an den Armlehnen des Sessels fest.

Was zum Teufel hat sich Maria dabei gedacht, Dylan vor dem Laden allein zu lassen?

Sofort machte er sich Vorwürfe.

Es war seine Schuld.

Es war seine Aufgabe, seine Familie zu beschützen. In jener Nacht war er losgefahren, um fremden Leuten zu helfen. Warum war er nicht da gewesen, um Maria und Dylan zu beschützen?

Warum?

Lee bohrte die Fingernägel in den Bezug des Sessels. Er sollte bei seiner Frau sein.

»Ich fahre jetzt zum Krankenhaus, um bei Maria zu sein.«

Detective Grace Garner war erst vor ein paar Minuten aus dem Krankenhaus gekommen.

»Marias Tante und ihr Onkel sind im Krankenhaus. Marias Zustand ist unverändert. Zuerst brauchen wie hier ihre Hilfe, dann fahren wir Sie hin.«

»Sehen Sie sich die Aufnahme noch mal an«, sagte Dupree. »Kennen Sie diesen Lieferwagen? Es ist ein Chrysler Town & Country. Eine Zeugin hat uns von einem Aufkleber auf der Hecktür erzählt, auf dem die Sonne und Bäume abgebildet sind. Sie sind doch bei einem Abschleppdienst beschäftigt und kennen sich aus mit Fahrzeugen. Also noch mal, kennen Sie diesen Kleintransporter?«

»Nein. Wie oft soll ich es noch sagen? Und wie oft soll ich mir diese Bilder noch ansehen? Warum sind Sie so sicher, ich müsste wissen, wer das getan hat?«

»Ich bin mir nicht sicher, doch es besteht immer die Möglichkeit, dass der oder die Täter Kontakt zu Ihnen oder Ihrer Familie hatten, vielleicht nur beiläufig. Womöglich auf eine scheinbar harmlose Weise. Dies passierte zu schnell, um ein bloßer Zufall zu sein.«

»Wir sollen beobachtet worden sein?«

»Das wäre *eine* Möglichkeit. Aber wir bedenken auch andere.«

Lee Colson blickte sich in dem Wohnzimmer um. Im angrenzenden Esszimmer stand ein großer Eichentisch, ein Hochzeitsgeschenk von Marias Tante. Jetzt hatten FBI-Beamte ihn in eine Kommunikationszentrale verwandelt. Fernseher, ein GPS-System, Satellitentelefone, Drucker, Laptops, spezielle Telefone zur Lokalisierung von Anrufen, falls Dylans Entführer Forderungen stellen sollten.

Bisher hatten sie sich nicht gemeldet.

Männer mit weißen Latex-Handschuhen stellten das ganze Haus auf den Kopf. Sie unterhielten sich leise, wie bei einer Trauerzeremonie. Das FBI kontrollierte jeden Anruf von der Presse oder Freunden, und vor der Haustür hielten uniformierte Polizisten Nachbarn und Journalisten fern.

Lee vergrub das hagere Gesicht in den Händen, als Dupree nach einem Blick auf die Uhr erneut Fragen zu stellen begann.

»Hat Dylan irgendeine Krankheit? Muss er Medikamente nehmen?«

»Nein, aber ich habe Ihnen die Telefonnummer seines Arztes bereits gegeben.«

»Kennen Sie ein Paar, das sich Kinder wünscht, aber keine bekommen kann? Oder jemanden, der kürzlich ein Kind verloren hat?«

»Nein.«

»Gab es jemand, der Dylan ungewöhnlich große Aufmerksamkeit geschenkt hat? So sehr, dass es Ihnen und Ihrer Frau unbehaglich zumute war?«

»Nein.«

»Hatten Sie in letzter Zeit Streit mit jemandem? Hat jemand Sie oder Ihre Frau bedroht?«

»Nein.«

»Haben seltsame Besucher an der Tür geklingelt?«

Lee schüttelte den Kopf.

»Hat Sie jemand nach dem Weg gefragt? Oder angerufen und sofort wieder aufgelegt?«

»Nein.«

»Haben Sie einen Babysitter?«

»Das übernehmen Verwandte.«

»War Maria in der Schwangerschaftsberatung?«

»Ja.«

»Wo, wenn ich fragen darf?«

»Steht in ihrem Adressbuch, es ist in ihrer Handtasche.«

»Hegt jemand einen Groll gegen Sie, Ihre Familie oder die Firma, für die Sie arbeiten?«

»Nein.«

»Sind Sie oder Ihre Frau drogen- oder spielsüchtig? Haben Sie deshalb Schulden? Haben Sie sich etwas Ungesetzliches zuschulden kommen lassen?«

»Was wollen Sie damit sagen?«

»Wir müssen alles wissen, Mr Colson«, sagte Grace.

»Und wir finden es sowieso heraus«, fügte Dupree hinzu. »Wenn Sie jetzt die Wahrheit sagen, gewinnen wir Zeit, um Ihren Sohn eventuell schneller finden zu können. Gibt es vielleicht rachsüchtige Freundinnen aus Ihrer Vergangenheit?«

»Nein.«

»Hatten Sie jemals eine Affäre?«

»Mein Gott, nein.«

»Haben Sie Geheimnisse vor Ihrer Frau, die hier eine Rolle gespielt haben könnten?«

Colson schüttelte den Kopf.

»Gibt es Kriminelle in der Familie?«

»Haben Sie das nicht schon überprüft, Dupree?«

»Entschuldigung, aber wir bitten nur um Ihre Kooperationsbereitschaft.«

»Wir haben keine Gesetze gebrochen«, sagte Colson mit einem finsteren Blick. »Ich verstehe Sie nicht. Jemand hat versucht, meine Frau umzubringen, und unser Baby entführt, und Sie behandeln mich so, als hätte ich etwas damit zu tun.«

»Auch so was ist schon vorgekommen«, erwiderte Dupree. »Vor vier Monaten haben Sie die Lebensversicherung Ihrer Frau auf zweihunderttausend Dollar erhöht.«

Colson blickte erst Dupree, dann Grace an. »Wir haben unsere Policen geändert, als wir eine Versicherung für Dylan abgeschlossen haben.«

»Über fünfzigtausend.«

»Genau.«

»Wir haben gehört, Sie hätten kürzlich mit Ihrer Bank über einen Kredit in sechsstelliger Höhe gesprochen.«

»Ich würde gern den Abschleppdienst übernehmen. Ich habe mit Maria darüber geredet.«

»Wann?«

»Heute Morgen. Glauben Sie etwa, ich würde meine Frau umbringen und meinen eigenen Sohn entführen, um mit dem Lösegeld den Abschleppdienst zu kaufen?«

»Mr Colson, wir möchten Sie so schnell wie möglich als potenziellen Verdächtigen ausschließen, doch dafür brauchen wir Ihre volle Kooperationsbereitschaft.«

Er hatte bereits alles gesagt, alle Daten preisgegeben, sich die Fingerabdrücke abnehmen lassen. Das FBI durchsuchte ihre Post und persönlichen Papiere. Zwei Agenten machten sich an ihrem Computer zu schaffen. Sie lasen ihre Mails und verfolgten ihre Aktivitäten im Internet. Hinter dem Haus untersuchten Experten seinen Abschleppwagen, ihre Privatautos und sogar den Müll. Im ersten Stock wurden ihre gesamten Sachen durchwühlt, wahrscheinlich kümmerten sie sich gerade um seine Socken und Unterwäsche.

Warum durchkämmten sie nicht Seattle, um seinen Sohn zu finden?

»Ich bin kooperativ, Dupree. Und was tun Sie, außer hier herumzusitzen und mich zu fragen, ob ich ein Krimineller, ein Lügner oder Ehebrecher bin? Was zum Teufel tun Sie, um meinen Jungen zu finden? Warum suchen Sie nicht nach ihm?« Colson zeigte auf das Standbild auf dem Großbildschirm. »Meine Frau wurde angefahren und mein Sohn entführt. *Finden Sie die Täter!*«

Dupree antwortete nicht sofort.

»Hören Sie zu, Mr Colson«, sagte er dann. »Es ist meine Pflicht, Ihren Sohn wohlbehalten zurückzubringen und den oder die Täter, die ihn entführt und Ihre Frau lebensgefährlich verletzt haben, zu verhaften und anzuklagen. Millionen von Fernsehzuschauern und Radiohörern in der Region Pacific Northwest und Kanada wissen von unserer Fahndung, und die Spots werden den ganzen Tag über wiederholt. Wir haben alles in die Datenbank des National Crime Information Center eingegeben, damit die Polizei im ganzen Land Bescheid weiß und alles mit ähnlichen Fällen vergleichen kann. Wie gesagt, wir vom FBI arbeiten eng mit dem Seattle Police Department zusammen, und ich könnte mit der Auflistung fortfahren, was alles unternommen wird, doch dadurch würden wir nur Zeit verlieren. Glauben Sie mir einfach, dass wir jede Spur verfolgen, um Ihren Sohn gesund nach Hause zu bringen. *Jede Spur.*«

Colson antwortete nicht. Sein Zorn auf Dupree war verraucht. Er hatten nichts zu verbergen und würde tun, was Dupree verlangte.

Das Telefon klingelte.

Auf einem Computer des FBI leuchtete der Ursprung des Anrufs auf. »Der nächste Anruf von der Presse, diesmal vom *Seattle Mirror.*«

»Gehen Sie dran, Foley«, sagte Dupree.

Foley meldete sich, und legte kurz darauf eine Hand auf die Sprechmuschel.

»Sie wollen eine Stellungnahme von Lee Colson.«

»Sagen Sie Ihnen, dass wir in einer Dreiviertelstunde hier vor dem Haus in Ballard eine Pressekonferenz abhalten«, antwortete Dupree. »Geben Sie ihnen die Adresse, und sagen Sie auch unserer Pressestelle Bescheid, dass die auch die anderen Medien benachrichtigt.« Dupree blickte Colson an. »Wir gehen davon aus, dass auch der oder die Entführer vor dem Fernseher sitzen. Mr Colson, wir möchten, dass Sie sich während der Pressekonferenz direkt an diese Leute wenden.«

»Ich tue alles, um Dylan zu retten.«

Dupree nickte. »Noch etwas. Wir brauchen Dylans Fußabdruck.«

»Was?«

»Babys kann man noch keine Fingerabdrücke abnehmen, deshalb brauchen wir den Fußabdruck des Krankenhauses, um ihn gegebenenfalls identifizieren zu können.«

»Sie glauben, dass er schon tot ist?«

»Nein. Wir überwachen Flughäfen, Bus- und Zugbahnhöfe, Autovermietungen. Falls uns jemand mit einem Baby auffällt, das Dylan sein könnte, wird uns der Fußabdruck Gewissheit verschaffen. Holen Sie ihn. Wir machen hier eine Kopie und verschicken sie elektronisch.«

»Ich hole ihn.«

»Ich begleite Sie«, sagte Grace.

Das Schlafzimmer der Colsons hatte lindgrün gestrichene Wände; auf dem Ehebett lag seine Tagesdecke, die Maria selbst gestrickt hatte. Dieses Zimmer war ihr Heiligtum.

Eine FBI-Beamtin stand vor Marias Schrank und blätterte ihre Fotoalben und Jahrbücher von der Highschool durch. Es machte Lee ganz krank, dass diese Fremde mit den weißen Handschuhen in den intimsten Einzelheiten ihres Privatlebens herumschnüffelte.

»Lassen Sie uns doch mal einen Augenblick allein«, sagte Grace und wartete dann, bis die Frau verschwunden war. »Glauben Sie mir, ich weiß, dass Dupree ziemlich unangenehm sein kann, aber er tut nur seine Arbeit. Und er lässt nichts unversucht, um diese Entführung aufzuklären. Manchmal sind in solche Fälle Eltern verwickelt. Dupree muss jede Möglichkeit in Betracht ziehen. Das ist einfach Routine. Nach der Pressekonferenz fahren wir Sie zum Krankenhaus.«

Lee antwortete nicht und betrachtete die Kleidungsstücke seiner Frau, die Haarbürste auf der Frisierkommode. Es roch nach ihrem Parfüm. Ganz so, als wäre sie noch hier.

In Gedanken war er in der Vergangenheit, in der Lincoln High School.

Eine Party an einem Freitagabend, Maria lehnte ganz allein an einer Wand. Gerade hatte ein langsamer Song begonnen. Er war kein großer Tänzer, besuchte solche Partys sonst nicht einmal. Er reparierte lieber Autos und Pick-ups und sagte sich, sie seien wichtiger als Mädchen. Aber manchmal fühlte er sich einsam, und so war er hier in der Turnhalle der Highschool gelandet und sprach mit diesem Mädchen namens Maria.

Sie trug ein blaues Kleid und eine Perlenkette und wirkte etwas nervös.

Auch er war befangen, nahm aber seinen ganzen Mut zusammen.

»Tanzen wir?«

»Ja.«

Als er sie in die Arme nahm, funkte es sofort.

Aus den Boxen tönte »Ruby Tuesday«, und als der Song vorbei war, wussten sie beide, dass sie ein Leben lang zusammen bleiben würden.

Lärm von draußen riss ihn in die Realität zurück. Er schaute aus dem Fenster und sah außer den Polizeiautos die Übertragungswagen der Fernsehsender mit den Satellitenschüsseln auf dem Dach. Journalisten, Nachbarn, Kinder auf Skateboards oder Fahrrädern.

Guter Gott.

»Ist das hier das Buch mit dem Fußabdruck?«, fragte Grace.

»Ja.« Er schlug es auf und sah, was Maria anlässlich von Dylans Geburt geschrieben hatte. *»Meine Gebete wurden erhört, und ich liebe ihn so sehr.«*

Die Worte verschwammen vor seinen Augen. Er rieb sich die Augen und sah das Foto, das direkt nach Dylans Geburt im Krankenhaus aufgenommen worden war. Dylan war kaum eine Stunde alt, und Maria hielt ihn in den Armen uns strahlte. Und da war er, der stolze Vater.

Warum geschah nun dies? Hatten sie nicht schon genug durchgemacht?

Wieder blickte er in Marias Buch.

»Du bist Mamis Engel, niemand außer mir hat damit gerechnet, dass wir ein Kind bekommen würden. Aber ich habe immer daran geglaubt.«

11

Jason Wade ging nervös vor dem Supermarkt Better Price auf und ab.

Der stellvertretende Geschäftsführer, ein Typ mit Fliege, der laut Namensschild Mitch Decoli hier, hatte ihn erwischt, als er mit einem Mann von der Kundenberatung sprach.

»Bei uns dürfen keine Mitarbeiter interviewt werden.«

»Warum nicht?«

»Das ist in unserem Unternehmen so üblich. Tut mir leid, Sie müssen gehen.«

Jason steckte sein Notizbuch ein und ging. Auf dem Weg zum Ausgang hielt ihn eine Kassiererin an. »Ich bin Pam. In fünf Minuten machen Candy und ich vor der Tür eine Pause. Warten Sie auf uns, dann reden wir.«

»Okay.«

Das war jetzt eine Viertelstunde her, und er wartete immer noch.

Er hatte bei den Colsons angerufen, doch das FBI hatte ihn nicht mit Lee Colson verbinden wollen. Der würde aber bei einer Pressekonferenz anwesend sein, die in einer Dreiviertelstunde stattfinden sollte.

Jason schaute auf die Uhr. Wie lange sollte er noch hier warten?

Noch zehn Minuten, dann würde er verschwinden.

Nach der Begegnung mit Grace Garner hatte er gerade mal die Adresse und Telefonnummer von Lani Tychina herausgefunden. Dann war er zu Kim's Corner Store zurückgekehrt und hatte gesehen, dass Annette Tabor, die Nachbarin der Colsons, mit ihrer Tochter Shannon durch einen Seitenausgang verließ. Er folgte den beiden zu ihrem Haus und klingelte.

Zu seiner Überraschung wurde geöffnet.

»Meine Tochter gibt keine Interviews.«

»Doch, Mom, ich muss mit ihm reden«, sagte Shannon, die schnell zusammenfasste, was passiert war. »Sie müssen schreiben, dass es nicht meine Schuld war. *Es war nicht meine Schuld!*« Sie schlug die Hand vor dem Mund.

Ihre Mutter zog sie weg und wollte die Tür schließen.

»Moment, Mrs Tabor«, sagte er. »Sie haben gesagt, die Colsons hätten ›schon so viel durchgemacht‹. Was wollten Sie damit sagen?«

Wieder versuchte sie, die Tür zu schließen.

»Bitte, Mrs Colson. Ich suche Leute, die wissen könnten ...«

»Versuchen Sie es mit den Kassiererinnen in dem Supermarkt, wo Maria gearbeitet hat.«

Damit knallte sie ihm die Tür vor der Nase zu.

Während er zum Better Price Supermart fuhr, sah er im Rückspiegel, dass immer mehr Übertragungswagen vor dem Haus der Colsons parkten.

In acht Minuten würde die Pressekonferenz beginnen.

Er hatte eine gute Chance, von den Kassiererinnen mehr über Maria zu erfahren. Was für ein Leben! Wenn sie nicht an der Kasse saßen, waren diese Frauen den ganzen Tag auf den Beinen und bekamen Krampfadern oder Rückenschmerzen. Dazu mussten sie sich das Gemecker zänkischer Kunden und des Filialleiters anhören. Und das alles für einen Hungerlohn. Jetzt konnte er sich Maria Colsons früheres Leben besser vorstellen.

In diesem Moment tauchte Pam mit einer Kollegin auf und zündete sich eine Zigarette an. »Für wen arbeiten Sie?«

»Für den *Seattle Mirror.*« Jason gab Pam und ihrer jüngeren Kollegin Candice, die sich nervös umschaute, seine Karte.

»Mitch wird ausflippen«, sagte sie.

»Der soll uns am Arsch lecken. Wir haben das Recht auf eine Pause.« Pam schaute auf seine Karte. »Wir haben im Aufenthaltsraum einen Fernseher und mitgekriegt, was passiert ist. Auch das mit der Großfahndung. Das alles ist so entsetzlich. Lebt Maria noch?«

»Soweit ich weiß, schon«, antwortete Jason.

»Haben sie Dylan gefunden?«

»Noch nicht.«

»Wo ist ihr Mann?«, fragte Candice.

»Entweder im Krankenhaus oder mit der Polizei zu Hause für den Fall, dass der Entführer Lösegeld verlangen sollte. Zumindest habe ich das gehört.«

»Stimmt das wirklich, dass jemand Dylan entführt und sie über den Haufen gefahren hat?«, fragte Pam.

»Die Einzelheiten sind noch nicht ganz klar.«

»Wer kann so was tun?«, fragte Candice. »Haben Sie eine Ahnung, wer es gewesen sein könnte?«

»Leider nicht. Gleich findet eine Pressekonferenz statt.« Er schlug sein Notizbuch auf. »Maria hat hier als Kassiererin gearbeitet?«

Die beiden Frauen nickten.

»Sie war im Mutterschaftsurlaub«, sagte Pam.

»Hat bis kurz vor der Geburt gearbeitet«, fügte Candice hinzu. »Ihr Bauch war so dick, dass ich Witze gemacht habe darüber, dass sie nicht mehr an die Kasse herankommen würde.«

Jason schaute auf die Uhr. »Ich habe keine Zeit mehr, Schnell, was können Sie mir sagen über Maria und ihren Mann?«

»Die haben sich schon auf der Highschool ineinander verknallt«, antwortete Pam. »Lee ist ein attraktiver, hart arbeitender Mann. Maria ist sein Ein und Alles. Sie lieben sich wirklich. Er würde alles für sie tun.«

»Maria wollte ihn unbedingt heiraten und Kinder bekommen«, sagte Candice. »Das war ihr großer Traum. Sie hat von nichts anderem geredet«

Pam nickte und zog an ihrer Zigarette. »Stimmt. Maria hat ständig von Kindern geredet. Als wäre nur das der Sinn ihres Lebens. Sie war verrückt nach Babys.«

Candice kramte in ihrer Tasche und zog ein Foto hervor. Candice, Pam und andere lächelnde Kolleginnen standen um Maria Colson herum, direkt vor einem Kuchen mit Kerzen.

»Wir haben vor der Geburt eine Party für sie geschmissen. Sehen sie nur, wie glücklich sie war.«

»Leihen Sie mir das Bild, damit wir es in meiner Zeitung bringen können?«

Candice blickte fragend Pam an. »Ja, nehmen Sie es«, sagte sie schließlich. »Hoffentlich hilft es.«

Bevor sie ihre Arbeit wieder aufnahmen, bat Jason sie noch um ihre vollen Namen und ihre Telefonnummern. Und er forderte sie auf, ihn sofort anzurufen, falls sie etwas Neues erfahren sollten.

»Moment noch«, sagte er dann, weil ihm etwas eingefallen war. »Eine Nachbarin der Colsons hat etwas Seltsames gesagt.«

Er blätterte in seinem Notizbuch. »Als wäre ihnen schon einmal etwas Schlimmes zugestoßen. Ah, hier haben wir's. ›Guter Gott, warum Lee und Maria? Die beiden haben so viel durchgemacht. Und jetzt das!‹ Wissen Sie, was das bedeuten könnte?«

Die beiden Frauen schauten sich an und zuckten die Achseln.

»Keine Ahnung«, sagte Pam.

»Mussten die beiden vielleicht schon einmal eine Tragödie durchleben?«

Candice schüttelte den Kopf und nickte dann Mitch Decoli zu, der im Eingang des Supermarkts stand und auf seine Uhr tippte. Pam zog eine Grimasse, zog ein letztes Mal an ihrer Zigarette und warf den Stummel weg.

»Ich weiß, dass sie Ewigkeiten darauf gewartet hat, schwanger zu werden und deshalb total niedergeschlagen war. Ich glaube, ein Arzt hat ihr gesagt, sie würde nie Kinder bekommen können. Irgendwas in der Art.«

»Tatsächlich? Und dann hat es doch geklappt mit Dylan?«

»Sieht so aus«, sagte Candice. »Hören Sie, wir müssen wieder an die Arbeit.«

12

Es war vier Stunden her, seit Maria Colson mit dem Kinderwagen zu Kim's Corner Store gegangen war. Jetzt liefen die Vorbereitungen für die Pressekonferenz, bei der Lee Colson sich an den oder die Entführer richten sollte, damit die seinen Sohn freiließen.

Vor dem Haus wurden neben einem Tisch ein Videomonitor und davor Klappstühle aufgestellt.

Special Agent Ron Foley ging zu der Absperrung, hinter der sich Reporter und Nachbarn versammelt hatten. »Halten Sie Ihre Presseausweise bereit«, sagte er. »Nur akkreditierte Journalisten dürfen auf das Grundstück. In zwanzig Minuten geht's los.«

Kurz darauf rangelten etwa sechzig Journalisten um die besten Plätze. Kameras, Mikrofone, Aufnahmegeräte, aufgestylte Fernsehjournalisten. Der große Videomonitor wurde getestet. Es liefen Bilder, die von einer Überwachungskamera zu stammen schienen. Hodge machte ein Foto.

Dann wurden Papiere und Fotos verteilt, eines von Maria Colson, eines von Dylan und eines von einem roten Chrysler-Kleintransporter.

Jasons Mobiltelefon klingelte.

»Spangler hier. Bist du bei der Pressekonferenz?«

»Ja, mit Hodge.«

»Bring mich auf den neuesten Stand.«

Jason senkte die Stimme. »Ich habe eine ziemlich genaue Vorstellung davon, was passiert ist. Ich habe mit der

Angestellten des Eckladens gesprochen, die auf das Baby aufpassen sollte.«

»Gibt es schon einen Verdächtigen?«

»Bis jetzt nicht. Zumindest ist nichts davon durchgedrungen. Es sieht so aus, als würde hier gleich die Aufnahme einer Überwachungskamera vorgeführt.«

»Was hast du herausgefunden über die Colsons? Sind das Sünder oder Heilige?«

»Die beiden sind schon seit der Highschool ein Paar. Arbeiterschicht. Die Frau ist Kassiererin in einem Supermarkt und zurzeit im Mutterschaftsurlaub. Der Mann ist bei einem Abschleppdienst beschäftigt.«

»Sonst noch was?«

»Bis jetzt nicht?«

»Das soll's gewesen sein?«

»Ich tue, was ich kann. Wir haben auf unserer Website als Erste über die Entführung berichtet und sind allen anderen zuvorgekommen. Associated Press beruft sich auf uns.«

»Das ist sozusagen schon Schnee von gestern, Wade. *MetroPulse News* berichtet, Maria Colson liege hirntot im Koma.«

»Davon weiß ich nichts. Hören Sie, ich muss Schluss machen, die Pressekonferenz beginnt.«

FBI-Beamte und Polizisten traten aus dem Haus. Er erkannte Grace Garner. Sie umringten einen Mann in Jeans und einem weißen T-Shirt. Das musste Lee Colson sein.

Sofort gab es ein Blitzlichtgewitter.

Colson nahm vor den Mikrofonen Platz. Neben ihm saßen Kirk Dupree und einer seiner Kollegen. Grace stand etwas seitlich.

Dupree begrüßte die Journalisten. »Ich möchte gleich klarstellen, dass Maria Colson *nicht* hirntot ist«, sagte er dann. »Ihr Zustand ist kritisch, aber mehr sagen wir zurzeit zu dem Thema nicht. Das Wort hat jetzt Mr Colson.«

Die Kameras richteten sich auf ein hageres, verunsichertes Gesicht.

»Ich möchte alle bitten ...« Colson unterbrach sich kurz. »Ich möchte jeden bitten, der weiß, wer meinen Sohn hat, ihn anzuflehen, Dylan freizulassen. Bitte. Dylan ist unser einziges Kind. Bitte tun Sie ihm nichts. Wir lieben unsere Sohn, er ist unser Ein und Alles. Seine Geburt war ein Wunder. Wir wollen nur wieder eine vollständige Familie sein. Bitte, falls Sie den Entführer kennen, sagen Sie ihm, dass er keine Angst haben muss, wenn er das Kind einfach an der nächsten Wohnungstür abgibt. Dylan ist unser einziges Kind. Bitte, er muss gesund nach Hause zurückkehren.«

Lee Colson schlug eine Hand vors Gesicht. Ein FBI-Beamter legte ihm einen Arm um die Schulter, während Dupree sich wieder an die Medienmeute richtete.

»Wie Sie wissen, suchen wir einen roten Chrysler Town & Country, Baujahr 2002. Laut Zeugenaussagen haftet auf der Rückseite dieses Kleintransporters ein Aufkleber mit der Sonne und Bäumen. Wir zeigen Ihnen jetzt die Aufnahme einer Überwachungskamera aus dem Eisenwarengeschäft gegenüber von Kim's Corner Store. Wir versorgen Sie außerdem mit Kopien und Standbildern. Was Sie jetzt sehen, ist vom Bildausschnitt extrem begrenzt, doch falls Ihnen etwas auffällt, wenden Sie sich bitte umgehend an das FBI oder das Seattle Police Department.«

Allgemeines Gemurmel, während die Aufnahme lief. Danach erklärte Dupree, Fragen zu beantworten.

»David Troy von WKKR. Haben Sie schon einen Hauptverdächtigen?«

»Darüber darf ich nichts sagen. Fürs Erste konzentrieren wir uns ganz darauf, das Kind gesund zurückzubringen.«

»Cathy Cain, Pacific Post Syndicate. Hatten Sie einen direkten oder indirekten Kontakt zu Dylan Colsons Entführern? Wurden Lösegeldforderungen gestellt?«

»Jason Wade, *Seattle Mirror.* Ich habe eine Frage an Mr Colson.«

Grace musterte Jason. Sie war beeindruckt gewesen, dass er Lani Tychina so schnell gefunden hatte. Sie wusste praktisch nichts über ihn, hatte aber seien Artikel im *Mirror* gelesen. Er schien besser zu sein als seine Kollegen. *Mal sehen, was er jetzt zu sagen hat,* dachte sie.

»Sir, mir ist bewusst, dass Sie eine schwierige Zeit durchmachen, aber ich habe gehört, Sie und Maria hätten schon einmal eine schwere Zeit durchgemacht.«

»Ich weiß nicht, wovon Sie reden.«

»Sie haben gesagt, Dylans Geburt sei ein wahres Wunder gewesen. Was genau haben Sie damit gemeint.«

»Dass er unser Ein und Alles ist.«

Grace dachte über Jasons Frage nach. *Weiß er etwas?,* fragte sie sich, während die nächste Frage gestellt wurde.

»Amy Quinn, *Action News.* Wann haben Sie Ihren Sohn zuletzt gesehen, Mr Colson?«

»Gestern Abend habe ich ihn noch in den Armen gehalten. Ich ...« Er schüttelte den Kopf und konnte nicht weiterreden.

Dupree beschloss, die Pressekonferenz zu beenden.

»Wie gesagt, wir bitten alle um Mithilfe. Wenn Sie etwas zu sagen haben, so unbedeutend es auch sein mag, melden Sie sich. Vielen Dank.«

Dupree und der andere FBI-Beamte stützten Colson, als der ins Haus zurückkehrte. Die Reporter riefen ihnen Fragen nach.

»Ist eine Belohnung ausgesetzt worden?«

»Wann findet die nächste Pressekonferenz statt?«

»Das erfahren Sie dann schon«, antwortete Dupree über die Schulter. Jason ging zu dem Tisch und steckte sein Aufnahmegerät ein, nachdem er sich vergewissert hatte, dass alles aufgezeichnet worden war.

Sein Handy klingelte. *Bestimmt wieder Spangler.*

»Jason Wade, *Seattle Mirror.*«

»Grace Garner.« Er blickte sich um und sah sie allein neben dem Haus stehen. Sie schaute in seine Richtung. »Worauf wollten Sie hinaus mit Ihrer Frage?«

»Was meinen Sie?«

»Ihre Frage war seltsam. Was glauben Sie zu wissen?«

Erwartete sie wirklich, dass er darauf antworten würde?

»Sie haben mich daran gehindert, meine Arbeit zu tun, als ich in einem öffentlichen Park ein Interview mit Lani Tychina gemacht habe«, antwortete er. »Und nun wollen Sie eine Information von mir. Jetzt stelle mal ich Ihnen eine Frage, Detective Garner ...«

»Nur zu.«

»Ach, vergessen Sie's.«

»Ihre Frage hat mich neugierig gemacht.«

»Hören Sie, vielleicht könnten wir reden. Eine Hand wäscht die andere. Sie wissen schon, was ich meine.«

»Ich muss jetzt Schluss machen.«

13

In Lake City, einer zu Seattle gehörenden Gemeinde, betankte Ritchie Sneed von Duke Pistons Tankstelle einen Kleintransporter und überprüfte zugleich den Ölstand. Er war zu niedrig, wie er mit einem Blick auf den Messstab feststellte.

Er klopfte gegen das Seitenfenster, das ein Stück weit herabgelassen wurde. Außer dem Mann hinter dem Steuer sah er auf dem Beifahrersitz eine Frau mit einem weinenden Baby in den Armen.

»Was gibt's?«, fragte der Mann.

»Der Ölstand ist zu niedrig, Sir. Soll ich nachfüllen?«

»Beim nächsten Mal. Wir haben jetzt keine Zeit.«

»Es dauert nur eine Minute.«

»Nein. Lassen Sie mich das Benzin bezahlen.«

Das Kind weinte noch immer.

Er reichte ein paar zerknitterte Zehner durch das Fenster. Ritchie zog die Zapfpistole aus der Tanköffnung. Exakt dreißig Dollar. Er schraubte den Tank zu und wollte die kleine Klappe schließen.

Es ging nicht, sie klemmte.

Plötzlich ließ der Fahrer des Lieferwagens den Motor an und raste los. Ritchie sprang erschrocken zurück.

Der Kleintransporter fädelte sich in den Verkehr ein.

Bestimmt ein Familienkrach.

Ritchie legte das Geld in die Kasse und schaute weiter auf den Fernseher auf dem Aktenschrank neben dem Regal mit Batterien, Sicherungen und Glühbirnen.

Wegen der Geschichte in Ballard wurde einmal mehr das Programm unterbrochen. Er war zu beschäftigt gewesen, um genau hinzuschauen. Und ihm war etwas entgangen. Die Polizei hatte ihm den Fahndungsaufruf per Fax geschickt. Er überflog es und schaute wieder auf den Fernseher.

Die Polizei suchte einen Mann und eine Frau, die ein Baby entführt hatten, und in einem Chrysler Town & Country unterwegs waren, Baujahr 2002. Mit einem Aufkleber auf der Hecktür, der die Sonne und Bäume zeigte.

Wie der Kleintransporter, den du gerade betankt hast.

Natürlich hatte er sich das Kennzeichen nicht gemerkt. Der Lieferwagen war in nördlicher Richtung davongefahren. Noch immer glaubte er das Baby weinen zu hören. Er griff zum Telefon und rief beim Seattle Police Department an.

Jason Wade war zu dem Abschleppdienst gefahren, wo Lee Colson arbeitete.

Seine Kollegin Gina Shepherd spielte mit der zerschlissenen Manschette ihres Jeanshemds. Sie saß in der Kabine ihres Abschleppwagens und hatte die Tür geöffnet.

»Lee betet Maria und Dylan an. Er würde alles für sie tun. Was für ein Mensch stiehlt ein Baby?«

Andere Arbeiter hatten bereits mit Jason über Lee Colson gesprochen. Sie alle hatten im Fernsehen die Pressekonferenz gesehen, wollten einen Suchtrupp bilden und für eine Belohnung sammeln.

»Muss irgendein Perverser sein«, sagte ein bärtiger Mann mit einer fleckigen Baseballkappe. »Keiner von uns kann sich auf die Sache einen Reim machen. Ihr Journalisten wisst doch immer alles. Was halten Sie davon?«

»Ich weiß nicht«, antwortete Jason. »Es sieht so aus, als ... Entschuldigen Sie mich.«

Ein Chevy Blazer hatte mit quietschenden Bremsen auf dem Fuhrhof gehalten, und Nate Hodge winkte ihm aufgeregt zu.

»Da hat jemand die Cops angerufen wegen des roten Kleintransporters.«

»Wo wurde er gesehen?«

»In Lake City. Hab's im Polizeifunk gehört. Steig ein!«

Hodge raste los.

Im Haus der Colsons half Grace Garner Lee, ein paar persönliche Dinge für Maria zusammenzupacken, bevor sie sich auf den Weg zum Krankenhaus machten.

Im Erdgeschoss begannen gleichzeitig mehrere Telefone zu klingeln.

Perelli betrat gerade das Schlafzimmer, als auch das Handy von Grace klingelte.

»Boulder hier, Grace. Da hat jemand von einer Tankstelle in Lake City angerufen, weil er unser Fahrzeug gesehen zu haben glaubt. Die richtige Farbe, Aufkleber an der Hecktür, ein weinendes Baby. Mach dich auf den Weg. Ich ruf an, falls es Neuigkeiten gibt.«

»Wir sind schon unterwegs.«

Grace und Perelli eilten die Treppe hinab, gefolgt von Lee. Der wollte wissen, was los war.

»Es wurde ein Kleintransporter gesehen, auf den die Beschreibung passt. Mit einem Baby darin.«

»Wo?«

»In Lake City. Wir fahren sofort hin.«

»Ich komme mit.«

»Es ist besser, wenn Sie hier warten.«

»Er ist *mein* Sohn. Ich komme mit.«

Grace blickte Perelli an. »Also gut.«

Kip Henley, ein Verkehrspolizist, war mit seinem unauffälligen Wagen zwei Blocks von Duke Pistons Tankstelle entfernt, als er über Funk von dem Kleintransporter erfuhr, der vermutlich etwas mit Dylan Colsons Entführung zu tun hatte.

Er verzichtete darauf, die Sirene und das Blaulicht einzuschalten, und kurz darauf sah er den roten Kleintransporter vom Typ Chrysler Town & Country mit dem Aufkleber auf der Hecktür und der offenen Tankklappe.

Er folgte ihm und ließ das Kennzeichen überprüfen. Nach einer knappen Minute bekam er seine Antwort.

»Der Fahrzeughalter ist ein Charles Robert Burkeyne. Weiß, Mitte dreißig, wohnhaft in der 123rd Street, Seattle. Ein Verstoß gegen die Waffengesetze. Er hatte eine halbautomatische Pistole, Kaliber neun Millimeter, und ein Jagdgewehr nicht registrieren lassen.«

Die Nachricht wurde umgehend weitergeleitet an alle Polizeiwachen in der Region, außerdem an das FBI, die Washington State Patrol und das King County Sheriff's Office, das über Lake City seinen Helikopter »Guardian One« aufsteigen ließ.

Ein stehen gebliebener Bus hielt den Verkehr auf, und Henley konnte den Kleintransporter mühelos im Auge behalten. Eine

Spezialeinheit wurde losgeschickt, doch es konnte schon etwas passieren, bevor sie eintraf und zuschlagen konnte. Das Leben des Babys hatte absolute Priorität.

Es galt, genau den richtigen Moment für den Einsatz abzupassen.

Der Lieferwagen fuhr jetzt durch ein heruntergekommenes Viertel mit Sexshops, Kneipen, Schnapsläden und billigen Geschäften. Er bog von der Hauptstraße ab und hielt auf einem Parkplatz hinter einem großen Bürogebäude.

»Okay, das ist jetzt die Gelegenheit. Er hat angehalten.« Henley gab über Funk die Adresse durch. Innerhalb einer halben Minute traf ein halbes Dutzend unauffälliger Polizeiautos ohne Emblem ein und umzingelte den Lieferwagen, um jeden Fluchtversuch zu vermeiden.

Über ihnen schwebte der Helikopter.

Die Frau stieg mit dem weinenden Baby aus und überquerte schnell den Parkplatz.

Zwei Wagen mit eingeschalteter Sirene versperrten ihr den Weg. Cops mit gezückten Waffen sprangen heraus.

»Polizei. Sofort auf den Boden!«

»Was? Warum?«

Sie blickte zu dem Kleintransporter hinüber. Der Mann war über Lautsprecher zum Aussteigen aufgefordert worden. Er war ebenfalls umzingelt und hatte die Hände gehoben angesichts der auf ihn gerichteten Waffen.

»Charlie!«, schrie die Frau mit dem Baby.

»Mandy!«

Ein Polizist stürmte zu der Frau und riss ihr das weinende Kind aus den Armen, während ein Kollege ihr Handschellen anlegte.

Am hinteren Ende des Parkplatzes beobachteten Jason Wade und Nate Hodge die Szene. Sie waren nicht die einzigen Journalisten. Kameraverschlüsse klickten, während der Polizist das Baby zu einem Auto in Sicherheit brachte. Jason sah, dass Grace Garner und Lee Colson darin saßen.

»Mr Colson?«, fragte Grace.

Lee Colson hatte den Einsatz von der Rückbank aus beobachtet. Jetzt starrte er auf das Baby, schüttelte den Kopf und schlug die Hände vors Gesicht, während die Medienmeute Fotos von ihm schoss.

»Das ist nicht mein Sohn Dylan.«

Niemand hörte es, weil die Frau wegen der Handschellen und der auf sie gerichteten Waffen hysterisch schrie. Nachdem der Mann gefilzt worden war, wurden auch ihm Handschellen angelegt. Dann wurde er in Duprees Wagen verfrachtet.

Es dauerte fast eine Stunde, die Fakten zu checken.

Charlie und Mandy Burkeyne waren mit ihrer kleinen Tochter Crystal auf dem Weg zu einem Arzt, weil das Kind eine Infektion am Ohr hatte. Die Arztpraxis bestätigte den Termin und dass die Burkeynes die Eltern des Mädchens waren.

Fotos des Kleintransporters wurden via E-Mail an die Spurensicherung geschickt. Diesem Fahrzeug fehlte kein Scheibenwischer.

Charlie Burkeyne war ein zurzeit arbeitsloser Schweißer. Das Geld war knapp, und deshalb hatte er weder den klemmenden Tankdeckel noch seinen Waffenschein erneuern lassen – was Gebühren kostete.

Die Polizei entschuldigte sich bei dem Ehepaar, doch die beiden waren stinksauer.

Sergeant Stan Boulder versuchte sie zu beruhigen. »Wenn Ihre Tochter entführt worden wäre, würden Sie doch auch wollen, dass wir alles tun, um sie zu finden, oder?«

Mandy Burkeyne gab ihrer Tochter einen zärtlichen Kuss und nickte zögernd.

Und so ging die Fahndung nach Dylan Colson weiter.

Nachdem die Öffentlichkeit um ihre Mithilfe gebeten worden war, hatten etliche Leute die Hotline angerufen, doch leider ließ sich mit dem, was sie zu sagen hatten, absolut nichts anfangen.

Die Polizei war der Wahrheit noch kein Stück näher gekommen.

14

Die Deadline für die erste Ausgabe des *Seattle Mirror* war in knapp zwei Stunden.

Jason Wade verließ den Aufzug und betrat die Redaktion. Sein Magen knurrte. Also beschloss er, sich im Pausenraum etwas zu essen zu besorgen. Während er Münzen in die Automaten warf, ließ er noch einmal die Ereignisse Revue passieren, die Entführung, den denkbaren Mordversuch, die Pressekonferenz, den Polizeieinsatz. Warum hatte Lee Colson Dylans Geburt als »Wunder« bezeichnet. Und dann musste er noch an den seltsamen Anruf von Grace Garner nach der Pressekonferenz denken.

Was steckte dahinter?

Es war ungewöhnlich, dass eine Polizistin von der Mordkommission ihn so um eine Information anging. Vielleicht sollte ich sie später meinerseits anrufen, dachte er, während er sich mit einer Limo, einem Stück Kuchen und einer Tüte Kartoffelchips auf den Weg machen wollte.

Da sprach ihn Leanne Belmont an, die gerade eine Tasse Kräutertee trank. Die grauhaarige Dame war früher beim *Mirror* Polizeireporterin gewesen, bevor sie zu Hause vier Kinder großgezogen hatte. Heute war sie Werbetexterin.

»Der Fraß bringt dich noch um, Jason.«

»Wird aber ein schöner Tod.«

»Du hast da eine gute Story am Wickel. Dieser Polizeieinsatz …«

»War falscher Alarm.«

»Lebt Maria Colson noch?«

»Soweit ich weiß, schon.«

»Was für eine entsetzliche Geschichte.« Sie trat zu ihm und legte ihm eine Hand auf die Schulter. »Entschuldige, dass ich das Thema wechsle, aber stimmt es, das Spangler Astrid gefeuert hat?«

»Ja.« Während sie zur Redaktion gingen, schaute Jason auf die Uhr. »Es ist heute Morgen passiert. Sie hatte mal wieder eine Story verpasst.«

»Dieser Spangler ist beängstigend. Astrid sollte mal mit der Gewerkschaft reden.«

»Sie hätte ihre Arbeit richtig machen sollen. Wo ist unser Fritz? Ich muss mit ihm reden.«

In dem Moment tauchte Spangler mit einem Klemmbrett aus seinem verglasten Büro auf und rief ihn zu sich. Jetzt hatte er die Krawatte gelockert und die Ärmel aufgekrempelt.

»Halt die Ohren steif«, sagte Belmont.

An einer Wand von Spanglers Büro hingen Titelseiten mit seinen größten Storys aus Seattle und New York sowie gerahmte Fotos, die ihn mit Präsidenten und Gouverneuren zeigten, außerdem mit den Rolling Stones, Madonna und Springsteen.

»Es ist spät. Wo zum Teufel hast du rumgehangen, Wade?«

»Ich bin an der Story drangeblieben.«

»Und nicht drangegangen, als ich dich nach der Pressekonferenz angerufen habe.«

»Ich musste jemanden interviewen.«

»Du meldest dich gefälligst, wenn ich anrufe, kapiert?« Spangler schaute auf sein Klemmbrett. »Du bleibst an dieser Story dran, solange ich es mir nicht anders überlege. Haben wir uns verstanden?«

»Ja.«

»Wir bringen den Text auf Seite eins. Munroe Walker schreibt eine Kolumne. Ich habe Phil Tucker nach Ballard geschickt, damit er sich mal gründlich umsieht.«

Jason blickte den Chef des Lokalteils an.

»Mach die Tür zu«, befahl der.

Jason gehorchte.

»Jetzt hör mal gut zu, Wade. Ein Radiosender berichtet, es sei eine Belohnung ausgesetzt worden, wenn jemand einen Hinweis gibt, durch den die Täter gefasst werden und das Kind gerettet wird. CNN befragt ehemalige FBI-Beamte hinsichtlich der Ermittlungen, und uns ist zu Ohren gekommen, der *Seattle Post-Intelligencer* habe ein Interview vereinbart mit einem Ehepaar aus Ohio oder Florida, dessen Tochter vor zehn Jahren entführt und ermordet wurde. Die Täterin hat im Gefängnis Selbstmord begangen. Ein gestohlenes Kind, eine um ihr Leben ringende Mutter, davon spricht nicht nur ganz Seattle. Das ist eine landesweit interessante Story. Unsere Auflage sinkt, und wir müssen bei dieser Geschichte auf jeden Fall die Nase vorn haben. Wir brauchen Exklusivstorys und auch mal wieder einen Pulitzerpreis. Weniger reicht mir nicht. Ich warne dich: Falls du dir einen Patzer leistest oder es zulässt, dass dir jemand zuvorkommt, fliegst du raus. Habe ich mich deutlich ausgedrückt?«

Jason wurde allmählich wütend. »Ich glaube, Sie vergessen da was.«

»Wovon redest du?«

»Bevor Sie herkamen, habe ich bereits eine sensationelle Exklusivstory gebracht. Ich gebe alles für diese Zeitung. Also drohen Sie mir nicht. Ich weiß sehr gut, wie ich meine Arbeit tun muss.«

Spanglers Miene verfinsterte sich. »Deine alten Artikel helfen uns heute kein bisschen mehr. Ich scheiß drauf. Wenn du deinen Job behalten willst, setz deinen Arsch in Bewegung und mach dich an die Arbeit.«

Jason wollte gehen.

»Noch etwas«, sagte Spangler. »Wenn du mir gegenüber noch einmal so einen Ton anschlägst, ist das auch ein Kündigungsgrund.«

Jason ging zu seinem Schreibtisch und schaltete den Computer ein. *Vergiss das Gerede,* dachte er. *Konzentriere dich.*

Er blickte auf Astrids leeren Stuhl, die Dinge, die sie zurückgelassen hatte: ihr offenes Notizbuch, einen Stift, einen halb aufgegessenen Müsliriegel, ihren Terminkalender.

Sein Computer piepte, die Frequenzscanner quakten. Er vergaß Spangler, blätterte seine Notizen durch und begann zu tippen.

Dann las er, was die neue Bibliothekarin für ihn zusammengestellt hatte. Es waren mehrere wissenschaftliche Aufsätze über die Entführung von Kleinkindern. Wichtige Passagen waren angestrichen. Er hatte bereits über Kindesentführungen geschrieben, doch nun verfügte er über besseres Material und die aktuellen Statistiken. Während er las, aß er den Kuchen und die Kartoffelchips.

Es war eindeutig, dass das FBI Lee Colson davor gewarnt hatte, während der Pressekonferenz den oder die Täter zu beschimpfen oder sonst wie zu provozieren. Kidnapper saßen bei solchen Gelegenheiten gewöhnlich vor dem Fernseher.

Den Studien entnahm er, dass jedes Jahr um die fünftausend Kinder von Fremden gekidnappt wurden, doch Entführungen von Babys waren selten. Im Durchschnitt passierte es ein Dutzend Mal pro Jahr. Wurden die Babys gerettet, fand man sie gewöhnlich schnell und in einem Umkreis von fünfundsiebzig Meilen.

Die Babys, die ermordet wurden, starben innerhalb von drei bis sechs Stunden nach der Entführung.

Er blickte aus dem Fenster. Draußen ging die Sonne unter. Die Autofahrer auf der Straße am Ufer der Elliott Bay hatten sie Scheinwerfer eingeschaltet. Die Zeit arbeitete gegen ihn.

Er nahm sich die erste Version seines Artikels vor und fügte Fakten, Statistiken, Meinungen, Zitate und atmosphärische Details ein. Während der stilistischen Überarbeitung verging die Zeit wie im Flug. Der Artikel war lang. Er schickte ihn elektronisch an Vic Beale, den Redaktionsleiter von der Nachtschicht.

Zwei Minuten vor der Deadline.

Er massierte sich die verspannten Nackenmuskeln und überlegte, ob er sich noch etwas zu essen aus den Automaten im Pausenraum ziehen sollte, entschied sich aber dagegen. Er würde sich nach der Arbeit etwas Anständiges gönnen.

Beale rief an. »Der Artikel ist gut. Fahr nach Hause.«

Die Redaktion war fast verwaist. Er zog seine Jacke an und verschwand durch eine Hintertür, die auf einen engen Gang führte. An den Wänden hingen Titelseiten des *Mirror,* die bis zu ersten Ausgabe und ins 19. Jahrhundert zurückgingen. Er blieb vor dem großen Fenster stehen, durch dessen Scheibe man die deutschen Druckmaschinen weiter unten sah.

Männer in schmutzigen blauen Overalls bereiteten den Druck der ersten Ausgabe vor. Bis hier oben roch es nach Druckerschwärze.

Er machte sich Sorgen wegen seines Artikels, denn er hatte nicht alles geschrieben, was er über die Colsons wusste.

Was hatte die Nachbarin, Annette Tabor, gesagt? *Die beiden haben so viel durchgemacht. Und jetzt das!* Und die Kassiererin aus dem Supermarkt: *Ich weiß, dass sie Ewigkeiten darauf gewartet hat, schwanger zu werden, und deshalb total niedergeschlagen war. Ich glaube, ein Arzt hat ihr gesagt, sie würde nie Kinder bekommen können.* Und dann Grace Garners Reaktion auf die Frage, die er während der Pressekonferenz gestellt hatte: *Was glauben Sie zu wissen?*

War er da auf etwas gestoßen? Etwas Konkretes hatte er nicht, nur Bruchstücke. Und er hatte Spangler nichts davon erzählt.

War das ein Fehler gewesen?

Zumindest ein Risiko. Aber er wusste nicht genug, um davon Gebrauch zu machen. Es wäre für ihn gefährlich und den Lesern gegenüber unfair gewesen, wenn er orakelte, ohne etwas beweisen zu können. Und er hätte die Konkurrenz auf etwas aufmerksam gemacht.

Er musste seinen Instinkten vertrauen.

Eine laute Glocke schrillte, und das ganze Gebäude erzitterte, als die riesigen Druckmaschinen zu arbeiten begannen. Bald würden sie achtzigtausend Zeitungen ausgespuckt haben, ordentlich gefaltet, gezählt und zu Bündeln verschnürt, die auf Lastwagen geladen wurden. Diese Ausgabe des *Mirror* wurde auch außerhalb von Seattle vertrieben, im ganzen Bundesstaat Washington. Zwei Stunden später würde eine eigene Ausgabe für den Großraum Seattle erscheinen, wo dreieinhalb Millionen Menschen lebten.

Er öffnete die Tür zur Aussichtsplattform und stieg die Stahltreppe hinab. Der Chef der Druckerei, der eine Sicherheitsbrille und Ohrenschützer trug. Sie waren alte Freunde seit der Zeit, als er noch die Nachtschicht gehabt hatte. Sprechen war wegen des Lärms unmöglich, doch er bekam ein druckfrisches Exemplar der neuen Ausgabe in die Hand gedrückt.

Draußen trat er auf die Laderampe, vor der später die Lastwagen vorfahren würden, und warf in der gleißenden Helle der Flutlichter einen Blick auf die Zeitung. Die Schlagzeile, sein Artikel, Nates Fotos.

BABY ENTFÜHRT,
POLIZEIEINSATZ FEHLGESCHLAGEN
ZUSTAND DER MUTTER KRITISCH

Eine Möwe schrie.

Er sah seinen Namen unter der Schlagzeile, überflog den Artikel und betrachtete eingehend die Fotos, bevor er die Zeitung zusammenfaltete, sie sich unter den Arm klemmte und zu seinem Auto ging. Wahrscheinlich war Dylan Colson tot. Und seine Mutter würde vermutlich auch sterben.

Es war eine entsetzliche Tragödie, aber – Gott mochte es ihm verzeihen – eine höllisch gute Story.

15

Jason nahm den Denny Way Richtung Broad Street.

Vor ihm ragte die hundertfünfundachtzig Meter hohe »Space Needle« mit dem roten Licht auf der Spitze in den Abendhimmel auf, das futuristische Wahrzeichen Seattles. Er ließ den Blick über die Skyline gleiten.

Irgendwo da draußen war Dylan Colson.

Oder war er tot?

War seine Leiche in einen Müllcontainer in einer Seitengasse geworfen worden. Oder lag sie irgendwo in einem Park, wo sie an einem regnerischen Morgen von einem Jogger oder Hundehalter entdeckt werden würde? Oder hatte m sie einfach in einen mit Betonblöcken beschwerten Sack gesteckt und in die Elliott Bay geworfen?

Möglich war alles. Das Böse war auch in der Region Pacific Northwest allgegenwärtig. Jason hatte schon genug davon gesehen.

Manchmal ganz aus der Nähe.

Er schaute in den Rückspiegel und wechselte die Fahrspur.

Vielleicht lebte Dylan noch. Möglicherweise war dieser Fall die Ausnahme von der Regel.

Wer weiß.

Während er Richtung Norden fuhr, fiel das Licht der Straßenlaternen auf Maria und Dylan. Die Zeitung lag auf dem Beifahrersitz, und ihre Augen blickten ihn von der Titelseite an. Er überquerte die Aurora Avenue Bridge, die den Lake Union überspannte. Dahinter lagen Fremont und Willington und das kleine Viertel, wo er in einer riesigen Villa aus dem 19. Jahrhundert wohnte, die in Wohnungen aufgeteilt worden war.

Seine war im zweiten Stock.

Doch er hätte es nicht ertragen, jetzt sofort dorthin zurückzukehren, die knarrenden Treppenstufen zu hören. Empfangen hätten ihn ein leeres Wohnzimmer, ein leeres Schlafzimmer, eine leere Küche, sein leeres Leben, wo niemand auf ihn wartete außer den tropischen Fischen in seinem Aquarium.

Er hatte einen harten Tag hinter sich und Durst. Natürlich konnte er jederzeit vor einem Schnapsladen anhalten und sich etwas Alkoholisches besorgen, das ihm helfen würde, die Nacht zu überstehen.

Nein.

Er kämpfte gegen die Versuchung. Auf den ersten Drink würden der nächste und der übernächste folgen, und er wusste, wie es enden würde. Stattdessen bog er von der Aurora Avenue in eine dunkle, verwaiste Seitenstraße ab und parkte vor einem kleinen flackernden Neonschild.

Ivan's war ein kleines Diner, das die ganze Nacht über geöffnet hatte. Hier kam er häufiger her an schlechten Tagen, wenn er sich einsam fühlte. Außerdem hatte er Hunger, und das Essen war gut. Er schloss sein Auto ab.

Linoleumboden, acht Nischen, von denen sechs nicht besetzt waren, eine Theke mit Resopalbeschichtung, davor vierzehn Barhocker mit Kunststoffbezügen, die meisten davon geflickt mit Isolierband, eine Wandtäfelung aus imitiertem Holz.

Nachdem er in einer Nische Platz genommen hatte, betrachtete Jason die paar anderen Nachtschwärmer. Ein alter Mann auf einem Barhocker starrte mit leerem Blick auf die Theke. In einer Nische am Vorderfenster saß ein älteres Paar. Die Frau las ein dickes Taschenbuch, der Mann schaute in die Nacht hinaus. In einer Nische daneben löste eine weißhaarige Frau mit Brille ein Kreuzworträtsel.

»Was darf's sein, mein Freund?«, fragte ein unrasierter Mann in einem weißen T-Shirt von der Durchreiche zur Küche her. Er kaute auf einem Zahnstocher herum.

»Ein Sandwich mit Schinken, Salat und Tomaten, außerdem Pommes frites und ein großes Glas Milch.«

Der Mann nickte, und Jason schlug die Zeitung mit seinem Artikel auf. Nachdem er die Fotos studiert hatte, las er ihn von vorne bis hinten.

Wer tat so etwas? Und warum? Wegen Geld? Soweit er wusste, war keine Lösegeldforderung gestellt worden. Lee Colson arbeitete als Fahrer bei einem Abschleppdienst, Maria war Kassiererin in einem Supermarkt gewesen. Die beiden hatten kein Geld. War es ein Verbrechen aus einem spontanen Impuls heraus gewesen, oder von langer Hand vorbereitet von jemandem, der die Colsons beobachtet hatte? Von jemandem, der sich für etwas rächen wollte. Hatten die Colsons Feinde?

Sein Essen wurde gebracht.

»Guten Appetit«, sagte der Koch.

»Danke.« Jason biss in das Sandwich. Es war gut. Die Theorie mit dem Feind schien ihm nicht sehr plausibel zu sein. Es sah so aus, als wären die Colsons ein beliebtes junges Paar.

Aber sie hatten früher Probleme gehabt, möglicherweise ernsthafte Probleme nach dem, was die Nachbarin angedeutet hatte. Sie hatte sich geweigert, näher darüber zu reden. Ihre Kollegin aus dem Supermarkt hatte gesagt, dass Maria befürchtet hatte, keine Kinder bekommen zu können. Dass es eine Ewigkeit gedauert hatte, bis es doch passiert war. Doch was sollte das mit der Entführung zu tun haben. Es ergab keinen Sinn. Und dann war da noch Grace Garners Anruf nach der Pressekonferenz.

Er musste auf etwas gestoßen sein.

Doch auf was?

Ein Geheimnis?

Jeder hatte eins.

Er musste nur an seinen alten Herrn denken. Vor seiner Geburt war der in Seattle Polizist gewesen, hatte den Job aber nach nur ein paar Jahren quittieren müssen. Jason sollte den Grund nicht erfahren, denn sein Vater sprach niemals darüber. Was immer geschehen war, es verfolgte ihn. Nachdem er es nicht geschafft hatte, als Privatdetektiv erfolgreich zu sein, hatte er einen Job in einer Brauerei angenommen.

Dann hatte seine Mutter die Familie verlassen, als er noch ein Teenager gewesen war. Sein alter Herr geriet an die Flasche und hätte seinen Sohn fast mit in den Abgrund gezogen. Und beinahe alles zerstört.

Jason versuchte, die Erinnerungen an diese Zeit zu verdrängen.

Es war vorbei.

Jetzt ging es seinem Vater besser. Er ging zu den Anonymen Alkoholikern, hatte in der Brauerei gekündigt und arbeitete Teilzeit als Privatdetektiv.

In gewisser Hinsicht geht es meinem Vater jetzt besser als mir, dachte er, als er aufgegessen hatte. Mit Spangler war nicht zu spaßen. Er hatte Astrid gefeuert. Sicher, sie war selbst schuld, doch Spangler war knallhart gewesen. Und ihm gegenüber verhielt er sich nicht anders.

Eigentlich hatte er niemanden, an den er sich wenden konnte. Nach Valeries Rückkehr aus Europa waren sie wieder zusammen gewesen, aber es war nicht mehr so wie früher. Während er das Trinken aufgab, hatte er sich völlig zurückgezogen. Der zweite Versuch dauerte nur ein halbes Jahr. »Jason, einer von uns muss es aussprechen«, hatte Valerie gesagt. »Es funktioniert einfach nicht mit uns. Wir haben uns in verschiedene Richtungen entwickelt.«

Es stimmte.

So trennten sie sich ein zweites Mal, ohne jede Verbitterung. Er erinnerte sich, wie sie auf dem Flughafen mit Tränen in den Augen gelächelt und ihn geküsst hatte, bevor sie wieder nach Europa flog.

Dieser Teil seines Lebens war abgeschlossen.

Denk nicht mehr daran.

Er trank einen Schluck Milch. Trotz allem fühlte er sich ein bisschen besser und dachte darüber nach, ein Stück Apfelkuchen zu bestellen. Konnte es sein, dass er zu viel an Detective Grace Garner dachte?

Vielleicht sollte er sie sofort anrufen.

Er entschied sich dagegen.

Er musste noch checken, wie es um Maria Colsons Gesundheitszustand bestellt war. Er zog sein Mobiltelefon hervor und sah sich die Fotos an, die er an diesem Tag gemacht hatte, darunter auch einige von Grace Garner während der Pressekonferenz.

Sie schien eine starke, intelligente Frau zu sein, vielleicht ein oder zwei Jahre älter als er. Sie war attraktiv. Und wahrscheinlich verheiratet. Oder sie hat einen Freund, dachte er, während er auf das Foto schaute.

Er klickte zum nächsten Bild.

Maria und Dylan Colson.

Er würde herausfinden, was geschehen war.

Und dabei keine Mühe scheuen.

16

Grace Garner saß allein in der Cafeteria des Krankenhauses vor einer Tasse Tee mit Milch.

Mehrere Stockwerke über ihr war Maria Colsons Zustand noch immer unverändert. Perelli hatte darauf bestanden, sie mit Lee Colson am Krankenbett abzulösen, damit sie Zeit hatte, sich um den Fall zu kümmern.

Dupree hätte mittlerweile angerufen haben sollen.

Vor gut einer Stunde war auf dem Flughafen Sea-Tac International eine Frau mit einem Baby aufgefallen, die sich seltsam verhalten hatte, während sie eine Maschine nach Los Angeles bestieg.

Dupree kümmerte sich darum.

Er könnte sich wirklich mal melden, dachte sie, während sie auf ihr Mobiltelefon starrte. Im Gegensatz zum Rest des Krankenhauses durfte man in der Cafeteria damit telefonieren. »Unsere Chirurgen trinken hier ständig Tee und telefonieren mit ihren Anlageberatern, hatte eine Schwester zu ihr gesagt. Als sie gerade Zucker in ihren Tee gab, klingelte es.

»Sackgasse«, sagte Dupree.

»Was ist passiert?«

»Eine Mutter mit Flugangst hat versucht, ihre Nervosität mit Alkohol und Tabletten zu bekämpfen. Sie hat einigen der Passagiere einen Schrecken eingejagt, als sie verkündete, sie habe geträumt, der Teufel wolle ihren Sohn stehlen. Der Fußabdruck ihres Babys passt aber nicht zu dem von Dylan Colson.«

»Also haben wir immer noch nichts in der Hand.«

»Dieser Fall ist lösbar. Die Öffentlichkeit ist zur Mithilfe aufgerufen, vielleicht gibt es einen Durchbruch. Im Krankenhaus irgendwas Neues?«

»Nein, ihr Zustand ist unverändert.«

»Die Jungs von der Spurensuche haben auch noch nichts von sich hören lassen und legen wohl eine Nachtschicht ein. Vielleicht finden sie etwas.«

»Vielleicht.«

Nach dem Ende des Telefonats schaute Grace auf die Uhr. Seit Dylan Colsons Entführung waren vierzehn oder fünfzehn Stunden vergangen, und sie hatten immer noch nichts Konkretes.

Der Fehlschlag mit dem falschen Lieferwagen, die Pressekonferenz, die Großfahndung. Hunderte von Anrufen bei der Hotline, doch nichts brachte sie einer Lösung des Falls näher. Die Worte verschwammen vor ihren Augen, als sie ihre Notizen durchblätterte. Nichts als Bruchstücke, keine solide Spur. Hatte sie etwas übersehen? Hatten sie alles getan? Oder war ihr doch etwas entgangen?

Ein Hintergrundcheck über die Colsons hatte nichts Aufschlussreiches ergeben. Lee hatte einmal ein Strafmandat wegen Falschparkens bekommen. Maria ging jeden Sonntag zur Messe und arbeitete ehrenamtlich in der Gemeinde mit.

Das waren anständige Leute.

Detectives und FBI-Beamte durchleuchteten nun den Freundeskreis der Colsons, ihre Nachbarn und sonstigen sozialen Kontakte. Gab es dort jemanden, der ein Baby verloren hatte oder unbedingt eines wollte? Jemanden, der einen Groll gegen Lee und Maria hegte?

In Datenbanken +überprüften sie, ob diese Leute Vorstrafen hatten oder wegen Sexualdelikten aufgefallen waren. Es kam nichts dabei heraus. Sie hatten die E-Mails der Colsons überprüft, ihre Aktivitäten im Internet, ihre Telefonate.

Dupree glaubte daran, dass er bei der Verschleppung von Babys Muster gab und dass Entführer nach der Tat nicht logisch dachten. »Sie handeln irrational und machen Fehler, weil sie ihre Flucht nicht geplant haben.«

Irrational? Wer immer es getan hat, für mich ist er geisteskrank.

Sie dachte an Maria und Lee oben auf der Intensivstation. Seit dem Fehlschlag in Lake City war Lee nicht mehr von der Seite seiner Frau gewichen. Er hielt ihre Hand und betete leise.

Grace hatte sie beobachtet. Sie hatte niemanden, würde niemandem Fehlen, wenn sie selbst im Sterben gelegen hätte. Je länger sie darüber nachdachte, desto mehr belastete es sie. Sie blickte auf ihre Finger. Kein Trauring. Sie war allein.

Hast du es nicht so gewollt? Schon immer? Du warst immer eine Einzelgängerin. Genau so magst du es. Du hast einen Fall zu lösen. Konzentriere dich darauf.

Sie griff in ihre Tasche und zog die Kladde mit den Blumenmotiven hervor, auf deren Etikett »Dylans erstes Jahr« stand. Lee hatte sie ihr freiwillig gegeben. Sie enthielt Tagebucheinträge über die Geburt und die folgenden Monate von Dylans Leben.

Vielleicht würde sie hier etwas finden.

Sie betrachtete Marias ordentliche Handschrift, und einige Passagen machten sie neugierig. Zum Beispiel diese:

»An Mamis Engel. Niemand außer mir hat daran geglaubt, dass wir dich haben würden. Ich habe immer daran geglaubt, dass du zu mir kommen würdest.«

Die Formulierung kam ihr etwas merkwürdig vor. Was genau hatte sie damit sagen wollen? Als sie Lee danach fragte, antwortete der, die Ärzte hätten schon vor langer Zeit zu Maria gesagt, möglicherweise würde sie nie Kinder bekommen können. Aber Maria hatte die Hoffnung nicht aufgegeben und dafür gebetet, dass sie schwanger werden würde.

Das war's?

Sie starrte auf die Worte, die Maria nach Dylans Geburt niedergeschrieben hatte. Es musste mehr dahinterstecken.

Vielleicht war es wichtig für den Fall, vielleicht nicht. Aber sie musste es erfahren.

Sie musste an Jason Wade denken, den Journalisten vom *Seattle Mirror*. Er war intelligent und hatte eine schnelle Auffassungsgabe. Und er sah gut aus. Fühlte sie sich zu ihm hingezogen? Nein. Schluss jetzt. Konzentriere dich auf den Fall. Aber Wade schien dasselbe zu beschäftigen, das auch an ihr nagte.

Wie hatte seine rätselhafte Frage noch mal gelautet. Sie blätterte in ihrem Notizbuch und fand den Wortlaut: »Sir, mir ist bewusst, dass Sie eine schwierige Zeit durchmachen, aber ich habe gehört, Sie und Maria hätten schon einmal eine schwere Zeit durchgemacht?« Lee hatte geantwortet, er verstehe nicht, was die Frage bedeuten solle, und doch hatte er Dylan ihn »Wunder« genannt, wie Maria in der Kladde: »Heute hat Gott mich mit einem Wunder überrascht ... Er hat meine Gebete erhört.«

Sie würde noch einmal mit Lee darüber reden müssen. Sie ging zum Aufzug und fuhr nach oben.

Lee betete fortwährend dafür, seine Frau möge überleben.

Grace bereitete sich innerlich darauf vor, dass Maria sterben würde.

Wenn die doch nur in der Lage gewesen wäre, noch eine Aussage zu machen! Nur sie hätte die Entführer ihres Sohnes identifizieren können. Vielleicht würde eine Aussage auf dem Sterbebett ihr Abschiedsgeschenk für Grace sein.

Damit die ihren Mörder fand.

Sie fand Lee und Perelli in einem Aufenthaltsraum. Ihr Kollege verputzte gerade einen Schokoriegel mit Erdnüssen. Lee sprach leise mit Marias Tante und ihrem Onkel. Er sagte, er habe Marias Krankenzimmer verlassen müssen, während die Schwester sich um sie kümmerten.

»Es wird alles wieder gut, Lee«, sagte der ältere Mann.

Lee nickte.

»Wir müssen stark sein«, fügte Marias Tante hinzu, der auffiel, dass Grace Lee beiseite nehmen wollte. Er folgte ihr und Perelli.

»Mr Colson, es tut mir leid, doch ich muss noch einmal auf etwas zurückkommen.« Sie schlug die Kladde auf und zeigte ihm Marias Worte. »Was genau hat sie damit gemeint?«

»Ich habe Ihnen doch schon erzählt, dass wir Probleme hatten. Sie wurde einfach nicht schwanger. Man hat uns gesagt, möglicherweise werde es nie dazu kommen.«

»Was war der Grund?«

»Mit zwölf, während eines Campingurlaubs im Glacier

National Park, hat Maria sich bei einem Sturz eine üble Beckenverletzung zugezogen. Die Ärzte sahen den Ursprung des Problems in diesem Sturz. Aber Maria hat nicht aufgegeben. Sie betete und wurde schwanger mit Dylan.«

»Wie lange haben Sie beide es vergeblich versucht?«

»Bestimmt ein paar Jahre. Wir wollten Kinder bekommen, und man hatte uns gesagt, es würde schwierig werden.«

»Also haben die Ärzte nicht kategorisch gesagt, es sei unmöglich?«

»Nun, einige haben schon geglaubt, dass alles dagegen sprach, doch Maria hat sich geweigert, es zu akzeptieren.«

»Was haben Sie getan?«

»Es einfach weiter versucht.«

»Wussten andere Leute davon?«

»Ich weiß, dass Maria es ihren Freundinnen in dem Supermarkt erzählt hat.«

»Haben Sie andere Optionen bedacht?«

»Zum Beispiel?«

»Adoption oder In-vitro-Fertilisation?«

Lee nickte. Sie hatten über jede Möglichkeit nachgedacht.

Zwei Schwestern mit Stethoskopen und angespannten Meinen eilten In Marias Zimmer. Ernste, gedämpfte Stimmen drangen nach draußen, als sie die Tür öffneten, Man hörte das Piepen der Geräte, mit denen die vitalen Funktionen überwacht wurden.

Lee ging auf die Tür zu, doch eine Schwester hinderte ihn am Betreten des Krankenzimmers.

»Bitte warten Sie hier, Mr Colson.«

»Was ist los?«

Grace tastete nach dem Aufnahmegerät in ihrer Tasche. »Ich muss da rein für den Fall, dass sie etwas sagt.«

»Nein, Detective Garner, tut mir leid. Sie ist nicht in der Lage, etwas zu sagen.«

Aus dem Zimmer hörte Grace medizinische Fachtermini, sie verstand das Wort *Elektrokardiogramm.*

Perelli und Lees Onkel führten Marias Ehemann in das Wartezimmer zurück. Nach zwanzig Minuten kam ein Arzt. Lee stand auf.

»Ihre Frau hatte einen Herzstillstand, doch nun ist ihr Zustand stabil. Der Herzrhythmus ist wieder normal. Alles andere auch.«

»Wird es ihr wieder besser gehen?«

Der Arzt schaute Lee an. »Es hat sich nichts geändert. Sie ist immer noch bewusstlos. Bestimmt wissen Sie von Dr. Binder, dass es zwei Möglichkeiten gibt. Sie kann wieder ganz gesund werden, unter Umständen wird sie aber auch nie wieder zu Bewusstsein kommen.«

Lee schlug die Hände vors Gesicht.

»Ihr Leben liegt in Gottes Händen«, sagte Marias Tante.

Der Arzt nickte.

»Darf ich bitte wieder zu ihr?«

»Das sollte sich machen lassen, aber warten Sie noch einen Moment, bis die Schwester aufgeräumt haben.«

Ein paar Minuten später bat eine Schwester Lee in das Krankenzimmer. Grace folgte ihm. Der Raum war nur schwach beleuchtet, man hörte das Summen und Piepen der medizinischen Geräte.

Es dauerte ein paar Sekunden, bis ihre Augen sich an das Zwielicht gewöhnt hatten.

Alle Haare waren Maria abrasiert worden. Die Kopfhaut war nach der Operation genäht worden. Sie bekam zwei Infusionen.

Lee nahm ihre Hand. Neben ihr lag ein Stofftier, ein Eisbär namens Snowball, den Lee am Tag von Dylans Geburt gekauft hatte.

»Wach auf«, flüsterte er. »Bitte wach auf. Lass mich nicht allein.«

Lee Colson kniete neben dem Bett seiner möglicherweise im Sterben liegenden Frau. Grace trat ans Fenster und betrachtete ihr Spiegelbild vor dem Hintergrund der funkelnden Lichter von Seattle. Sie war hilflos und fürchtete nicht nur um Marias, sondern auch um Dylans Leben.

Sieh den Tatsachen ins Auge, vielleicht hast du es bald mit einem Doppelmord zu tun.

17

In diesem Moment, während Maria Colson mit dem Tod rang, saß am anderen Ende der Stadt eine Frau in ihrem dunklen Wohnzimmer vor dem Fernseher.

Es war spät, in der Reihe mit Filmklassikern lief an diesem Abend *Casablanca.*

Die wundervolle Geschichte einer unmöglichen Liebe. Nadine seufzte, als der Film einmal mehr durch nervige Werbung unterbrochen wurde, gefolgt von den aktuellen Lokalnachrichten.

Sie beugte sich vor.

Der Fall Colson war immer noch das Topthema.

Eine tragische Geschichte.

Aber interessanter als der Film, und sie wollte keine neue Entwicklung verpassen. War sie deshalb ein schlechter Mensch? Sie hoffte es nicht. Sind nicht alle Einwohner von Seattle von dieser Story fasziniert, dachte sie, als Bilder wiederholt wurden, die schon x-mal an diesem Tag ausgestrahlt worden waren.

Keine Spur von dem Baby. Keine Verdächtigen. Frustrierte Detectives. Maria Colsons Zustand weiterhin kritisch.

Es brach ihr das Herz, als sie Lee Colson die Entführer anflehen sah. Diese Geschichte war schlimm. Entsetzlich. Wenn sie doch nur irgendwie hätte helfen können.

Aber wie? Die Antwort auf die Frage kannte sie nicht.

Jetzt lief wieder *Casablanca,* doch sie hatte das Interesse verloren an Bogart und Bergman. Stattdessen kaute sie auf den Fingernägeln und dachte nach.

Ein Stück weiter weg saß Axel rauchend in seinem Sessel. Sie sah sein Gesicht nur im Schein der Glut, wenn er an der Zigarette zog. Sie mochte seine tief liegenden Augen, das energische Kinn, den muskulösen Körperbau. Und es gefiel ihr, dass er nur selten sprach.

Bei ihm fühlte sie sich sicher, er war ihr Beschützer.

Axel verschloss die meisten seiner Gefühle in seinem Inneren. Sie wusste nie, was er wirklich dachte. Aber er war intelligent und durch seine Erfahrungen gewachsen. In letzter Zeit hatte ihm eine Menge zu schaffen gemacht.

Wie ihr.

Es hatte so viel zu tun gegeben.

Axel rechnete damit, in den nächsten Tagen ein Geschäft abzuschließen und sein Geld zu bekommen. Und wenn die Dinge so liefen, wie er es erwartete, sagte er, würde er noch einen »hübschen Bonus« bekommen. Genug, um in Urlaub zu fahren und dann das kleine Haus an der Küste von Oregon zu kaufen, in der Nähe von Portland.

Und dann würden sie heiraten.

Nadine lächelte.

Ihr Traum wurde wahr. Endlich. Sie würden glücklich in dem Haus am Strand leben. Sie hatten beide einen langen Weg hinter sich, und nun waren sie fast am Ziel.

Keinen Moment zu früh, dachte sie, während sie sich in dem Wohnzimmer umblickte. Ein kaputtes Sofa, rissige Wände mit Löchern, wo die Vormieter Nägel eingeschlagen hatten, nach deren Haustieren es noch immer stank. Dabei durfte man hier keine halten. Die elektrischen Leitungen verliefen teilweise über der Wand. Auch das war verboten.

Aber es war sinnlos, sich jetzt noch beim Vermieter zu beschweren.

Bald würden sie verschwunden sein.

Nadine war dankbar, dass sie hier nur vorübergehend wohnten und dass der ganze Ramsch nicht ihnen gehörte. Aber das Chaos war auch selbst gemacht. Stöhnend blickte sie auf die Fastfood-Verpackungen, auf die herumliegenden Pullover, Jeans und anderen Klamotten, auf ihre geschäftlichen Papiere, die Kartons all der Dinge, die sie kürzlich gekauft hatten Was für eine Unordnung. Aber sie waren zu beschäftigt gewesen, um aufzuräumen.

»Ich ertrage es nicht mehr. Ich muss hier Ordnung schaffen.«

Axels Gesicht leuchtete kurz auf, als er an seiner Zigarette zog.

Bepackt mit schmutzigen Tellern, Besteck und Gläsern ging sie in die Küche, wobei sie noch rechtzeitig an die Bodendiele mit dem Nagel erinnerte, an dem sie sich immer die Strümpfe aufriss.

In der Küche lief ein kleiner Farbfernseher, der auf einen anderen Lokalsender eingestellt war. Der Ton war leise gestellt, doch sie körte noch den Schluss eines weiteren Nachrichtenbeitrags über die Entführung von Dylan Colson.

Immer noch nichts Neues.

Sie stellte die Sachen auf die Spüle und musste sich eingestehen, dass sie nicht loskam von dieser Story. Sie war besessen davon, immer auf dem neuesten Stand zu sein, doch bei wem wäre das anders gewesen. Das war sehr viel besser als Reality-TV.

Auf dem Kühlschrank stand ein Radio, ebenfalls auf einen

lokalen Nachrichtensender eingestellt. Und am anderen Ende der Küche, auf dem Herd, lief noch ein Radio.

Nur gab es nichts Neues zu berichten.

Als Axel vor einer Stunde die Wohnung verlassen hatte, um beim Chinesen Abendessen zu holen, hatte er hinterher noch in einem Eckladen, der vierundzwanzig Stunden geöffnet hatte, Zigaretten und die letzte Ausgabe des *Seattle Mirror* gekauft. Sie lag aufgeschlagen auf dem Küchentisch. Nadine setzte sich und las die Artikel.

Einmal mehr.

Sie wollte alles noch einmal Satz für Satz und Wort für Wort durchgehen für den Fall, dass ihr etwas entgangen war.

Was für eine entsetzliche Geschichte.

Wäre so etwas ihrem Kind zugestoßen, wäre sie bestimmt gestorben. Sie unterstrich einen Satz mit einem Rotstift. Natürlich würde auch sie wie Lee Colson um das Leben ihres Babys betteln.

Doch sie würde mehr tun.

Plötzlich verschwamm alles vor ihren Augen, und Übelkeit übermannte sie. Als sie sich wieder besser fühlte, unterstrich sie einen weiteren Satz mit dem Rotstift.

Ja, sie würde mehr tun als betteln.

Weil sie gezwungen wäre zu handeln. Gezwungen, die Dinge selbst in die Hand zu nehmen. Sie unterstrich ein Zitat.

Aber eines würde sie nie tun – lügen.

Lügen war Sünde.

Destruktiv.

Lügen verbarg die Wahrheit und schadete jenen, die sie brauchten.

Nadine wusste es, weil sie ihr Leben lang angelogen worden war.

Die Spitze ihres Stiftes zerriss die Zeitung.

Lügen. Alles Lügen. Lee Colson lügt.

Sie hob den Stift, als wäre er ein Messer, mit dem sie zustechen wollte, mitten in die Gesichter von Lee und Maria Colson, die sie von der Titelseite der Zeitung anlächelten.

Lügner!

Sie lauschte.

Was war das?

Sie glaubte, etwas gehört zu haben, das nicht aus den Lautsprechern der Radios oder des Fernsehers kam.

Sie schloss die Augen und atmete tief durch. Dann stand sie auf und verließ die Küche.

Sie musste wissen, woher das Geräusch gekommen war.

Sie rieb sich die Schläfen und ging langsam den langen dunklen Flur hinab. Als sie vor einer geschlossenen Tür stehen blieb, kam ihr ein seltsamer Gedanke. Lee Colson war der Wahrheit nahegekommen, als er das mit dem Wunder gesagt hatte. Komisch, oder? Ihre Hand lag auf der Türklinke, und sie lauschte. Schließlich trat sie leise ein.

Ihr wurde ganz warm ums Herz.

Das Zimmer war in ein sanftes Licht getaucht. Die Lampe hatte die Form eines Zirkusclowns. Er lachte, der Mund stand offen. Es roch angenehm nach Talkum, überall Stofftiere, Hasen und Bären.

Ein hölzernes Kinderbettchen.

Nadine schaute auf das Kind, das sich auf der Matratze bewegte, und beugte sich dicht zu ihm herab.

Ja, es geschehen noch Wunder.

»Oh mein Süßer, sie lügen alle. Die Nachrichtensendungen. Die Polizei. Lee Colson. Alle. Sie sind alle gegen uns, wollen uns auseinanderreißen. Sie verstehen einfach nicht, dass du *mein* Baby bist. Du bist es. Ich bin deine Mama, und ich habe dich heute gerettet.«

Ihr traten Tränen in die Augen.

»Ich habe dich gerettet und werde dich bald weit weg an einen sicheren Ort bringen, wo uns niemand voneinander trennen wird. Oh mein Kleiner, bevor ich das zulasse, würde ich lieber sterben.«

Zweiter Tag

18

Am nächsten Morgen schaltete Jason seinen Laptop ein, ging online und verglich die Beiträge des *Mirror* mit jenen der Konkurrenz.

Der *Post-Intelligencer* berichtete, die Ermittler hätten »niemanden ausgeschlossen« als möglichen Verdächtigen. Associated Press hatte ein Interview geführt mit einem ehemaligen FBI-Beamten, der Erfahrungen hatte mit Kindesentführungen und bezweifelte, dass die Entführung ein spontaner Akt gewesen war. »Es muss irgendeine Verbindung geben zwischen den Colsons und den Verdächtigen.« Tatsächlich. *Ein Professor der Kriminologie behauptet dasselbe.* Und die *Seattle Times,* die sich auf »Quellen« berief machte auf mit einem Bericht, Maria Colsons Gesundheitszustand habe sich sehr verschlechtert während der letzten Nacht.

Jason ging unter die Dusche.

Alle sind dran an der Story, dachte er, doch niemand hat die Nase vorn.

Noch nicht.

Es war nur eine Frage der Zeit.

Nachdem er sich angekleidet hatte, fragte er sich, wie er an diesem Morgen weitermachen sollte. Wahrscheinlich war es ratsam, sich intensiver mit der Vergangenheit der Colsons zu beschäftigen.

Sein Mobiltelefon klingelte.

»Hallo Jason, hier ist Rosemary«, sagte die Telefonistin des *Mirror.* »Entschuldige, wenn ich so früh störe, aber

Spangler hat gesagt, ich solle dich sofort anrufen, wenn sich Leser melden, die vielleicht etwas wissen, dem nachzugehen sich lohnt.«

»Was gibt's denn?«

»Ich habe hier eine Frau an der Strippe, die innerhalb von zwanzig Minuten zum dritten Mal anruft. Sie besteht darauf, sofort mit dir zu reden. Angeblich weiß sie etwas Wichtiges über Dylan Colsons Entführung.«

»Hat sie ihren Namen genannt oder sonst etwas gesagt?«

»Nein, mir gegenüber wollte sie nicht reden.«

»Klang sie glaubwürdig?«

»Schwer zu sagen.«

»Also gut, stell sie durch.«

»Wird sofort erledigt. Sekunde.«

Während er wartete, schaute er sich in seinem Wohnzimmer um. Bücherregale, zwei Sofas, die er gebraucht gekauft hatte, ein Kaffeetisch mit Zeitungen darauf. Über dem Aquarium ein riesiges Poster von Jimi Hendrix.

Auf einer Zeitung stach ihm ein Bild von Detective Grace Garner ins Auge, doch die Leitung stand jetzt.

»Hallo? Spreche ich mit Jason Wade?«

»Ja.«

»Sie haben den Artikel über das gekidnappte Baby geschrieben.«

»Ja. Wer spricht?«

Schweigen am anderen Ende.

Die Anruferkennung zeigte die Nummer der Telefonzentrale des *Mirror*, weil das Gespräch von dort durchgestellt worden war. Er suchte in seinem Schreibtisch nach dem kleinen Aufnahmegerät.

»Wer spricht?«, wiederholte er.

»Das möchte ich nicht sagen. Zuerst muss ich wissen, ob Sie Quellen schützen. Können Sie mir garantieren, Namen nicht im Druck zu verwenden?«

Er fand den Rekorder und drückte auf den Knopf. Das rote Lämpchen leuchtete. Er war erleichtert, dass er daran gedacht hatte, neue Batterien einzusetzen.

»Ja, das lässt sich machen. Hören Sie, sagen Sie, wer Sie sind und worüber Sie reden möchten.«

»Ich habe eine Information über diesen Fall.«

»Was für eine Information?«

»Eine entscheidende. Es geht darum, wer das Baby entführt hat.«

»Sie wissen, wer es war?«

»Ja.«

»Wer ist der Täter?«

»Kann ich Ihnen am Telefon nicht sagen.«

»Warum nicht?«

»Es ist kompliziert. Wir müssen uns an einem öffentlichen Ort treffen, dann sage ich es Ihnen.«

»Können Sie nicht eine Andeutung machen, wer der Täter ist?«

»Nein.«

»Nein? Ein Baby wurde verschleppt, seine Mutter liegt im Sterben, und Sie halten mich hin. Kommen Sie, wenn Ihre Information wertvoll ist, spucken Sie es endlich aus.«

»Sie verstehen nicht, wie ich an diese Information herangekommen bin.«

Er stutzte.

»Haben Sie noch andere Journalisten angerufen?«

»Nein, nur Sie.«

»Warum?«

»Ihr Artikel kommt der Wahrheit am nächsten.«

Welcher Wahrheit? Er hatte keine Ahnung, wovon die Frau sprach, beschloss aber, einen Schritt weiterzugehen. »Also gut, wir treffen uns um elf beim *Mirror.* Fragen Sie unten bei der Security ...«

»Nein. Ich muss das auf meine Weise durchziehen.«

»Was habe ich mir darunter vorzustellen?«

»In einer Stunde bekommen Sie die Information von mir.«

»In einer Stunde?«

»Ja. Ich sage Ihnen jetzt, was Sie zu tun haben.«

19

Jason wohnte etliche Straßenecken entfernt vom Woodland Park, am Rand von Fremont und Wallingford.

Nachdem er noch ein paar Telefonate geführt hatte, stieg er in seinen Falcon und fuhr los. Es war am besten, die Aurora Avenue zur 85th Street zu nehmen. Unterwegs hörte er »Voodoo Child« von Hendrix, weil es seiner Stimmung entsprach.

Wer war die rätselhafte Frau, mit der er sich treffen würde? Sie hatte behauptet zu wissen, wer Dylan Colson entführt hatte, sich aber geweigert, am Telefon mehr zu sagen. Das hatte sich halbwegs glaubwürdig angehört, doch man konnte es unmöglich wissen. Vielleicht war sie nur eine Verrückte und redete Unsinn. Aber es war noch früh und der Park nicht weit entfernt. Es konnte nicht schaden, der Sache nachzugehen. Es würde ihn nur etwa eine Stunde kosten.

Sein Handy klingelte.

»Wo bist du?«, fragte Spangler.

»Weiter an der Story dran. Ich verfolge ein paar Spuren.«

»Hast du die *Times* und den *Post-Intelligencer* gesehen?«

»Ja.«

»Wir sind gut, aber nicht gut genug. Wir haben die Nase nicht vorn.«

»Die anderen auch nicht.«

»Wir müssen führend sein. Will sagen, wir brauchen heute eine Exklusivstory. Hast du mich verstanden, Jason? Dreh mal das Radio leise.«

Er rührte den Lautstärkeregler nicht an.

»Ja, ich habe Sie verstanden.«

»Also, was hast du heute vor?«

Er zögerte, Spangler jetzt schon von der mysteriösen Anruferin zu erzählen. Während seiner bisherigen Zeit beim *Mirror* hatte er gelernt, wie Chefredakteure und Radaktionsleiter auf solche ungeprüften Behauptungen reagierten. Sie fuhren darauf ab, als wären sie schon bestätigt, Tatsachen, nicht bloß vage Spuren. In diesem Stadium weit hergeholt wirkende Behauptungen preiszugeben, wäre eine Dummheit gewesen

»Ich habe gefragt, was du heute vorhast.«

»Ich wollte bei der Mordkommission vorbeischauen, ob es etwas Neues gibt.«

»Das liegt auf der Hand. Und dann?«

»Dann wollte ich mal in der Nachbarschaft der Colsons an ein paar Türen klopfen.«

»Tu das. Finde mehr über die Colsons heraus. Ich habe das Gefühl, dass wir einiges noch nicht wissen über Lee und Maria.«

»Ich bemühe mich, es herauszufinden.«

»Vergiss nie, dass jeder eine dunkle Seite und Geheimnisse hat.«

Es stimmte. Jede Story hatte zwei Seiten, und niemand war jemals so schlecht, wie die Leute dachten, aber auch nicht so gut, wie sie glaubten.

»Ich will, dass du so lange buddelst, bis wir absolut alles über die Colsons wissen«, fuhr Spangler fort. »Außerdem musst du jederzeit über Maria Colsons Gesundheitszustand im Bilde sein. Wenn sie stirbt, muss ich das sofort wissen, denn dann haben wir einen Mordfall, möglicherweise sogar einen Doppelmord, wenn sie die Leiche des Kindes finden. Dann ist diese Story wirklich sensationell.«

Klingt so, als würde er auf diesen Ausgang hoffen, dachte Jason angewidert, aber er sagte nichts.

»Hast du mich verstanden, Jason. Mach doch mal diese Scheißmusik aus.«

»Ich habe alles mitbekommen. War's das?«

»Melde dich alle zwei Stunden bei mir.«

Der Sunset Hills Park war im Nordwesten von Seattle, und von dort aus hatte man einen faszinierenden Blick auf die Olympic Mountains und den Puget Sound. Auf den steilen Abhängen über der Elliott Bay wuchsen Erlen, Douglastannen und Ahornbäume.

Jason parkte, ging zu dem vereinbarten Treffpunkt und stand vor dem Maschendrahtzaun am Rande des Abhangs, von wo aus man einen Blick hatte auf Hunderte von Segelbooten, die in der Shilshole Bay Marina lagen. Er sog tief die salzhaltige Luft ein und blickte den Möwen nach.

Er schaute sich um, sah aber nur einen alten Mann auf einer Bank, der *Ulysses* von James Joyce las.

Der Park war wunderschön, doch er hatte keine Augen dafür, weil die Uhr lief. Allmählich bezweifelte er, ob es richtig gewesen war, sich auf diese Geschichte einzulassen.

Dann klingelte sein Mobiltelefon.

»Spreche ich mit Jason Wade?«

Er schaute auf das Display. Die Nummer war unterdrückt, doch er erkannte die Stimme der Frau wieder.

»Ja, Wade hier.«

»Sind Sie allein?«

»Ja.« Er blickte sich um. »Wo sind sie?«

»Außer Sichtweite. Ich muss das so durchziehen.«

»Hören Sie, das alles ist verrückte, ich habe keine Zeit mehr zu vergeuden. Kommen Sie sofort zum Treffpunkt, sonst ...«

»Sehen Sie den Abfallbehälter zu Ihrer Rechten.« Sein Zögern ärgerte sie. »Sie sehen nicht hin.«

Guter Gott, sie ist in der Nähe und beobachtet dich.

»Sehen Sie den Abfallbehälter?«

»Ja. Was ist damit.«

»Darin liegt eine orangefarbene Plastiktüte. Sehen Sie die?«

»Ja.«

»Der Inhalt ist für Sie. Viel Glück.«

Damit war das Telefonat beendet.

Er wirbelte herum und spitzte die Ohren, sah aber niemanden außer dem lesenden alten Mann.

Die Tüte war sehr leicht. Er setzte sich auf eine Bank, blickte hinein und sah einen großen, zugeklebten weißen Umschlag mit der Aufschrift »Für Jason Wade, *Seattle Mirror*«.

Er öffnete den Umschlag. Kleine, gelbe Papierbögen, mit einem Computerdrucker beschriftet. Er begann zu lesen.

Informationen über
Die Entführung von Dylan Colson und die Verletzungen
von Maria Colson

Das Folgende wurde auf unkonventionelle Weise eruiert, nicht durch gängige Ermittlungsmethoden. Diejenigen, die dieses Verbrechen begangen haben, flüchteten unmittelbar, nachdem sie das Kind in ihre Gewalt gebracht hatten, in östliche Richtung. Ihr Fahrzeug wurde von Hunderten von Menschen gesehen, doch da zu dieser Zeit noch niemand wusste, was passiert war, fiel das Fahrzeug nicht weiter auf. Praktisch niemand erinnert sich daran, es gesehen zu haben. Und doch gibt es Ausnahmen. Das Fahrzeug ist ein Kleintransporter. Während es schwierig ist, Zeugenerinnerungen zu bestätigen, hat sich doch ein Eindruck verfestigt. Auf dem Beifahrersitz dieses Lieferwagens saß eine Frau.

Was zum Teufel ist das für eine geschraubte Sprache?, dachte Jason. Alles, was da steht, ist der Öffentlichkeit von dem Fahndungsaufruf bekannt. Das ist reine Zeitverschwendung. Er nahm sich die zweite Seite vor, und als er weiterlas, stockte ihm der Atem.

Der richtige Name der Frau lautet Diane M. Fielderson. Sie wurde ganz zu Beginn der Achtzigerjahre an der amerikanisch-kanadischen Grenze geboren, möglicherweise in Michigan, New York, oder in Ontario. Vorsicht: Der Tod steht über diesem Fall.

Der Tod steht über diesem Fall.

Was ist das schon wieder für ein kryptischer Unsinn?, dachte er. Elender Humbug. Er griff nach der letzten Seite.

Sie zeigte die Bleistiftzeichnung einer Frau im Profil, die auf dem Beifahrersitz eines Kleintransporters saß. Darunter stand:

Diese Frau hat Dylan Colson entführt.

20

»Dies ist der Schuh von Dylan Colsons Entführerin.«

Special Agent Kirk Dupree schaute auf den großen Monitor im Konferenzraum des FBI-Büros in Seattle.

Anwesend waren Ermittler vom FBI, vom Seattle Police Department, dem King County Sheriff's Office, der Washington Highway Patrol, zugeschaltet über eine sichere Audio-Video- Verbindung ihre Kollegen aus Quantico, Salt Lake City, Chicago, Portland, San Francisco, Los Angeles und Denver, außerdem Polizisten aus Vancouver und Calgary, der Royal Canadian Mounted Police und der amerikanischen und kanadischen Grenzpolizei.

Seit der Entführung von Dylan Colson waren nur vierundzwanzig Stunden vergangen.

Die meisten Ermittler aus Seattle hatten kaum zwei Stunden geschlafen. Sie tranken Kaffee und aßen Donuts, während sie auf dem riesigen Monitor einen weißen Sneaker aus dem Kleintransporter auftauchen sahen, in dem Dylan Colson verschleppt worden war.

Das Bild entstammte der Aufnahme der Überwachungskamera von Arnie Rockwells Eisenwarengeschäft. Technikexperten hatten es vergrößert und bearbeitet, sodass die Qualität überraschen gut war.

»Dieser Schuh ist ein solider Beweis, was die Identität des Entführers angeht«, fuhr Dupree fort. »Auf dem Videoband ist er nur extrem kurz zu sehen. Mein Dank für die hervorragende Arbeit geht an Paul Cray von unserem Evidence

Response Team, der Sie jetzt über alles Weitere informieren wird.«

Cray ließ den kurzen Ausschnitt der Aufnahme mehrfach hin und her laufen. »Sie sehen hier, wie der Schuh den Bürgersteig berührt, auf dem sich eine dünne, vom Tau feuchte Schmutzschicht befindet. Will sagen, wir haben einen Fußabdruck, von der Hacke mal abgesehen.«

Was das Fabrikat des Schuhs betraf, waren die Ermittler sich nun fast sicher. Sein Name war entweder Suntour Glider oder Sunchaser Slipstream.«

»Es ist wichtig, dass wir genau wissen, um welches Fabrikat es sich handelt«, fuhr Cray fort. »In beiden Fällen haben wie es mit einem sportlichen Damenschnürschuh im Oxford-Stil zu tun. Er ist aus Stoff und hat eine Gummisohle mit Profil. Der Glider kostet etwa fünfundvierzig Dollar, wird in Brasilien produziert und in Südamerika, Europa und im Süden der Vereinigten Staaten verkauft. Der Sunchaser wird in Nigeria hergestellt. Er kostet gut zwanzig Dollar und wird im Nahen Osten, Osteuropa, Kanada und im Mittleren Westen der USA vertrieben.«

»All das haben Sie anhand eines Fußabdrucks herausgefunden?«, fragte ein Detective vom King County Sheriff's Office.

»Und noch ein bisschen mehr«, sagte Cray, während auf dem Monitor eine Vergrößerung des Fußabdrucks erschien. »Sie können hier genau das Profil der Sohle erkennen. Das wird uns weiterhelfen. Außerdem erkennt man ein paar Macken und Abnutzungserscheinungen.«

»Sie meinen, das ist fast so gut wie ein Fingerabdruck?«, fragte Grace.

»Sie sagen es«, antwortete Cray. »Leider ist die Fabrik des nigerianischen Herstellers kürzlich niedergebrannt. Ein FBI-Beamter aus unserer Botschaft in Abuja bemüht sich bei einem Geschäftspartner im Senegal um ein Farbfoto des Schuhs.«

»Wann werden wir es bekommen?«, fragte McCusker, ein weißhaariger Mann vom FBI-Büro in Seattle.

»Laut einer E-Mail aus Nigeria, die mich heute Morgen erreichte, wahrscheinlich gegen Abend«, antwortete Cray.

»Gut.«

»Ich schlage vor«, fuhr Cray fort, »dass wir das Bild des Schuhs ausstrahlen und abdrucken lassen, um die Öffentlichkeit einmal mehr um ihre Mithilfe bei der Fahndung zu bitten.«

»Das ist ein zweischneidiges Schwert«, bemerkte ein FBI-Beamter aus Chicago. »Sobald Sie das tun, wird Ihr Verdächtiger die Schuhe entsorgen.«

»Aber so haben wir eine Chance, näher an ihn und das Kind heranzukommen«, sagte der Detective vom King County Sheriff's Office. Haben Sie das Bild durch die ViCAP-Datenbank gejagt, Cray?«

»Ja, ohne Erfolg. Kein Treffer.«

»In Entführungsfällen wie diesem führen häufig Hinweise aus dem sozialen Umfeld des Verdächtigen zu seiner Festnahme«, sagte McCusker. »Wir richten uns an die Öffentlichkeit, sobald Pauls Team das genaue Fabrikat des Schuhs kennt und das Bild aus Nigeria erhalten hat. Das können wir dann mit der Aufnahme der Überwachungskamera veröffentlichen. Bis dahin muss absolutes Stillschweigen bewahrt werden.« Er schaute auf die Uhr. »Gut, lassen Sie uns mit dem Kleintransporter weitermachen. Wir wissen, dass es ein Chrysler Town & Country ist, Baujahr 2002. Über das Kennzeichen wissen wir nichts, aber einem Zeugen ist auf der Hecktür eine Darstellung der Sonne und von Bäumen aufgefallen. Wir befragen gerade Künstler, die mit der Spritzpistole Autos und Lieferwagen verschönern.«

Nach wie vor gab es keine Lösegeldforderungen. Bei der Beschäftigung mit den Internet-Aktivitäten und den Anrufen der Colsons war nichts herausgekommen. Die Überprüfung der registrierten Sexualstraftäter aus der Region lief noch, genau wie jene der Nachbarn der Colsons und die der Bauarbeiter, welche mit der Renovierung der großen Villa am Ende der Straße beschäftigt waren. Und immer wieder wurde Leute aus der Gegend befragt. Irgendjemand musste doch etwas gesehen haben.

Auch Lee Colsons finanzielle Lage, seine Versicherungspolicen und seine geschäftlichen Angelegenheiten waren überprüft worden. Bisher galt er nicht als Verdächtiger. Die Ermittler hatten keinerlei Grund zu der Annahme, dass er oder einer seiner Bekannten Dylan entführt hatte. Aber das schloss grundsätzlich nicht aus, dass jemand aus dem Freundeskreis der Colsons der Täter sein konnte. Oder jemand, mit dem sie sonst gesellschaftlichen Umgang hatten.

Bei der Untersuchung von Lee und Maria Colsons Vergangenheit war ebenfalls nichts herausgekommen. Keine Drogenschulden, außereheliche Affären oder Streit mit bekannten, die vielleicht einen Groll gegen die Colsons hegten.

Shannon Tabor, die Ladenangestellte, die sich durch ein Telefonat hatte ablenken lassen, als sie eigentlich auf Dylan hätte aufpassen wollen, konnte guten Gewissens von dem Verdacht entlastet werden, etwas mit der Entführung zu tun zu haben. Das galt auch für ihren Freund, der sie angerufen hatte.

»Vielleicht ist es wichtig, dass man Maria Colson gesagt hatte, sie könne keine Kinder bekommen, und dass es jahrelang gedauert hat, bis sie schwanger wurde«, sagte Grace, bevor sie einige Passage aus der Kladde vorlas, auf deren Etikett auf der Titelseite »Dylans erste Jahr« stand. »Wie Sie sehen, habe ich hier ihr Tagebuch, aber es ist nur so ein Gefühl.

»Aber sie ist Dylans leibliche Mutter«, sagte Dupree. »Und Lee ist der leibliche Vater. Die Unterlagen und ein Arzt des Krankenhauses, wo sie entbunden hat, bestätigen das.«

»Sie haben eine schwere Zeit durchgemacht. Laut Lee haben sie auch über eine Adoption oder In-vitro-Fertilisation nachgedacht.«

»Aber sich zu beidem nicht entschließen können«, bemerkte Dupree.

Charlie Paine, ein Profiler vom FBI, räusperte sich vernehmlich und begann mit einem Vortrag über die Psyche von Kindesentführern.

»Das sind fast immer Frauen mit einem pathologischen Kinderwunsch, den sie sich um jeden Preis erfüllen wollen. Psychisch labile Personen, die sich Fantasien oder Wahnvorstellungen hingeben und oft von Medikamenten, Drogen oder Alkohol abhängig sind. Manche sind traumatisiert, häufig spielen mehrere Faktoren eine Rolle. Gewöhnlich haben sie ein Kind verloren, durch eine Tot- oder Fehlgeburt oder einen Unfall. Oder sie sind unfruchtbar. Ein Kind ist das Wichtigste in ihrem Leben. Nur dadurch, so glauben sie, lässt sich die innere Leere ausfüllen oder das psychische Leiden heilen.«

McCusker und die anderen machten sich Notizen.

»Ihr Kinderwunsch entwickelt sich zu einem Plan, den sie monatelang in allen Einzelheiten sorgfältig vorbereiten. Vielleicht nehmen sie eine Familie oder alleinstehenden Mutter ins Visier aus Gründen, die nicht unbedingt logisch nachvollziehbar sind. Sie verfolgen und beobachten ihre Opfer, es wird zu einer Obsession. Manchmal handeln sie auch spontan, einfach weil sich eine Gelegenheit ergibt.«

»Kommt mir irgendwie bekannt vor«, bemerkte jemand.

»Glauben Sie, dass Dylan Colson noch lebt?«, fragte Dupree.

»Möglich ist es. Es hängt davon ab, wer noch in die Sache verwickelt ist. Falls einer der Beteiligten ein brutaler Sexualstraftäter ist, ändert das alles.«

»Will sagen?«

»In dem Fall wäre das Kind wahrscheinlich innerhalb von Stunden nach der Entführung umgebracht und seine Leiche entsorgt worden. Diese Typen sind meistens Wiederholungstäter und viel unterwegs.«

»Besten Dank, Mr Paine«, sagte McCusker. »Wir sollten herausfinden, welche Frauen mit Maria Colson die Schwangerschaftsberatung besucht oder um die gleiche Zeit im Krankenhaus waren, als Dylan geboren wurde. Wir brauchen Unterlagen und müssen das Personal befragen. Und erfahren, wer eine Tot- oder Fehlgeburt hatte oder im Lauf der beiden letzten Jahre ein Kind im Alter von unter zwei

Jahren verloren hat. Detective Garner wird weiter im Krankenhaus bleiben und sehen, ob Maria Colson doch noch eine Aussage machen kann. Das wäre unsere beste Hoffnung, den Täter zu identifizieren. Vielen Dank, meine Herren.«

»Noch eins«, rief Dupree, während sich die Versammlung auflöste. »Halten Sie bei allen Befragungen die Augen offen, ob Ihnen diese Sneaker auffallen.«

Grace Garners Mobiltelefon klingelte, und kurz darauf runzelte sie besorgt die Stirn.

21

Jason musste herausfinden, was es mit der mysteriösen Frau auf sich hatte.

Er verließ den Parkplatz des Sunset Hill Park, fuhr ein Stück und stellte seine Falcon auf dem Parkplatz hinter einem Burger King ab und begann zu telefonieren.

Zuerst rief er Nancy Poden an, die Bibliothekarin aus dem Archiv des *Mirror,* die allerdings heute eher Datenbanken durchforstete.

Sie meldete sich.

»Hier ist Jason, Nancy. Ich brauche deine Hilfe. Es ist dringend.«

»Worum geht's?«

»Du musst alle Datenbanken, zu denen wir für Geld Zugang haben, nach allen Informationen über eine Diane M. Fielderson durchsuchen.«

»Buchstabier das mal.«

Er tat es, zur Sicherheit gleich zweimal.

»Hast du ein Geburtsdatum?«

»Sie ist ganz zu Beginn der Achtzigerjahre geboren worden.«

»Geht's nicht etwas genauer?«

»Mehr kann ich nicht sagen. Du kannst die Suche ja erweitern und mit den späten Siebzigern beginnen. Geburtsort ist vermutlich der Bundesstaat Michigan oder New York, eventuell auch Ontario in Kanada.«

»Wonach suchst du denn?«

»Nach allem und jedem, das etwas mit diesem Namen zu tun hat. Zeitungsartikel, Eigentumsverhältnisse, Scheidungsunterlagen, Verwandte, alles. Vom Tag ihrer Geburt an.«

»Das wird teuer werden. Hat es etwas mit der Colson-Story zu tun?«

»Ja, aber du musst schwören, dass du niemandem etwas von dieser Recherche erzählst, Nancy. Das alles ist weit hergeholt.«

»Du bist so ein Geheimnistuer. Also gut, aber dann bist du mir einen großen Gefallen schuldig, mein Freund.«

Was diese Spur betraf, musste er vorsichtig sein, wenn man die Umstände bedachte, unter denen er den Tipp erhalten hatte. Unbewiesene Anschuldigungen waren riskant, moralisch, ethisch, juristisch. Doch obwohl er misstrauische und skeptisch war, riet ihm sein Instinkt, dieser Sache sofort nachzugehen.

Er trank einen Kaffee in dem Burger King, warf einen Blick auf die Bleistiftzeichnung und fragte sich, wie es weitergehen sollte. Er durfte niemandem etwas erzählen. Weder Spangler, noch sonst jemandem. Falls er die Information der Frau verifizieren konnte, hatte er seine Exklusivstory, und dann konnte er immer noch zum Seattle Police Department gehen.

Aber die Zeit arbeitete gegen ihn.

Er zog ein zerknittertes Stück Papier aus seiner Brieftasche. Darauf standen die Telefonnummern seiner Verlässlichsten Kontakte innerhalb der Strafverfolgungsbehörden. Er begann damit, höflich Fragen nach dem Namen Diane M Fielderson zu stellen, ohne auch nur ein weiteres Detail preiszugeben.

Seine Quellen versprachen, es abzuchecken und sich umzuhören. Später würden sie zurückrufen.

Als er wieder in seinem Auto saß, ließ er den Motor an, um nach Ballard zu fahren, stellte ihn aber wieder ab, weil ihm eine Idee gekommen war. Er würde noch ein Telefonat führen.

Sei vorsichtig, du spielst mit dem Feuer.

Er wählte.

»Garner.«

»Hier ist Jason Wade.«

»Kann das nicht warten, Mr Wade? Ich habe im Moment alle Hände voll zu tun.«

»Es wird nur ein paar Sekunden dauern. Wie ich gehört habe, hat heute Morgen ein Meeting wegen des Colson-Falles stattgefunden. Irgendwelche Neuigkeiten?«

»Was die Entführung betrifft, leitet das FBI die Ermittlungen. Sie sollten mit Dupree reden.«

»Soll das heißen, es gibt eine neue Entwicklung?«

»Wie gesagt, fragen Sie Dupree. Vielleicht geben wir später eine Pressemitteilung raus.«

»Warum? Gibt es einen Durchbruch? Haben Sie einen Verdächtigen? Mit Namen?«

»Vielleicht gibt es später ein Update für die Medien. Darüber hinaus habe ich nichts zu sagen, und unterstehen Sie sich, mich zu zitieren. Fragen Sie Dupree oder seine Pressestelle. Haben Sie etwas Wichtiges ausgebuddelt, worüber wir reden sollten? Falls nicht, lege ich auf.«

Er dachte darüber nach, Grace von Diane M Fielderson zu erzählen.

»War's das, Wade?«

Sag ihr noch nichts. Warte, bis du mehr weißt.

»Ich habe etwas, muss das aber erst überprüfen.«

»Sie wollen nicht darüber reden?«

»Wahrscheinlich steckt nichts dahinter. Irgendjemand behauptet, etwas zu wissen. Wenn etwas dahintersteckt, lasse ich es Sie wissen.«

»Also gut. Wie gesagt, vielleicht gibt es später eine Pressemitteilung.«

Jason verbrachte einen großen Teil des Tages damit, in Ballard mit Nachbarn der Colsons zu sprechen, die er näher porträtieren wollte. Hin und wieder fragte er beiläufig nach Diane M. Fielderson, doch alle schüttelten nur den Kopf und zuckten die Achseln.

Später fuhr er zum Krankenhaus, um zu versuchen, mit Lee Colson zu reden. Der Medienmeute vor der Tür war gesagt worden, Lee gebe heute keine Stellungnahmen ab. Er weigerte sich, von Marias Seite zu weichen. Jason drückte einem von Colsons Freunden heimlich einen Zettel mit dem Namen Diane M. Fielderson in die Hand und bat ihn, Lee danach zu fragen.

»Sagt ihm absolut nichts«, sagte der Freund später, als er nach draußen kam, um meine Zigarette zu rauchen.

Gegen Ende des Nachmittags war Jason wieder in der Redaktion des *Mirror,* wo er letzte Hand anlegte an das Porträt der Colsons. Nach und nach riefen die Cops an, die er nach Diane M. Fielderson gefragt hatte, und einer nach dem anderen erzählte ihm, der Name sage niemandem etwas und sei auch bei allen Checks in diversen Datenbanken nicht aufgetaucht, nicht mal als Alias.

Er bestellte sich in der Cafeteria ein Sandwich mit Schinken, Salat und Tomaten, aß es an seinem Schreibtisch und dachte über die mysteriöse Unbekannte nach. Zumindest hatte er versucht, der Sache auf den Grund zu gehen. Doch bevor er es aufgab, musste er noch Nancy Poden fragen, was bei deren Recherche herausgekommen war. Sie fand manchmal mehr heraus als mancher Detective.

Er fragte sich, warum sie sich noch nicht gemeldet hatte. Und dann bemerkte er besorgt, dass der Umschlag der Unbekannten von seinem chaotischen Schreibtisch verschwunden zu sein schien. Wo war er. Er hatte gerade begonnen, alles zu durchwühlen, als das Telefon klingelte.

»Hier ist Grace Garner, Mr Wade. Nur zur Erinnerung, es könnte später Neuigkeiten geben.«

»Was für welche? Machen Sie mal eine Andeutung.«

»Ich kann jetzt nicht mehr sagen. Es könnte spät werden.«

Nach dem Ende des Telefonats suchte er weiter nach dem Umschlag mit den kleinen gelben Blättern. Er hatte das Kuvert in einen blauen Schnellhefter auf seinem Schreibtisch geschoben. Er blickte zu Spanglers verglastem Büro hinüber und sah ihn mit einem blauen Schnellhefter in der Hand. Er sprach mit Sonja Atley, der Vorgesetzten von Nancy Poden.

Sein Festnetztelefon klingelte.

»Wade.«

»Hier ist Nancy, Jason. Sonja hat das mit der Recherche herausgefunden, weil …«

»Wade!«, hörte er Spangler brüllen.

»Ich muss Schluss machen, Nancy.«

Nachdem Atley gegangen war, schloss Spangler die Tür seines Büros und zeigte auf einen Stuhl. »Setz dich.« Er krempelte die Ärmel seines Hemdes hoch. »Für das, was du dir da geleistet hast, könnte ich dich auf der Stelle feuern.«

»Wovon reden Sie?«

»Du hast mich nicht darüber informiert, was du tust. Du bist einer bestimmten Information nachgegangen. Die Datenbankrecherche, die du veranlasst hast, kostet uns 1641 Dollar und sieben Cents, und es ist nichts dabei herausgekommen. Das Geld ist mir scheißegal. Ich habe es aus meinem Budget abgezweigt, damit Sonja glücklich ist.«

Jason schluckte.

»Du hast mir nichts davon erzählt, Jason. Allein das wäre ein Grund, dich rauszuschmeißen.«

»Ich wollte verifizieren, ob ...«

»Halt den Mund und hör zu. Ich habe Rosemary zu Hause angerufen. Sie hat gesagt, heute Morgen habe jemand dreimal wegen des Falls Colson angerufen, und sie habe den Anruf in deine Wohnung durchgestellt. Dann habe ich mit Nancy Poden gesprochen und dies auf deinem Schreibtisch gefunden.« Er hielt den blauen Schnellhefter hoch und zog die beiden Seiten und die Bleistiftzeichnung aus dem Kuvert. »Dem bist du ohne mein Wissen heimlich nachgegangen, und es hat uns eine Unsumme gekostet. Erzähl mir alles.«

Jason spielte Spangler den mit dem Aufnahmegerät mitgeschnittenen Anruf vor, erzählte ihm von dem Kuvert, das er in dem Papierkorb in dem Park gefunden hatte, und was er danach unternommen hatte.

Spangler ließ sich mit seiner Antwort Zeit.

»Wir werden diese Story und die Zeichnung auf der ersten Seite bringen«, sagte er schließlich.

»Ich denke nicht, dass wir das tun sollten.«

»Du denkst das nicht, ich schon. Punkt. Diese Frau hält sich für eine Hellseherin. Das geht aus dem geschraubten Tonfall eindeutig hervor. So was kenne ich gut aus der Zeit, als ich für die *Daily News* gearbeitet habe.« Er gab Jason eine Karte. »Ruf da an und frag nach John Gordon Chenoweth. Der arbeitet für eine Stiftung, und die Polizei fragt ihn um Rat, wenn sie es mit vermeintlichen Hellsehrinnen zu tun hat. Er und seine Organisation genießen großen Respekt.«

»Bei Nancy Podens Recherche ist nichts herausgekommen«, sagte Jason. »Was diese Frau behauptet, könnte aus der Luft gegriffen sein. Ich bin dagegen, die Story jetzt zu bringen.«

»Wir warten ja noch, bis du mit Chenoweth gesprochen hast.«

Jason atmete erleichtert auf. »Gut, dann bleibt mir noch Zeit, um das FBI und das Seattle Police Department zu fragen, ob ihnen der Name etwas sagt.«

»Das wirst du schön lassen.«

»Warum?«

»Weil sie deine Frage nicht beantworten werden. Se werden sagen, dass du nichts tun sollst, und die Dinge selbst in die Hand nehmen. Dann haben wir das Nachsehen.«

»Wenn Sie den Namen und die Zeichnung bringen, riskieren wir dann nicht, dass wir verklagt werden?«

»Lass das meine Sorge sein.«

»Wahrscheinlich redet die Frau nur Unsinn.«

»Das wissen wir nicht, und deine Informantin könnte zum *Post-Intelligencer* oder zur *Seattle Times* laufen. Bis jetzt ist es noch unsere Exklusivstory. Ruf in New York an.

Chenoweth wird dir eine fundierte Auskunft geben, was von den Aussagen solcher vermeintlichen Hellseherinnen zu halten ist.«

»Denken Sie an den Zeitunterschied«, sagte Jason. »In New York haben sie wahrscheinlich schon Feierabend gemacht.«

»Hör auf, auf Zeit zu spielen. Versuch sofort, ihn zu erreichen. Und noch etwas, Wade: Du kannst von Glück reden, deinen Job noch zu haben. Also setz deinen Arsch in Bewegung!«

Jason konnte Chenoweth in Manhattan nicht erreichen. Er versuchte es bis tief in die Nacht, doch dann näherte sich die Deadline für die erste Ausgabe, und er benachrichtigte Beale.

»Vic, ich konnte eine wichtige Quelle nicht erreichen.«

»Ich dachte, dir gelingt immer alles«, scherzte Beale.

»Hör zu, wir müssen meine Exklusivstory mit der Hellseherin bis morgen zurückstellen.«

»Meinetwegen, aber ich muss es Spangler wissen lassen.«

»Ja, natürlich.«

Jason fuhr erschöpft nach Hause.

Er war so fertig, dass er völlig vergaß, Grace Garner von der Mordkommission anzurufen.

Er hatte völlig vergessen, dass sie gesagt hatte, heute würde es zu sehr später Stunde noch Neuigkeiten geben.

Dritter Tag

22

Flammen schlugen aus dem großen Stahlfass im Hof. Axel hatte einiges zu verbrennen. Er hob eine braune Papiertüte auf, die neben dem Fass lag, und schaute hinein.

Nadines weiße Sneaker. Eingewickelt in die Morgenzeitungen mit Artikeln nebst Bildern, durch die alle Welt wusste, was für Schuhe sie während der Kindesentführung getragen hatte.

Dumme Schlampe.

Er drehte sich zu dem Haus um und hörte, wie Nadine unter der Dusche sang.

Alle seine sorgfältig vorbereiteten Pläne waren geplatzt, und sie sang, verloren in ihrer Märchenwelt. Am liebsten wäre er ins Haus zurückgekehrt, hätte die Badezimmertür eingetreten und sie ...

Warte, es gibt noch einen Ausweg.

Er schaute auf die Sneaker und die Flammen. *Verbrenn sie nicht. Noch nicht.* Und der gottverdammte Lieferwagen. Der gesunde Menschenverstand verlangte, auch den so schnell wie möglich loszuwerden. Er würde es tun, aber noch nicht. Er musste nachdenken. Die Umstände bedenken. Er hatte sich alles anders vorgestellt. Damit hatte er nicht gerechnet. Sie hatte alles ruiniert.

Verlass sie.

Nein.

Er hätte sich um zu viel auf einmal kümmern müssen. Es blieb keine Zeit, und der Druck war zu groß. *Denk nach.* Er hatte es nicht kommen sehen. Absolut nicht. Mit Sicherheit nicht, als sie begonnen hatte, ihm Briefe zu schreiben. Während der letzten Monate hinter Gittern war sie seine Brieffreundin gewesen.

»Ich sehne mich danach, mit einem anderen Mann einen Neuanfang zu machen«, hatte sie geschrieben. »Mit einem Mann, der erlöst, gerettet und geliebt werden will. Wie ich.«

Sie schrieb, wie alleine sie sich fühle auf dieser Welt. Keine Familie, keine Freunde. Sie war nur eine alleinerziehende Mutter mit einem kleinen Kind, die ihren Exmann verlassen hatte, weil der sie nach ein paar Drinks immer schlug.

Klar, warum nicht, hatte er gedacht, nachdem sie ihm ein Foto von sich geschickt hatte.

Sie war eine umwerfende Schönheit, keines dieser verzweifelten Mauerblümchen, die sonst an Häftlinge schrieben. Und als er sie persönlich kennenlernte, sah sie noch besser aus als auf dem Foto. Sie hatte einen fantastischen Körper, wie er sofort nach seiner Entlassung feststellte. Drei verregnete Tage lang hatten sie es in einem Motel an der I-5 mehr oder weniger nonstop miteinander getrieben.

Zu Beginn lief für ihn alles nach Plan. Nadine Getch war genau die Frau, die er brauchte. Dass sie ein Kind hatte, war gut, denn genau deshalb brauchte er sie. Der ganze Scheiß mit der Erlösung und Rettung war ihm egal. *Lass mir Zeit.* Er hatte sie angelogen, um sie hinzuhalten. Ihr Traum von der glücklichen Kleinfamilie in dem Häuschen am Meer interessierte ihn nicht.

Nadine war perfekt geeignet für seine geheimen, längerfristigen Pläne.

Er brauchte eine Frau, die er manipulieren konnte. Eine Frau, die wehrlos und etwas einfältig war. Dass sie ein Kind hatte, machte seinen Plan noch besser. Doch als er sie zum ersten Mal zu Hause besuchte, war von einem Baby nichts zu sehen. Nicht mal ein Foto. Er hätte das als erstes Anzeichen dafür sehen sollen, dass er Ärger geben würde, denn als er sie damals nach dem Kind gefragt hatte, war sie in Tränen ausgebrochen.

»Es ist eine lange Geschichte und tut so weh.« Sie hatte ihm erzählt, sie sei krank geworden von den Medikamenten, die sie genommen hatte wegen der psychischen Verletzungen, die ihr gewalttätiger Exmann ihr zugefügt hatte, So krank, dass sie nicht mehr in der Lage gewesen sei, sich um ihr Baby zu kümmern.

Sie sagte, sie habe gute Therapeuten und etwas Geld bekommen von einer kirchlichen Initiative, die sich auch darum gekümmert hatte, dass ihr Kind in einem Heim untergebracht wurde, bis es ihr wieder besser ging.

»Und jetzt, wo ich dich habe, geht es mir zunehmend besser«, hatte sie an einem Abend vor ein paar Wochen gesagt. »Ich bin noch in Therapie, darf aber wieder mein Kind besuchen. Es heißt, ich könne es bald mit nach Hause nehmen. Dann beginnen wir als richtige Familie ein neues Leben.«

Sie fuhr immer allein zu den Therapeuten und wollte nie, dass er sie begleitete. Vor ein paar Wochen hatte er sie deswegen unter Druck gesetzt, doch das Problem schien sich erledigt zu haben, als sie eines Tages mit ein paar Schnellheftern und Neuigkeiten nach Hause zurückkehrte.

»In ein paar Tagen können wir ihn abholen! Mein Gott, ich bin so glücklich!«

Diesmal forderte sie ihn auf, sie nach Ballard zu fahren, wo sie ihn aufforderte in einer stillen, von Bäumen gesäumten Straße zu parken. Sie warteten. Nadine kaute nervös auf den Fingernägeln, während sie ein kleines, einstöckiges Haus in der Nähe beobachtete.

»Da war mein kleiner Junge untergebracht. Ich war fast jeden Tag hier, um ihn zu besuchen.«

Sie warteten fast eine Stunde, und Axel wurde ungeduldig.

»Wir sind zu früh da«, wiederholte Nadine, bis eine Frau mit einem Kinderwagen aus dem Haus auftauchte. »Da! Wir müssen ihr folgen.«

»Ihr folgen? Warum?«

»Entschuldige, es ist mir peinlich. Ich bin so aufgeregt und habe einiges durcheinandergeworfen. Halt Abstand, aber folge ihr. Ich habe ganz vergessen, wo ich das Kind übernehmen sollte, ich hatte gedacht, in ihrem Haus. Pass auf, dass du sie nicht verlierst. Mein Gott, es ist wirklich wahr!«

Axel hielt einen halben Block Abstand. Er war verwirrt und hatte allmählich die Nase voll. Diese ganze Geschichte ist verrückt, dachte er, während er in eine Straße mit mehreren kleinen Läden einbog. Er hatte ein komisches Gefühl.

»Da! Vor Kim's Corner Store! Fahr hin! Sofort!«

Dann kam ihm plötzlich alles so irreal vor wie ein Film. Das unbeaufsichtigte Baby vor dem Geschäft. Nadine sprang aus dem Kleintransporter und riss das Baby aus dem Kinderwagen. Die Frau, der sie gefolgt waren, kam aus dem laden gestürmt, sprang auf die Motorhaube, riss an den Scheibenwischer und schrie »Mein Baby!«. Nadine drückte das schreiende Kind an sich und schrie ihrerseits die Frau an.

»Hau ab! Lügnerin! Fahr los, Axel! Schüttel das Weib ab!

Sie ist eine gottverdammte Lügnerin! Er ist mein Baby, und du weißt es! Lügnerin! Fahr endlich! Gib Gas!«

Der Kleintransporter machte einen Satz, und sie rasten davon mit dem Gefühl, dass alle Welt sie beobachtete.

Jetzt war er verwickelt in eine üble Geschichte, die ihn zurück in den Knast bringen würde.

Irgendwie schafften sie es, sicher nach Hause zurückzukehren. Er setzte den Lieferwagen in die Garage und dachte darüber nach, wie er diesem Albtraum entkommen konnte.

Bevor die Bullen auftauchten.

Hinterher wurde berichtet, dass die Frau, Maria Colson, im Sterben lag. Eine Großfahndung wurde ausgerufen, das FBI hinzugezogen. Es gab ein Video, das ein Teil des Lieferwagens und Nadines weiße Sneaker zeigte, eine Hellseherin, die Zeichnung einer Frau ...

Früher oder später würde man sie fassen.

Er musste einen Ausweg finden, denn er hatte große Pläne und nicht vor, wieder hinter Gittern zu landen. So weit würde er es nicht kommen lassen. Aber er konnte Nadine nicht an das FBI ausliefern. Nicht mit seinem Vorstrafenregister. Niemand würde ihm abnehmen, dass er unschuldig war.

Er war zu tief in die Geschichte verwickelt.

Er blickte auf das Haus, hörte das Rauschen der Dusche. Dann schaute er auf die Flammen, die aus dem Fass schlugen, schließlich auf ihre Sneaker und die anderen Dinge neben dem Fass. Ihm war klar, dass er sich des Kleintransporters entledigen musste. Er brauchte nur etwas mehr Zeit.

Er packte alles wieder in und kehrte ins Haus zurück.

Es gab einen Ausweg.

Nur einen.

23

Nach zwei Stunden unruhigen Schlafs quälte sich Grace Garner aus dem Bett, griff nach dem Telefon und rief im Krankenhaus an.

»Intensivstation.«

»Hier ist Grace Garner. Ist Maria Colsons Gesundheitszustand immer noch unverändert?«

»Keine Veränderung, Detective.«

»Ist Detective Perelli da?«

»Er schläft im Wartezimmer. Würden Sie gern mit ihm reden?«

»Nein, nicht nötig. Bitte sagen Sie ihm, dass ich später noch mal anrufe.«

Grace ging ins Bad und spritzte sich kaltes Wasser ins Gesicht. Lebte Dylan noch. Sie brauchten in diesem Fall unbedingt einen Durchbruch.

Sie zog eine Jogginghose und ein Sweatshirt an, setzte eine Baseballkappe mit dem Emblem der Mariners aus und steckte ihre Schlüssel, das Mobiltelefon und Kleingeld ein. Dann fuhr sie mit dem Aufzug ins Erdgeschoss und kaufte an den Zeitungsautomaten vor dem Haus die druckfrischen Morgenausgaben der *Times,* des *Post-Intelligencer* und des *Mirror.*

Die kühle Luft tat ihr gut. Die Straße war feucht vom Morgennebel, der sich allmählich auflöste.

Als sie mit dem Aufzug nach oben fuhr, schöpfte sie etwas Hoffnung. Der von der Überwachungskamera gefilmte

Schuh und der Fußabdruck waren die Topstorys in der *Times* und dem *Post-Intelligencer*. Das konnte eine solide Spur sein. Sie trat aus der Kabine des Lifts, warf einen Blick auf die Titelseite des *Mirror* und blieb wie angewurzelt stehen.

Was war das?

Eine Exklusivstory von Jason Wade über eine potenzielle *Verdächtige* im Falls Colson.

Und dann war da noch eine vergrößerte Zeichnung mit der Überschrift: »Ist das die Frau, die Richard Colson entführte?«

Die Verdächtige wurde nur Diane M. F. genannt.

Wer? Was zum Teufel hat das alles zu bedeuten?

Sie hatte nicht die geringste Ahnung.

Sie blätterte den Innenteil des *Mirror* durch. Nichts über den Schuh. Absolut nichts. Sie schüttelte den Kopf, fluchte laut, als Wort für Wort Jason Wades Artikel und griff dann nach dem Telefon.

Das Klingeln riss Jason aus dem Schlaf.

»Daran haben Sie also gearbeitet, Wade?«

»Wer ist da?«

»Sie haben mir versprochen, mich vor der Veröffentlichung zu informieren. Sie haben mir Ihr Wort gegeben.«

Grace Garner.

»So halten Sie also Ihr Wort, Wade? Indem Sie so eine Nummer durchziehen? Ich glaubte, sie wären anders, habe gedacht, wir könnten eventuell ein Vertrauensverhältnis aufbauen, uns vielleicht gegensätzlich helfen. Aber Sie sind nur ein verlogener Schreiberling, der Auflage machen will.«

»Moment mal! Ich habe keine Ahnung, wovon Sie reden.«

»Wirklich nicht? Ein Blick auf die Titelseite Ihres Blattes genügt.«

Er hatte noch keine der Morgenzeitungen gesehen.

»Augenblick, legen Sie nicht auf.«

Er raste die Treppe hinunter zur Haustür. Weil er sie in der Redaktion bekam, hatte er keines der Blätter aus Seattle abonniert. Er nahm die *Times,* den *Mirror* und den *Post-Intelligencer* mit und nahm sich vor, die Zeitungen seiner Nachbarn wieder zurückzubringen.

Die Sache mit dem Schuh war ihm neu.

O Mann.

Dann sah er die Titelseite des *Mirror* und war fassungslos.

Er griff wieder nach dem Telefon. »Hören Sie, ich habe den Artikel nicht geschrieben. Ich meine, es ist schon meine Story, aber ich weiß nicht, was da passiert ist. Ich schöre es.«

Aber sie hatte schon aufgelegt.

Der Artikel beschrieb den Inhalt des Anrufs und wie er in dem Park den Umschlag an sich genommen hatte. Der Name der Verdächtigen wurde nicht genannt, sondern war unkenntlich gemacht worden auf der Reproduktion eines der Papiere aus dem Kuvert. In dem Artikel wurde John Chenoweth zitiert, dieser Experte für Hellseherei von der Stiftung in New York, außerdem ein pensionierter Detective aus Chicago, angeblich jemand, der sich ebenfalls mit der Thematik auskannte und befähigt war, ein objektives Urteil zu fällen. Er hatte mit keinem der beiden telefoniert. *Wer hat das geschrieben?* Über dem Artikel stand sein Name.

Als er in der Redaktion ankam, machte er sich sofort auf die Suche nach Spangler. *Der Dreckskerl,* dachte er.

»Er ist bei der morgendlichen Redaktionskonferenz, Jason«, sagte Rosemary in der Telefonzentrale. Nach dir haben schon etliche Leute gefragt wegen deiner Sensationsstory. Ein paar Produzenten von Talkshows haben auch schon angerufen, weil sie ein Interview wollen von dir.«

»Sie wollen mich nur ausnutzen, um an die ‚Hellseherin' heranzukommen.«

»Gerade hat auch jemand von CBS News aus New York angerufen.«

»Hören Sie, Rosemary ...« Er sah sich um, doch fast alle waren bei der Redaktionskonferenz. Einige wenige Kollegen hingen am Telefon. »Hast du gehört, warum wir diese Story mit dem Schuh verpasst haben?« Er hielt die *Seattle Times* hoch.

»Sie haben nicht richtig aufgepasst und kamen zu spät ... Deshalb stand es nicht in der ersten Ausgabe, aber in der nächsten haben wir es gebracht.«

Sie reichte ihm ein Exemplar des *Mirror,* und auf der aktualisierten Titelseite fand sich neben dem Artikel über die »Hellseherin« auch einer über den Schuh.

Spangler kam an ihm vorbei. »Ein verdammt guter Artikel.«

»Ich muss mit Ihnen reden.«

Jason folgte ihm in sein Büro und warf den *Mirror* auf des Schreibtisch seines Chefs.

»Als ich Feierabend machte, haben sie versichert, die Story zurückzuhalten. Ich sollte erst mit Chenoweth telefonieren und versuchen, die Information zu verifizieren. Sie haben mich betrogen, und jetzt ist meine Quelle verbrannt.«

Spangler lockerte seine Krawatte.

»In Anbetracht der Umstände habe ich ein paar Telefonate geführt und beschlossen, dass wir den Artikel bringen. Ich habe ihn geschrieben.«

»Sie hätten so höflich sein können, mich anzurufen.«

»Es blieb keine Zeit.«

»Mein Gott, sitzen wir nicht im selben Boot? Wie konnten Sie mich so hintergehen?«

Spanglers Miene verfinsterte sich, und er schloss die Tür.

»Halt die Klappe. Setz dich und hör zu. Du hast diese Information als Angestellter des *Seattle Mirror* erhalten, und dem gehört rechtlich gesehen das gesamte Material, das du sammelst. Als Chefredakteur habe ich das Recht zu entscheiden, ob wir Gebrauch davon mache. Ich habe es getan, und es ist dabei eine Exklusivstory herausgekommen, die unter deinem Namen erschienen ist.«

»Aber nichts davon, was da steht, ist verifiziert. Nichts.«

»Wir haben es so gut wie möglich versucht.«

»Nicht nach meinen Vorstellung. Die Story war noch nicht weit genug, um sie bringen zu können.«

»Du scheinst die teure Recherche in den Datenbanken zu vergessen. Der Rest ist Sache der Polizei. Dank uns hat die jetzt eine Spur.« Spangler schaute auf die Notizen, die er sich während der Redaktionskonferenz gemacht hatte. »Angesichts der Umstände war es richtig, den Artikel zu bringen. Associated Press hat ihn aufgenommen. Wir ziehen die Aufmerksamkeit anderer Medien auf uns – CNN, FOX, ABC ... Auch die von CBS, wie ich hier sehe.«

Jason schüttelte nur den Kopf.

»Heute fährst du bei den Ermittlern vorbei und fragst, ob

sie die Geschichte mit der verdächtigen Hellseherin bestätigen können. Hörst du überhaupt zu?«

»Ihr journalistischer Stil nervt. Und er ist gefährlich.«

»Pardon? Soll das heißen, dass du kündigst?«

»Nein.«

»Prima. Ich habe noch etwas mehr Geld zur Verfügung gestellt, um die Online-Recherche über Diane M Fielderson bei ein paar privaten Datenbanken weiterzuführen. Also, ich schlage vor, dass du dich jetzt an die Arbeit machst.«

Für den Rest des Morgens kochte Jason vor Wut. Auch noch beim Mittagessen, als er an seinem Schreibtisch Champignonsuppe aß. Keiner der Cops, die er anrief, konnte – oder *wollte* – ihm helfen. Bei der Online-Recherche, durch welche die Existenz von Diane M. Fielderson, die angeblich Anfang der Achtzigerjahre in den Vereinigten Staaten oder Kanada geboren worden war, bestätigt werden sollte, kam so wenig heraus wie am Vortag.

Für einen Augenblick dachte er darüber nach, seinen alten Herrn um Hilfe zu bitten, der jetzt als Privatdetektiv arbeitete, doch er entschied sich dagegen. Außerdem nagte etwas an ihm. Etwas, das er vergessen hatte.

Er versuchte sich zu erinnern, während er sich einen weiteren Kaffee holte. Als er an der Bildredaktion vorbei kam, glaubte er, dass es ihm jeden Augenblick einfallen würde, doch da sah er vor seinem Schreibtisch Grace Garner und Kirk Dupree vom FBI, außerdem noch ein paar Männer in Anzügen.

»Jason Wade?«, fragte Dupree.

»Ja?«

Die Mienen dieser Besucher waren eiskalt, auch die von Grace Warner.

»Wir hätten gern die Schriftstücke sowie die Zeichnung, die Diane M. F. betreffen«, fuhr Dupree fort. »Außerdem damit zusammenhängende andere Dokumente, die Sie in Ihrem Artikel zitieren.«

»Ich glaube nicht, dass ich die herausrücken kann. Freiheit der Presse, Sie wissen schon …«

Dupree nickte einem seiner Männer zu.

»Ich habe hier einen richterlichen Durchsuchungsbeschluss.«

Fritz Spangler tauchte auf.

»Ich bin der Chefredakteur für den Lokalteil. Wer sind Sie?«

Dienstmarken wurden präsentiert, und dann gab Dupree Spangler den Durchsuchungsbeschluss. Der las ihn und bemerkte: »Es gibt landesweit gültige Gesetze, die es der Polizei verbieten, Redaktionen zu durchsuchen.«

»Und es gibt Ausnahmen, und eine davon liegt hier vor.« Dupree zeigte auf einen Paragrafen. »Wir haben Grund zu der Annahme, dass die sofortige Konfiszierung dieses Materials erforderlich ist, um die Ermordung oder Verstümmelung eines Menschen zu verhindern.«

»Wir haben die Zeichnung und die beiden Schriftstücke veröffentlicht«, bemerkte Spangler.

»Wollen Sie sich etwa weigern, mit uns zu kooperieren?«, fragte Dupree.

Spangler zeigte auf sein Büro und betrat es mit Jason und der Gruppe von Besuchern. Dann wählte er eine Nummer und schaltete den Raumlautsprecher des Telefons ein.

»Anwaltskanzlei Dixon, Niederman & Bailey.«

»Hallo Sarah, hier ist Fritz vom *Mirror.* Kannst du mich mit Winston verbinden?«

»Er spricht gerade persönlich mit einem Mandanten, Mr Spangler.«

»Bitte sagen Sie ihm, dass ich ihn unbedingt sofort sprechen muss. In meiner Redaktion ist das FBI mit einem Durchsuchungsbeschluss aufgekreuzt.«

Der Anwalt des *Mirror,* Winston Bailey, riet Spangler, sich kooperativ zu zeigen, und eine Viertelstunde später streifte einer der FBI-Beamten weiße Latex-Handschuhe über und verstaute die Dokumente in Plastiktüten.

Jason schaute Grace an, die den Blick abwandte.

»Ach übrigens, Sie kommen morgen in die Zeitung.«

Spangler zeigte durch die Scheibe seines rundum verglasten Büro auf die Redaktion, wo ein Fotograf fleißig Bilder schoss.

»Nur damit Sie es wissen«, sagte Dupree. »Sie haben die Ermittlungen im Entführungsfall Dylan Colson behindert.«

»Wie kommen Sie darauf, Mr Dupree?« Spangler verschränkte die Arme vor der Brust. »Wir haben Ihnen eine Spur geliefert.«

»Höchstwahrscheinlich ist das alles nur Unsinn, den Sie gebracht haben, um die Auflage in die Höhe zu treiben. Sie haben die Aufmerksamkeit abgelenkt, von dem ersten wichtigen Beweis in diesem Fall. Wegen Ihrer Story werden wir durch Unmengen von Telefonaten belästigt. Jede Verrückte glaubt, hellseherische Fähigkeiten zu haben oder die Person auf der Zeichnung identifizieren zu können. Leider ist die so wenig detailliert, dass sie sonst wen darstellen könnte. Unsere

Aufmerksamkeit muss in erster Linie dem Schuh des Verdächtigen gelten.«

»Wenn unser Artikel blanker Unsinn ist, warum sind Sie dann hier?«, fragte Spangler.

»Im Gegensatz zu Ihnen überprüfen wir Informationen, bevor wir damit an die Öffentlichkeit gehen.«

In diesem Augenblick bemerkte Jason Nate Hodge, der neben seinem Kollegen Danny Kwong stand, der die Besucher fotografierte.

Verwirrt fragte sich Jason, warum Hodge mit der aktuellen Ausgabe des *Mirror* und seiner Kamera winkte.

Und dann fiel ihm ein, was er vergessen hatte.

Am Morgen des Vortags, bevor er zu dem Park gefahren war, hatte er Hodge angerufen und ihn gebeten, ebenfalls zu dem geheimen Treffen zu kommen und aus sicherer Entfernung mit einem Teleobjektiv Fotos davon zu machen.

So machten das Profis, wenn ein Kollege eine Quelle an einem öffentlichen Ort traf.

Da Jason aber tatsächlich niemanden in dem Park getroffen hatte, war es ihm entfallen, Hodge zu fragen, ob der irgendwelche Fotos gemacht hatte.

Und jetzt nickte der Fotograf ihm aufmunternd zu.

Guter Gott, er hat etwas, das er dir zeigen will.

24

Ihm blieb nicht viel Zeit.

Vielleicht achtundvierzig Stunden.

Wenn er Glück hatte.

So wie die Dinge lagen, steckte er in der Klemme und würde untergehen, wenn er sich nicht etwas einfallen ließ.

Sein Plan war seine einzige Chance.

Als er ins Haus zurückkehrte, war Nadine immer noch im Badezimmer. Er brachte ihre Schuhe und die anderen Dinge in einen Lagerraum und versteckte sie unter ein paar Decken.

Dann setzte er sich an seinen Schreibtisch, eigentlich nur eine Sperrholzplatte, die auf zwei niedrigen Aktenschränken mit jeweils zwei Schubladen lag. Er schaltete seine n Laptop ein, und als der gebootet hatte, gab er sein Passwort ein, um Zugang zu haben zu den geheimen Dateien auf der Festplatte.

Nach der Geschichte mit dem Schuh war ihm klar, dass das FBI Nadine höchstwahrscheinlich finden würde. Es war nur eine Frage der Zeit. Aber er konnte sich noch aus der Sache herauswinden oder zumindest die zu ihm führenden Spuren verwischen.

Warum hatte er nicht gesehen, dass die Geschichte mit dem Kind gelogen war, dass sie nicht ganz richtig tickte? Sie musste verrückt sein. Er glaubte nicht, dass dieses Baby ihr Kind war. Als Kim's Corner Store hinter ihnen zurückblieb, hatte er sofort damit begonnen, sie mit Fragen zu löchern.

»Ist das wirklich dein Kind, Nadine?«

»Ja!«

»Unsinn! Sag die Wahrheit!«

»Es ist mein Junge, ich schwöre es, Axel. Die Sozialfürsorge hat ihn mir weggenommen und den Colsons gegeben, doch die wollten ihn mir nicht zurückgeben, als es mir wieder besser ging.«

»Warum nicht?«

»Sie glaubten nicht, dass es mir schon gut genug ging, um mich um ihn kümmern zu können. Aber sie haben sich geirrt. Sag, dass sie falsch liegen, Axel!«

Er schaute sie nur ungläubig an.

»Ist das die Wahrheit, Nadine?«

»Aber ja, ich schwöre es. Ich musste ihn retten. Entschuldige, dass ich dir nicht alles erzählt habe, Axel. Ich brauchte deine Hilfe.

Oh, er würde ihr helfen.

Er schäumte vor Wut. Diese durchgedrehte Schlampe würde nicht sein Lebenswerk zerstören, den großen Plan, den er während der letzten drei Jahre im Knast ausgearbeitet hatte.

Nach der Entlassung war es gut gelaufen. Er fand Arbeit auf einem Schrottplatz, wo er sich die Zeit frei einteilen konnte und bar bezahlt wurde. Durch den Freund eines Freundes war er an den Kleintransporter und ein Motorrad mit gefälschten Kennzeichen herangekommen.

Dann hatte er die Beziehung zu Nadine aufgenommen, einer alleinstehenden Mutter, und sich »in seiner neuen Umgebung integriert«. Seinem Bewährungshelfer hatte er allerdings gesagt, Nadine heiße Miss Jane Carruthers und arbeite als Sekretärin in einem Tagespflegezentrum. Er gratulierte Axel, weil er den richtigen Weg eingeschlagen habe mit so einer tüchtigen und hübschen jungen Frau. Wichtiger noch war aber, dass der Bewährungshelfer, ein leicht geistesabwesender weißhaariger Typ, auf Hausbesuche bei ihm verzichtete, weil er irgendeinen Krebs hatte und ständig behandelt wurde.

Es war egal, weil Axel drei verschiedene Adressen angegeben hatte, von denen keine stimmte. Dieser vertrottelte Bewährungshelfer würde ihn nie finden in der Bruchbude, wo er mit Nadine wohnte.

Auch das gehörte zu seiner Taktik, sich außerhalb der Gefängnismauern möglichst unsichtbar zu machen. Im Knast hatten ihn andere Insassen gelehrt, wie man das anstellte. Keine Kreditkarten. Nie die richtige Adresse angeben. Postfächer benutzen. Keine Nummer im Telefonbuch. Öffentliche Münzfernsprecher benutzen

Er und Nadine hatten sichergestellt, dass sie nichts mit ihrer gegenwärtigen Wohnung in Verbindung brachte. Unsichtbar bleiben, das war das Geheimnis des Erfolgs.

Offenbar hatten sie alles richtig gemacht, denn sonst hätten nach Nadines Entführung des Kindes mittlerweile die Bullen vor ihrer Tür gestanden. Sie hatten ein bisschen Zeit gewonnen.

Den großen Coup, an dem er arbeitete, hatte er im Knast mit ein paar Kumpels zu planen begonnen. Wenn er den Eindruck erweckt hatte, dass seine Resozialisierung erfolgreich war, würden sie ihm eine neue Identität besorgen. Und einen Job in Los Angeles, bei dem es darum ging, gepanzerte Fahrzeuge zu reparieren. Und wenn die Zeit reif war, würde er mit den anderen einen spektakulären bewaffneten Raubüberfall durchziehen.

Der ihm zweieinhalb Millionen Dollar einbringen würde.

Dann würde er Nadine und das Kind sitzen lassen und mit dem Geld entschwinden in ein Land in Südamerika oder der Karibik, das keine Auslieferungsabkommen mit den Vereinigten Staaten hatte. Den Rest seines Lebens würde er am Strand verbringen.

Das war sein Plan, doch was Nadine getan hatte, brachte ihn in Gefahr, wieder im Knast zu landen. So weit durfte er es auf keinen Fall kommen lassen.

Die Dusche wurde abgestellt.

Während er sich weiter mit seinen Dateien beschäftigte, hörte er, wie sie den Fön einschaltete. Im Gefängnis hatte er sich mit anderen Insassen angefreundet, die jetzt größtenteils auch entlassen worden waren und ihm bei jedem Problem helfen würden.

Sie konnten besorgen, was immer man brauchte: Gefälschte Pässe, gestohlene Kreditkarten, Falschgeld, Drogen, gestohlene Kennzeichen, Waffen. Sie wussten, wie man Bomben bastelte oder einen Bankraub durchzog, ohne am Tatort Spuren zu hinterlassen. Er konnte Hehler kontaktieren, wo man alles zu Geld machen konnte: Autos, Diamanten, Kunst, Waffen, Computerprogramme, seltene Briefmarken, gefälschte Universitätsdiplome, selbst Plutonium.

Und jetzt brauchte er Hilfe.

Er begann eine E-Mail an einen Freund zu tippen, dem er blind vertraute. Als er fertig war, schickte er sie ab, und schrieb noch zwei weitere,

Die Bodendielen im Flur knarrten.

»Was tust du gerade, Honey?«

Er schloss seine Dateien, drehte sich um und sah Nadine in der Tür stehen.

»Mein neuer Look für unser neues Leben«, sagte sie grinsend.

Ihr Haar war jetzt kurz und gefärbt, und sie war nicht wiederzuerkennen.

Er nickte.

»Woran arbeitest du?«

»An ein paar Dingen, um die ich mich kümmern musste.«

»Ich habe dich durchs Fenster im Hof gesehen. Hast du alles verbrannt?«

»Alles, was verbrannt werden musste.«

»Sehr gut. Ich sehe jetzt nach dem Baby. Dann mache ich mir ein Sandwich. Hast du auch Hunger? Soll ich dir etwas bringen?«

Er schüttelte den Kopf.

Als sie gegangen war, schaute er in sein elektronisches Postfach. Eine Antwort war bereits da. Der Freund versprach, dass er die gewünschten Antworten bald bekommen werde.

Sehr gut.

Er spitzte die Ohren, weil in der Küche ein Radio eingeschaltet worden war. Außerdem hatte Nadine wieder zu singen begonnen. Diese Dumme Schlampe. Im Radio wurde nichts Neues berichtet. Er stand auf und betrat das trübe beleuchtete Zimmer, wo das Baby schlafend in dem Kinderbettchen lag.

Bald würde er über die Information verfügen, die er brauchte, um das zu tun, wozu Nadine ihn gezwungen hatte. Er blickt auf Dylan Colson hinab. Zu schade, dachte er, doch was geschehen würde, war nicht seine Schuld, sondern die von Nadine.

25

Everett Sinclair konnte den Vorfall nicht vergessen.

Dieser Dreckskerl in dem Lieferwagen, der die Lackierung seines Mercedes ruiniert hatte, würde dafür bezahlen.

Aber wie sollte er das anstellen?

Während des geschäftlichen Fluges nach Detroit hatte er nur an Rache gedacht.

Und der Zorn verrauchte auch nicht nach der Landung. Er konnte an nichts anders denken, wenn er bis spät in die Nacht mit Führungskräften und Ingenieuren zusammensaß oder die umzugestaltende kanadische Fabrik des Unternehmens in Windsor, Ontario, inspizierte, für deren Besuch man eigentlich nur den Detroit River überqueren musste.

Jetzt hatte er zum ersten Mal eine Verschnaufpause, seit er Seattle wegen dieses dringenden Projektes verlassen hatte, und doch konnte er wieder an nichts anderes denken.

Es kotzte ihn an, dass ihn berufliche Pflichten von seinen Racheplänen abgelenkt hatte. Er würde es diesem Arschloch zeigen, das an seinem wundervollen Mercedes entlanggeschrammt war, wodurch auch sein anthrazitfarbener italienischer Anzug im Wert von neunhundert Dollar ruiniert worden war. Er konnte es nicht mehr abwarten, endlich zum Gegenangriff auszuholen.

Während sein Laptop bootete, schaute er sich in dem chaotischen Hotelzimmer um. Überall lagen Klamotten und Berichte herum. Nach der Scheidung hatte er sich ganz in die Arbeit geflüchtet, wie bei dieser Geschäftsreise. Er wusste nicht mehr, was in Seattle passierte, ganz zu schweigen von der weiten Welt. Er hatte keine Nachrichten mehr geschaut, keine Zeitungen mehr gelesen. Auch jetzt stapelten sich in seinem Zimmer Ausgaben von *USA Today,* der *Detroit Free Press* und des *Windsor Star,* die der Zimmerservice mit dem Essen angeschleppt hatte, das er kaum anrührte und dann umgehen ließ. Was kümmerte ihn die Welt? Er war der Welt schließlich auch scheißegal.

Du bist ein einsamer Wolf und musst auf dich selbst aufpassen.

Er blickte über den Fluss auf Detroit und begann damit, sich seine Rachestrategie zurechtzulegen. Auf dem Monitor seines Laptops betrachtete er die Bilder seines geliebten 450SL mit dem zerkratzten Lack und des ruinierten italienischen Anzugs. Er hatte seine Sicht des Vorfalls schriftlich zusammengefasst und begann, einen Plan zu schmieden.

Er wollte die Dinge selber in die Hand nehmen, betonte er in der E-Mail, die er jetzt schrieb, wollte weder etwas mit der Polizei noch mit Versicherungen zu tun haben. Letztere würden einen Weg finden, ihm die Schuld zu geben und seine Prämien zu erhöhen, da er schon einmal betrunken am Steuer, bei einer Geschwindigkeitsübertretung und dem Überfahren einer roten Ampel erwischt worden war. Sein Leben war stressig, doch niemand schien das wahrhaben zu wollen.

Also weder Cops noch Versicherungen.

Nach der Scheidungsvereinbarung von seiner Exfrau, dieser Hure, hatte er finanziell schon genug geblutet, und er wollte nicht, dass sie von etwas Wind bekam, das sie eventuell gegen ihn verwenden konnte.

Sie durfte nicht einmal ansatzweise vermuten, dass er Riesensummen auf einem Nummernkonto in Aruba versteckt hatte – Geld, das er durch lukrative, aber nicht ganz lupenreine Geschäfte mit Subunternehmern während der letzten Jahre verdient hatte.

Beruhige dich, dachte er. Niemand würde seinen »Tresorraum« entdecken. So nannte er bei sich das Nummernkonto.

Er war zu clever, um sich schnappen zu lassen. Und ein Mann, der Respekt verdiente. Eben deshalb ertrug er es nicht, wenn seine Frau ihn betrog oder dieses Arschloch die Lackierung seines Mercedes ruinierte.

Dieser Typ sollte zahlen. Tausend für den ruinierten Anzug, fünftausend für die Beschädigung des 450SL und weitere zweitausend für die Nerven, die es ihn gekostet hatte. Also achttausend insgesamt. Zahlbar in bar, wie er in der E-Mail schrieb.

»Ich will, dass Sie diesen Dreckskerl so schnell wie möglich finden und das Geld eintreiben. Sagen Sie ihm, dass ich ihm im Nacken sitze. Und dass ich zum Arzt gehen werde, weil ich mir bei dem Vorfall möglicherweise eine Rückenverletzung zugezogen habe. Die Fotos hänge ich an. Es sollte ein Kinderspiel für Sie sein und Sie nicht mehr als zwei Stunden kosten.

Nachdem er sich vergewissert hatte, dass er alle Einzelheiten über Zeit und Ort des Vorfalls erwähnt und alle Fotos angehängt hatte, insbesondere das mit der bemalten Rückseite des Lieferwagens und dem Kennzeichen aus dem Bundesstaat Washington, schickte er die Mail ab.

Der Empfänger war Don Krofton, ein Privatdetektiv aus Seattle, den er schon einmal erfolgreich beauftragt hatte. Er hatte diese Nutte von seiner Frau in flagranti dabei erwischt, wie sie in Tacoma mit einem Gebrauchtwagenhändler vögelte.

Wahrscheinlich glaubte dieser Dreckskerl mit dem Lieferwagen, ungeschoren davongekommen zu sein

Mal sehen, was der Dreckskerl sagt, wenn auf einmal ein hartgesottener ehemaliger Cop aus Seattle vor seiner Tür steht und Bargeld will.

Oh, du wirst bezahlen, Arschloch.

Und zwar nicht zu knapp.

26

Michelle, die Sekretärin von Don Kroftons Detektivagentur, sah die Post durch. Obwohl sie etliche Male versucht hatte, sie abzubestellen, trafen noch immer zahnärztliche Fachzeitschriften ein, obwohl die Zahnarztpraxis Votax Brothers schon vor zwei Jahren ausgezogen war aus den Räumen im ersten Stock, in denen nun die Detektivagentur residierte.

Das Gebäude stand im Süden Seattle und beherbergte außer der Detektivagentur eine Tierhandlung, ein Fastfood-Restaurant namens Bandito Supremo Tacos und Eternal Solace, ein Institut, wo man sich zum Bestattungsunternehmer ausbilden lassen konnte. Durch die Gänge waberten zahlreiche Gerüche, von denen ihr die von Dons Zigarren noch am liebsten waren.

Ihr Computer piepte, als eine E-Mail einging.

»O nein, nicht schon wieder.« Sie überflog schnell Everett Sinclairs Tirade, schüttelte den Kopf und leitete die Nachricht an Dons private E-Mail-Adresse weiter. Sie fragte sich wie er umgehen würde mit diesem Auftrag von Sinclair, der sich von aller Welt verfolgt fühlte und »jedem Dreckskerl den Arsch aufreißen« wollte, wenn der ihn schief von der Seite angesehen hatte.

Sinclair hatte einfach nicht geschnallt, dass seine Frau einfach irgendwann aufgewacht und begriffen hatte, dass ihr Mann kein Mensch, sondern einfach nur ein aufgeblasenes Arschloch war, der glaubte, seine Probleme an aller Welt abreagieren zu können.

Michelle machte damit weiter, Rechnungen zu tippen, und hoffte, dass Don den Auftrag einem anderen geben würde, denn ihr Boss machte Urlaub in Las Vegas mit einem vierundzwanzigjährigen Showgirl namens Lola, die Don, einen zweiundsechzigjährigen ehemaligen Cop, für einen faszinierenden Mann hielt. Vielleicht lag es daran, dass er sein Gesicht kürzlich hatte liften lassen.

Das Telefon klingelte.

»Ich habe gerade die Nachricht von Everett Sinclair gelesen«, sagte Don.

»Das ging ja schnell. Bist du noch in Las Vegas?«

»Ja, ich checkte gerade meine Mails, als diese kam. Vergib den Auftrag an Henry.«

»Henry?«

»Ja, auch wenn es noch ein bisschen dauert, bis er seine Lizenz als Privatdetektiv bekommt. Sieh es einfach als Untersuchung einer reinen Behauptung an und check selber den Hintergrund Dann rufst du Henry an und sagst, er soll freundlich darum bitten, Sinclairs Rechnung zu begleichen, statt mit einem Prozess oder der Hinzuziehung der Polizei zu drohen. Sinclairs Behauptungen wirken glaubwürdig und werden gestützt durch die angehängten Fotos.«

»In Ordnung, Boss. Wie geht's Lola?«

»Sie ist verdammt braun geworden und lebenslustig. Heute Abend besuchen wir eine Sexshow.«

»Du bist ein lüsterner alter Mann.«

»Man muss das Leben genießen, solange man noch lebt. Hilf Henry bei der Geschichte.«

Michelle legte auf und seufzte. Nachdem sie Sinclairs E-Mail mit respektvoller Höflichkeit beantwortet hatte, ging sie zu einem leistungsstärkeren Computer, der mit einer Reihe von Datenbanken verbunden war, um den Hintergrund zu recherchieren.

In der Datenbank Washington's Vehicle/Vessel Inquiry System waren fast sieben Millionen in dem Bundesstaat zugelassene Fahrzeuge verzeichnet und viereinhalb Millionen Fahrzeughalter. Sie studierte Sinclairs Anmerkungen und den Ausdruck des grobkörnigen Fotos des Kennzeichens aus Washington. Es gehörte zu einem Kleintransporter, der Sinclairs Mercedes beschädigt hatte. Sie gab »575 QIO« bei der Datenbank ein und wartete auf das Resultat.

Don war früher Detective bei der Polizei von Seattle gewesen. Er hatte als junger Streifenpolizist begonnen und sich dann hochgearbeitet. Jetzt betrieb er diese Detektivagentur und verteilte Ermittlungsaufträge an zwei Dutzend Bekannte, die ebenfalls früher für Strafverfolgungsbehörden gearbeitet hatten.

Nach dem Tod ihres Mannes hatte Michelle, ehemals Sekretärin beim Seattle Police Department, den Job in Dons Agentur angenommen.

Der Computer piepte. Kein Treffer. Vielleicht hatte sie sich vertippt. Sie sah nach. Genau, das war es. Diesmal gab sie »575-QID« ein, und diesmal kam umgehend die Antwort auf ihre Anfrage: Name des Fahrzeughalters, Adresse, Bemerkungen über das Fahrzeug, Fabrikat und etliche andere Daten. Sie dachte nicht weiter darüber nach, Details interessierten sie nicht. Die sahen immer gleich aus, wenn man so etwas schon unzählige Male gemacht hatte. Sie leitete die Suchergebnisse einfach an Henry weiter, zusammen mit Dons Instruktionen.

Henry war ein alter Kumpel von Don aus dessen Zeit bei der Polizei. Er war ein stiller, etwas rätselhafter Mann, der vor etlichen Jahren auch Cop gewesen war, aber nur für kurze Zeit. Kürzlich hatte er seinen Job in einem Lagerhaus aufgegeben und brauchte jetzt drei Jahre Erfahrung für die Lizenz eines Privatdetektivs.

Vielleicht war er froh, den Auftrag übernehmen zu können. Michelle suchte seine Nummer heraus und bemerkte gar nicht, dass sie etwas Wichtiges vergessen hatte.

Sie hatte völlig vergessen, den Namen des registrierten Fahrzeughalters bei der Online Datenbank der Washington State Patrol and Criminal History Section einzugeben, um festzustellen, ob die Person, die Everett Sinclairs Mercedes beschädigt hatte, vorbestraft war.

Hätte sie sich weiter damit beschäftigt, wäre ihr aufgefallen, dass das Kennzeichen nicht zu dem Fahrzeug gehörte.

27

Nachdem er den Artikel seines Sohnes auf der Titelseite des *Seattle Mirror* gelesen hatte, war Henry Wade wieder einmal verdammt stolz auf Jason.

Der Junge hatte es geschafft, etwas aus seinem Leben zu machen.

Jay hatte einen Abschluss am Community College gemacht, den Job in der Brauerei geschmissen und einen gut bezahlten Vollzeitjob beim *Mirror* bekommen, wo er über die spektakulärsten Kriminalfälle in Seattle schrieb.

Doch, das konnte sich wahrlich sehen lassen.

Und sein Junge hatte ihn dazu überredet, sein eigenes Leben zu ändern, selbst wenn es Jahre gedauert hatte. Lange, schmerzhafte Jahre. Er blickte sich in seinem leeren Haus um und glaubte, die Dämonen der Vergangenheit besiegt zu haben. *Zumindest die meisten.*

Er kratzte sich am Kinn und dachte darüber nach, was er erreicht hatte. Er besuchte brav die Sitzungen der Anonymen Alkoholiker. Seit er den Job in der Brauerei aufgegeben hatte, war er mittlerweile seit über vierhundert Tagen trocken. Es gab ihm die Kraft, einen Traum wiederzubeleben, den er vor einer Ewigkeit begraben hatte, als er gezwungen, gewesen war, das Seattle Police Department nach nur ein paar Jahren zu verlassen.

Denk jetzt nicht daran. Lass die Vergangenheit vergangen sein.

Der wiedererweckte Wunsch war, als Privatdetektiv zu arbeiten.

Trotz allem, was er durchgemacht hatte, war es ihm gelungen, sich den Traum zu bewahren.

Und jetzt war er wahr geworden, dank Don Krofton, einem anständigen Kerl, der ihm nichts schuldig war, sich aber an die alten Zeiten erinnerte und ihm über die drei Jahre hinweghalf, die man brauchte, um eine Lizenz als Privatdetektiv zu bekommen. Bisher erledigte er Kleinigkeiten, doch es lief gut.

Er studierte Bücher, bereitete sich auf die Prüfung für angehende Privatdetektive vor, blätterte immer wieder im Washington State Criminal Code. Vieles davon kannte er noch von früher.

Er hatte sich einen neuen Computer gekauft und lernte ihn Kursen, ihn zu nutzen und sich im Internet zu bewegen. Außerdem hatte er noch ein Mobiltelefon und ein paar andere Hightech-Spielzeuge erstanden.

Er lebte noch immer in demselben Haus in demselben Arbeiterviertel in der Nähe des Boeing Field, südlich des Flughafens Er fuhr noch immer denselben alten Pick-up und trug die Klamotten eines Arbeiters, führte aber ein völlig anderes Leben als zu der Zeit, als er noch in der Brauerei gearbeitet hatte.

Mit einundsechzig war er ein anderer Mensch geworden.

Als er gerade in die Küche gehen wollte, um seinen Kaffeebecher aufzufüllen, klingelte das Telefon.

»Guten Tag, Henry, hier ist Michelle von der Detektivagentur Krofton. Könnten Sie heute einen Job übernehmen?«

»Kann ich.«

»Dann schicke ich Ihnen sofort eine E-Mail mit Anhang.«

»Gut, bleiben Sie dran.«

Er setzte sich vor den neuen Computer mit Highspeed-Zugang.

Die weitergeleitete E-Mail von Everett Sinclair war sofort da. Er las sie und sah sich die angehängten Fotos an. Dann schrieb er mit, als Michelle Kroftons Instruktionen durchgab. Sie wies ihn hin auf die Ergebnisse ihrer Anfrage bei der Datenbank IVIPS, wo die zugelassenen Fahrzeuge und die Fahrzeughalter im Bundesstaat Washington registriert waren.

Nachdem er alles schnell noch einmal überflogen hatte, sagte er: »Klingt gut, ich bin dabei.«

Er druckte alles aus, holte sich einen neuen Kaffee und dachte an seine alten Kumpels aus der Brauerei, die ihn nach dem Fernsehdetektiv nur noch Jim Rockford nannten, seit sie von seinem neuen Job gehört hatten. Er setzte die Brille auf und las alles noch zweimal, um alle Aspekte zu bedenken. Dabei fiel ihm etwas auf.

Moment.

Er entfaltete seine Karte des Großraums Seattle. Dann griff er wieder zum *Mirror,* um sich noch einmal ins Gedächtnis zu rufen, was bisher bekannt war über den Fall Colson. *Check mal die Zeit und den Ort, wann und wo das mit Sinclairs Mercedes passiert ist.* Er schaute auf die Karte. In die Zeitung. Auf den Ausdruck von Sinclairs Mail.

Ein Lieferwagen. Ein roter Kleintransporter.

Laut Sinclair war ein Kleintransporter an seinem 450SL entlanggeschrammt, als der in Eile den Stadtteil Ballard verließ. Die Farbe. Das Timing. Da schien etwas nicht zu stimmen. Er sollte das dem Seattle Police Department oder dem FBI melden.

Warte noch. Entspann dich.

Vielleicht hatte es nichts zu bedeuten. Er wollte nicht überreagieren. Er sah sich noch einmal den Ausdruck mit der Auskunft der Datenbank an.

Ein eindeutiger Fehler. Oder doch nicht? Nein, es sah so aus. Der Fahrzeughalter und das zugelassene Fahrzeug. Dieses war ein Pkw, ein Toyota Corolla. Aber Sinclair schrieb von einem Lieferwagen.

Er starrte abwechselnd auf die Ausdrucke, die Karte und die Zeitung.

Irgendwas stimmt da nicht, dachte er, während er auf der Karte nach dem besten Weg zu der Adresse suchte, die zu dem Kennzeichen passte, das Sinclair fotografiert hatte.

Er packte die Papiere in einen Schnellhefter und griff nach seinen Schlüsseln und seiner Jacke.

Doch bevor er zu seinem Pick-up ging, hielt er noch einmal inne.

Er würde das nicht allein durchziehen, griff nach dem Telefon und wählte. Er wollte eine andere Meinung hören.

Es würde nicht lange dauern.

Und wahrscheinlich hatte das alles sowieso nichts zu bedeuten.

28

Nadine ist vier Jahre alt.

Sie ist allein in dem finsteren, kalten Keller, während über ihr die Bodendielen ächzen.

Big Pearl kommt.

Die Kellertür öffnet sich, die hölzernen Treppenstufen knarren. Nadine zittert, die Hundekette klirrt. In der Finsternis steigt ihr der unangenehme Körpergeruch von Big Pearl in die Nase.

Der grelle Lichtstrahl einer Taschenlampe richtet sich auf ihr Gesicht und blendet sie. Ihre Augen schmerzen.

»Hier stinkt's nach Katzenpisse und dir, Natty Nat.«

Big Pearl stöhnt, als sie näher kommt.

»Kein Wunder, dass deine Mama dich nicht wollte. Niemand wollte dich, weil du nichts als ein Stück Scheiße bist. Du kannst von Glück sagen, dass du Big Pearl hast. Also, komm jetzt her!«

Nadine zuckt zusammen, die Kette schleift über den Betonboden. Sie weiß, was kommt. Glaubt es schon zu spüren, bevor es losgegangen ist.

Big Pearl packt die an ihrem Fußgelenk festgemachte Kette und reißt daran.

»Ich hab gesagt, du sollst herkommen!«

Wieder reißt sie an der Kette und zerrt Nadine über den kalten, harten Boden. Dann trifft sie ein Peitschenhieb.

Sie windet sich vor Schmerzen.

»Bitte nicht, Big Pearl.«

»Du solltest dich besser bei mir bedanken, Natty Nat.«

Der Lederriemen schneidet in ihre Haut. Nadine beißt sich auf die Zunge. Über ihre Wangen strömen Tränen, als sie wieder und wieder von Peitschenhieben getroffen wird.

So lange, bis sie es schließlich sagt.

»Danke, Big Pearl. Du lehrst mich, was richtig ist. Vielen, vielen Dank.«

Es endet damit, dass Big Pearl nach Luft schnappt und schnaufend und stöhnend die Treppe hinaufsteigt. Nadine bleibt gebrochen und von Schmerzen gepeinigt in der Finsternis zurück. Schluchzend tastet sie nach ihrer Puppe, die keine Kleider hat und allein ist wie sie.

Nadine drückt sie fest an sich.

Ganz fest.

Auf dieser Welt liebt sie nur ihr Baby, weil nur dieses auch sie liebt.

29

Sechs gestochen scharfe Fotos zeigten eine Frau, die eine orangefarbene Plastiktüte in einen Papierkorb im Sunset Hill Park legt und dann verschwindet.

»Das war's, mehr habe ich nicht«, sagte Nate Hodge.

Er saß vor einem großen Flachbildschirm in der Bildredaktion des *Seattle Mirror* und klickte die Fotos durch. Jason Wade, Fritz Spangler, die FBI-Beamten und die Detectives aus Seattle betrachteten ebenfalls eingehend die Digitalfotos.

Vier davon zeigten die Frau von Kopf bis Fuß, eine Weiße von Mitte dreißig, schlank, mit kurzen braunen Haaren. Sie trug eine blauviolette Wolljacke, ein bedrucktes Top, eine braune Hose und blaue Turnschuhe.

Ein Handy klingelte, und ein FBI-Beamter meldete sich und trat ein paar Schritte beiseite. Einer seiner Kollegen beugte sich zu dem Monitor vor.

»Können Sie mal das Gesicht vergrößern?«

Hodge zoomte es näher heran. Die Frau blickte direkt in die Kamera. »Sie hat mich nicht gesehen«, bemerkte Hodge. »Ich war ein gutes Stück weg und habe ein Teleobjektiv benutzt. Direkt nachdem Jason mich darum gebeten hatte, bin ich zu dem Park gefahren.«

»Habe ich Sie richtig verstanden?«, fragte Kirk Dupree. »Wade hat Ihnen erzählt, er werde eine Quelle im Sunset Hill Park treffen, und Sie gebeten, dort schon in sicherer Entfernung vor der vereinbarten Zeit Position zu beziehen, um dann mit einem Teleobjektiv Fotos zu schießen.«

»Da machen wir ständig so, wenn einer von unseren Journalisten eine anonyme Quelle trifft«, sagte Jason. »Wir sichern uns ab, indem wir möglichst alles fotografieren. Man kann nie wissen, ob man die Fotos nicht noch einmal braucht.«

»Und warum sieht man auf allen Fotos dasselbe?«, fragte Grace Kopfschüttelnd.

»Ich konnte nicht länger bleiben, weil ich wegen eines anderen Jobs nach Bellingham geschickt wurde«, antwortete Hodge. »Von da bin ich erst spät zurückgekommen und habe nicht mehr gedacht an diese Fotos, bis ich heute Morgen die Zeitung sah. Was denken Sie?«

»Dass wir sie kennen«, sagte der FBI-Beamte, nachdem er das vergrößerte Foto eingehend studiert hatte. »Sie war in unserem Büro.«

»Wie heißt sie?«, fragte Dupree.

»Robin Sowieso.«

»Robin Dove.« Ihr Kollege hatte sein Telefonat beendet und tippte auf die Zeitung mit der Reproduktion des Schriftstücks der Hellseherin auf der Titelseite. »Da hat gerade jemand vom Evidence Response Team angerufen. Er hat heute Morgen den hier reproduzierten Text mit Briefen ähnlichen Inhalts vergleichen, die wir im Zusammenhang mit anderen Fällen erhalten haben. Seiner Meinung nach passen Stil, Syntax und die Schrifttype zu früheren Briefen von Robin Dove.«

»Wer ist sie?«, fragte Dupree.

Der FBI-Beamte schaute auf seine Notizen. »Eine Hausfrau aus Seattle. Arbeitet Teilzeit in einer Tagespflegestätte. Sie glaubt, hellseherische Fähigkeiten zu besitzen. Sie nimmt mehrfach pro Jahr ungefragt Kontakt zu uns auf, weil ihre Gefühle und Ahnungen uns bei Ermittlungen helfen würden.«

»Und?«, fragte Spangler.

»Es war nie etwas damit anzufangen.«

Damit war für Dupree die Sache erledigt, doch er konfiszierte die Fotos trotzdem. »Wir haben einen Durchsuchungsbeschluss«, sagte er zu Hodge. »Her mit den Abzügen und der Karte aus ihrer Digitalkamera.«

Ein anderer FBI-Agent hatte ebenfalls telefoniert und trat zu ihnen.

»Wir müssen Spuren im Zusammenhang mit dem Schuh verfolgen.«

»Gut, verschwinden wir. Hier haben wir schon zu viel Zeit verplempert.«

»Entschuldigen Sie, Mr Spangler«, sagte Rosemary, die auf die Fernsehteams im hinteren Teil der Redaktion zeigte. »CNN und FOX NEWS würden gern mit jemandem über unseren Artikel mit der Hellseherin reden.«

Dupree war mit seinen Ermittlern verschwunden, und Jay folgte ihnen nach unten und bat sie in der Eingangshalle, noch einen Moment zu warten. Alle blickten ihn gleichgültig an, auch Grace Garner. Eisiges Schweigen, er versuchte ihre Reaktion abzuschätzen. Er versuchte, das Feuer auszutreten, das Spangler entfacht hatte, als er den Artikel geschrieben und ihn unter seinem Namen veröffentlicht hatte.

»Sie müssen verstehen, dass der heute veröffentlichte Artikel nicht von mir ist«, sagte er. »Spangler hat ihn geschrieben.

Meiner Meinung nach war das nicht ausreichend überprüft, und ich wollte die Story zurückhalten, bis ich das erledigt hatte. Ich habe eine andere Vorstellung vom Journalismus als Spangler.«

»Das ist Ihre Sache, Wade«, erwiderte Dupree. »Ehrlich gesagt haben wir ernsthaftere Problem als das, dass Ihr Boss ein Arschloch ist. Los, verschwinden wir.«

Jason kehrte besiegt an seinen Schreibtisch zurück. Seine Hoffnung, von seiner Quelle in den Strafverfolgungsbehörden etwas über die Colsons zu erfahren, hatte sich zerschlagen.

Was die Cops betraf, war die Reputation des *Mirror* fürs Erste dahin.

Es nervt.

Er musste an die Zeichnung und den Text der angeblichen Hellseherin denken.

> *Diejenigen, die dieses Verbrechen begangen haben, flüchteten unmittelbar, nachdem sie das Kind in ihre Gewalt gebracht hatten, in östliche Richtung. Ihr Fahrzeug wurde von Hunderten von Menschen gesehen ... Der Tod steht über diesem Fall.*

Der Tod steht über diesem Fall. Glaubst du so was?

Das ist alles Unsinn.

Er zerknüllte die Zeitung.

Sieh die Spangler an, wie er es genießt, dass die Kameras auf ihn gerichtet sind, wie er sich sonnt im Scheinwerferlicht. Er hält sich für den Größten.

Er konnte es nicht mehr ertragen und griff nach seiner Jacke. Er musste an die frische Luft. Er würde weitere Nachbarn der

Colsons wegen ihrer Vergangenheit befragen. Als er gerade sein Notizbuch und einen Stift einsteckte, klingelte sein Handy, und er meldete sich.

»Hast du einen Moment Zeit, Jay?«, fragte sein Vater.

Er schloss die Augen.

»Der Zeitpunkt ist ungünstig, Dad.«

»Ich habe hier etwas, das in Verbindung stehen könnte zu deinem Artikel über die Entführung. Ich möchte, dass du mich begleitest.

»Hör zu, Dad, ich habe keine Zeit.« *Keine Zeit, um mir deine Theorien über diesen Fall anzuhören. Jedes Mal, wenn etwas von mir auf der Titelseite erscheint, ruft er an und glaubt, mir Ratschläge geben zu müssen.* »Es tut mir leid, aber ich muss Schluss machen.«

»Ich warte in fünfzehn Minuten vor dem Gebäude des *Mirror,* Jay.«

30

Jason verdrehte genervt die Augen.

Nicht jetzt, Dad. Bitte nicht jetzt.

Erst der Unsinn mit dieser Hellseherin. Dann die miese Nummer von Spangler. Er hatte den Artikel nicht geschrieben, aber den Zorn des FBI und der Detectives vom Seattle Police Department auf sich gezogen, wodurch sich jede Hoffnung zerschlagen hatte, Grace Garner als Quelle heranzuzüchten. *Oder dass mehr daraus würde.* Besten Dank, Fritz.

Und nun wollte sein alter Herr sich in den Fall Colson einmischen.

Er spuckte auf den Gehweg, als er unruhig vor dem Gebäude des *Mirror* auf und ab ging. Schließlich sah er den vertrauten blauen Pick-up, einen alten Ford Ranger. Sein Vater winkte ihm zu und parkte in der zweiten Reihe, wodurch er ein Hupkonzert der Fahrer hinter ihm provozierte. Jason ging zu dem Fahrzeug. Das Fenster auf der Beifahrerseite war heruntergekurbelt.

»Ich hab jetzt keine Zeit.«

»Steig ein, es wird höchstens eine Stunde dauern.«

»Bitte, Dad ...«

»Na los, steig ein, Sohnemann.«

Jason murmelte etwas vor sich hin und stieg ein. Sofort fühlte er sich in die Vergangenheit zurückversetzt. Der schwache Geruch nach Hopfen erinnerte ihn an die Brauerei, aus den Boxen tönte wie früher leise »I Walk the Line« von Johnny Cash.

»Wie ich sehe, hast du wieder mal eine große Story an Land gezogen.«

»Was immer du zu sagen hast, komm zur Sache. Ich muss zurück in die Redaktion. Tut mir leid, Dad, aber ich habe einen schlechten Morgen hinter mir.«

Sein Vater zuckte nur die Achseln. »Bei mir ging heute Morgen ein interessanter kleiner Job von Krofton ein. Ich möchte, dass du dir das mal ansiehst. Aber es muss unter uns bleiben.«

Er reichte Jason den Schnellhefter, und der überflog schnell die paar Papiere.

»Ja und? Du überprüfst die Adresse, und wenn der Schuldige da ist, setzt du ihn unter Druck, dass er die Kohle für den Blechschaden abdrückt. Alles kein Problem. Aber was soll das mit meiner Story zu tun haben. Und wohin willst du mit mir fahren?«

»Ich glaube, dir ist da etwas entgangen. Dieser Sinclair schreibt, das Fahrzeug, das seinen Mercedes beschädigt hat, sei ein Lieferwagen gewesen.«

»Ja, aber laut Auskunft der Datenbank ist es ein Pkw, ein Toyota.«

»Aber Sinclair besteht darauf, dass es ein Kleintransporter war. Und achte auf die Zeit und darauf, wo der Vorfall stattgefunden hat.«

Jason tat es.

»Genau«, sagte sein Vater. »Ort: Ballard. Zeit: Der Morgen der Entführung. Fahrzeug: Lieferwagen. Siehst du, worauf ich hinauswill?«

Jason las alles noch einmal, diesmal aufmerksamer.

»Vielleicht hat es nichts zu bedeuten, Jay, aber lass es uns abchecken.«

Sein Vater zwinkerte ihm zu wie in der guten alten Zeit, bevor alles zu Bruch ging, und Jason begann sich zu entspannen, als sie in nördlicher Richtung auf der Interstate 5 fuhren.

Jason musterte seinen alten Herrn. Polohemd, Jeans, gesunde Gesichtsfarbe, graues Haar. Er sah gut aus. Dann warf er einen Blick über die Schulter. Drei Aufkleber an der Heckscheibe, wie früher. Die amerikanische Flagge, einer von der Gewerkschaft der Bierbrauer, eine Parkerlaubnis für das Gelände der Brauerei. All das war jetzt Vergangenheit. Es war besser, nicht mehr daran zu rühren.

Laut Auskunft der Datenbank gehörte zu dem Kennzeichen, das Everett Sinclair fotografiert hatte, eine Adresse in Norden Seattles, in der Gegend von Pinehurst, Northgate und Maple Leaf. Gar nicht so leicht zu finden auf der Karte, dachte Jason, während er seinem Vater den Weg beschrieb.

Die Straßen waren gesäumt von Häusern im Tudorstil und von Bungalows, die nach dem zweiten Weltkrieg gebaut worden waren, doch es gab auch etliche verwilderte, unbebaute Grund stücke. Auf einem lagen ein umgekippter Einkaufswagen, ein alter Fernseher und ein Wäschetrockner. Vor dem Haus daneben stand ein ausgeschlachteter Pinto im Vorgarten. In vielen Häusern hingen hinter den Vorderfenster Schilder mit der Aufschrift ZU VERMIETEN.

»Da, Brimerley Lane«, sagte Jason. »Links abbiegen. Hausnummer 444.«

Einige Häuser hatten Blumenkästen vor den Fenstern und gut gepflegte Vorgärten. Ihr Haus stand am hinteren Ende der Straße, und das Grundstück grenzte an die Interstate 5. Abgesehen von den leisen Motorengeräuschen war alles still, als sie vor Nummer 444 hielten. Der hellgrün gestrichene Bungalow stand ein Stück von der Straße zurückgesetzt. Macht keinen schlechten Eindruck, dachte Jason, als sie an der Haustür klingelten.

Nichts passierte

Sein alter Herr zeigte auf den überquellenden Briefkasten.

Jason klingelte ein zweites Mal.

Wieder keine Reaktion.

Die Straße lag verwaist da.

Jason hämmerte so fest gegen die Tür, dass es jeden Schlafenden wecken musste. Er spitzte die Ohren. Nicht zu hören, auch kein Kanarienvogel oder Hund.

»Fehlanzeige«, sagte er zu seinem alten Herrn, der auf die Garage zeigte.

Sie stand neben dem Haus, inmitten von ein paar hohen Erlen. Die Farbe blätterte von den Wänden. Sie gingen hin, und Jason blickte sich um. Eine Mülltonne, ein paar Gartenstühle. Das war's.

Sein alter Herr spähte durch das Fenster der Garage.

»Da drin steht ein Toyota Corolla. Die Farbe passt zur Auskunft der Datenbank.«

Das Garagentor war nicht abgeschlossen. Jason öffnete es.

»Wir überprüfen das Kennzeichen und hauen dann ab«, sagte er.

Sein Vater schaute sich zögernd um.

»Es dauert doch nur einen Augenblick, Dad. Du wolltest, dass ich mitkomme.«

Jason trat ein und wartete, bis sich seine Augen an das Zwielicht gewöhnt hatten. Sein Vater folgte. In einem Sonnenstrahl, der durch das Fenster hereinfiel, tanzten Staubkörnchen. An einer Seitenwand hingen Gartenwerkzeuge, ein Schlauch, ein Verlängerungskabel und eine Leiter. An der anderen lehnte ein Fahrrad für Erwachsene. Jason ging zur Vorderseite des Autos und bemerkte die dünne Staubschicht auf der Motorhaube. Er kauerte sich vor der Stoßstange nieder.

»Da ist kein Kennzeichen.«

»Hinten ist es auch weg«, sagte sein Vater.

Jason zog eine Mini-Taschenlampe hervor und sah in ihrem Lichtstrahl ein paar Kratzer, wo das Kennzeichen entfernt worden war.

»Rühr nichts an!«, warnte sein Vater. »Komm, lass uns verschwinden.«

Sie gingen zu dem kleinen Garten hinter dem Haus.

»Die Adresse stimmt«, sagte Jason. »Das Modell des Autos auch. Die Kennzeichen sind verschwunden, und eines davon wurde in Ballard an einem Lieferwagen fotografiert.«

»Offensichtlich geklaut«, sagte sein alter Herr. »Was denkst du?«

Jason zog sein Handy hervor.

»Welche Telefonnummer hat der Bewohner des Hauses?«

»Warum? Was hast du vor?«

»Gib sie mir einfach.«

Jason wählte und hörte das Telefon in dem Haus klingeln. Er starrte auf die hölzerne Hintertür. *Sie ist nicht ganz geschlossen.* Er stieß sie vorsichtig mit seinem Stift auf. Ein Schwarm von Fliegen kam ihm entgegen.

»Komm zurück«, sagte sein Vater. »Wir sollten das Seattle Police Department anrufen.«

Jason hob eine Hand. Das Telefon klingelte noch immer.

»Ist da jemand?«, rief er.

Keine Antwort. Ein strenger Geruch stieg ihm in die Nase. Er legte auf, hielt sich mit einer Hand die Nase zu und ging weiter.

Und sah zwei Füße in weißen Socken und die Hosenbeine einer Jeans. Langsam ging er weiter.

Da bewegt sich etwas.

Und dann sah er die Ratten.

Der Körper des Toten war aufgetrieben, der Kopf eine breiige Masse, das Gesicht völlig entstellt.

Zwei riesige Ratten huschten über seine Schuhe.

Er bekam eine Gänsehaut und glaubte, ihm würde übel. Er war völlig paralysiert, doch eine Hand packte seine Schulter und zog ihn zurück in den Garten, an die frische Luft, aber er musste sich trotzdem sofort übergeben.

Er hörte noch, wie sein alter Herr den Notruf anrief.

31

Maria Colsons Gesundheitszustand verschlechterte sich dramatisch; ihre Angehörigen sprachen mit einem Priester.

Detective Garner schickte ein stilles Stoßgebet zum Himmel. Sie hatten abwechselnd am Bett der Kranken Wache gehalten in der Hoffnung, dass sie doch noch zu Bewusstsein kommen und eine Aussage machen würde. Es war nichts passiert.

Komm schon, Maria. Kämpf um dein Leben. Lee braucht dich. Und ich muss erfahren, wer dies getan hat.

Ihr Mobiltelefon klingelte. Sie schaute auf das Display und erkannte die Nummer von Sergeant Stan Boulder.

»Grace, wir haben eine Leiche in North Seattle gefunden.«

»Die von Dylan?«

»Nein, ein Erwachsener. Fährst du hin?«

»Unmöglich, Stan. Hier im Krankenhaus sieht's nicht gut aus. Maria Colsons Angehörige haben schon um die Sterbesakramente gebeten. Ich kann hier nicht weg.«

»Hör zu, dieser Tote könnte etwas mit dem Fall Colson zu tun haben.«

»*Was?*«

»Ich kann jetzt nicht ins Detail gehen.«

»Wissen wir, wer der Tote ist?«

»Nein, aber wir wissen, dass Wade ihn gefunden hat.«

»*Jason Wade?* Der Reporter vom *Mirror*?«

»Genau das kotzt mich an. Wie hat dieser Typ das herausgefunden?«

»Er recherchiert sehr gründlich und liebt es, den Detektiv zu spielen«, antwortete Grace.

»Auf jeden Fall spielt er mit dem Feuer. Wenn er Informationen zurückhält, muss er damit rechnen, dass wir ihn wegen der Behinderung laufender Ermittlungen drankriegen.« Er schwieg kurz. »Ich habe hier eine Kollegin vom Sittendezernat, die dich gleich ablösen wird. Die Adresse ist Brimerley Lane, Nr. 444. Hast du verstanden?«

»Ja.«

»Dann mach dich auf den Weg.«

Der Himmel hatte sich verdunkelt, als die Streifenwagen von North Precinct des Seattle Police Department in der Brimerley Lane eintrafen. Uniformierte Polizisten sperrten das Grundstück mit gelbem Flatterband ab.

Officer Kyle Scheel, fürs Erste zuständig, sicherte mit seinem Partner den vermutlichen Tatort im Haus. Dann forderten sie Jason und seinen Vater auf, auf der Rückbank eines Streifenwagens Platz zu nehmen. Scheel befragte sie und notierte ihre Antworten.

Als Grace eintraf, parkte sie ihren Wagen zwischen den anderen Fahrzeugen. Mittlerweile waren auch ein Krankenwagen sowie Kastenwagen der Spurensuche eingetroffen, außerdem auch schon Fahrzeuge von Rundfunk- und Radiostationen, mit Logos der Sender auf den Seitenwänden. An der Absperrung standen ein paar Anwohner, unter ihnen Mütter mit kleinen Kindern, die sich leise unterhielten. Ihre Mienen wirkten zugleich neugierig und ängstlich.

Perelli stand mit Scheel zusammen und rief Grace herbei.

Nachdem sie gesprochen hatten, warf sie Jason auf der Rückbank des Streifenwagens einen kalten Blick zu.

»Zu Ihnen kommen wir später«, sagte sie, bevor sie mit Perelli zur Hintertür des Bungalows ging.

»Die uniformierten Kollegen glauben, die meisten Ratten verscheucht zu haben«, sagte Perelli.

»Abgesehen von den beiden mit den zwei Beinen, die hinten in dem Streifenwagen sitzen.

Sie streiften weiße Latex-Handschuhe und Überschuhe über. Dem Gestank nach lag die Leiche schon lange Zeit hier. Das Opfer schien eine Frau zu sein, die Ende zwanzig oder Anfang dreißig gewesen sein mochte, man konnte es schwer abschätzen. Der Verwesungsprozess war weit fortgeschritten, der Körper aufgetrieben, die Haut verfärbt, das Gesicht eine groteske Totenmaske.

Glücklicherweise waren die Ratten, die das Blut der Toten verschmiert und an ihren Eingeweiden gefressen hatten, jetzt verschwunden.

Grace und Perelli machten sich Notizen, und Grace schoss mit einer kleinen Digitalkamera etliche Fotos, ohne die Leiche anzurühren.

Sie suchten nach einer Handtasche, einem Portemonnaie oder einer Dauerkarte für den Bus, um den Namen des Opfers zu erfahren, fanden aber nichts. Sie mussten auf die Spurensuche warten, die alles auf den Kopf stellen würde.

»Zumindest sind die Hände noch gut genug erhalten, um Fingerabdrücke nehmen zu können«, sagte Perelli. »Mit dem Gebiss lässt sich vielleicht auch etwas anfangen.«

Perelli ging in die Küche und studierte die Post und die Rechnungen, die auf der Anrichte lagen. »Vielleicht hieß sie Dorothy M. Hall.«

»Was denkst du, Dom?«

»Angesichts ihres Zustands, würde ich nicht darauf wetten, was die Todesursache war.«

»Und woher wussten unser Schreiberling und sein Daddy, ein Schnüffler von einer Detektivagentur, von dieser Adresse?«

»Du nimmst es dem Alten nicht ab, dass er wegen der Aufklärung eines Blechschadens hier war und seinen zur Abwechslung mal seinen Sohn mitgenommen hat?«

»Da muss mehr dahinterstecken.«

Nachdem sie in dem Haus so weit fertig waren, betrat Grace die Garage und sah sich vorsichtig um.

Anschließend sprach sie mit den beiden Rechtsmedizinern David Tanaka und Al Sprung, die im Auftrag des amtlichen Leichenbeschauers des King County hier waren.

Im Garten hinter dem Haus trat Boulder zu Grace.

Er blätterte in seinen Notizen. »Es bist nicht klar, wer hier wohnt. Das Grundstück und das Haus gehören einer Dorothy Mae Hall, doch die ist neunundachtzig, hat Alzheimer und lebt in einem Altersheim westlich der Universität.«

»Sonst noch etwas?«

»Die Nachbarn sagen, sie hätten im Laufe der Jahre eine jüngere Frau kommen und gehen gesehen, manchmal sei sie auch länger geblieben. Sie glauben, dass diese Frau sich um das Haus gekümmert hat. Der Toyota Corolla in der Garage, Baujahr 1998, ist auf die hier wohnhafte Dorothy Mae Hall zugelassen.«

»Du glaubst nicht, dass sie unser Opfer ist?«

Boulder zuckte die Achseln.

»Die Frau in dem Haus war bestimmt keine achtundneunzig«, sagte Grace.

Boulder wies mit einer Kopfbewegung auf den Streifenwagen, in dem Jason Wade und sein Vater saßen.

»Die beiden haben die Leiche entdeckt, Grace. Wir müssen rauskriegen, was sie wissen.«

32

Es wurde Zeit, Jason Wade und seinen Vater zu vernehmen. Officer Scheel brachte die beiden zu Grace Garner, Dominic Perelli, Stan Boulder und Special Agent Kirk Dupree, der gerade eingetroffen war. Sie setzten sich in einer schattigen Ecke des Gartens an einen ramponierten Picknicktisch.

»Wie geht's denn so, Wade?«, fragte Grace.

»Gut, aber wie lange wollen Sie uns noch festhalten? Ich muss zurück in die Redaktion.«

»So lange, wie wir es für nötig halten«, sagte Grace. »Sie müssen uns alles erzählen, was Sie über diesen Fall wissen.«

»Wir haben bereits alles gesagt.« Jasons Vater schaute erst Grace an, dann Boulder, der in seinen Notizen blätterte.

Im Haus arbeitete die Spurensuche. Die Neugierigen an der Absperrung waren verschwunden, nicht aber die Journalisten. Über ihnen näherte sich ein Helikopter.

Boulder wandte sich an Henry Wade. »Wie ich sehe, arbeiten Sie für Don Kroftons Agentur, weil es drei Jahre dauert, bis man im Bundesstaat Washington eine Lizenz als Privatdetektiv bekommt.«

»Ja.«

»Ich kenne Don, er war auch mal bei der Polizei. Wie Sie, auch wenn es lange her ist.«

Jason sah, wie ein Schatten über das Gesicht seines Vaters huschte. Der wandte den Blick ab.

»Ja.«

Jasons Mobiltelefon klingelte, und er meldete sich.

»Spangler hier, Wade. Was zum Teufel ist los?«

»Kann ich jetzt nicht sagen.«

»Einer unser Reporter hat gerade angerufen, weil er dich *an diesem Tatort* gesehen hat? Spuck endlich aus, was ...«

»Ich kann jetzt nicht ...«

Boulder nahm ihm das Telefon aus der Hand, schaltete es aus und steckte es in die Tasche.

»Hey, was fällt Ihnen ein?«

»Sie sollten sich gut überlegen, wie Sie über diese Geschichte schreiben.«

»Ich werde über alles berichten.«

»Vielleicht sollten Sie darüber nachdenken, die Details zurückzuhalten. Es könnte den Killer interessieren, ob er Fehler gemacht hat.«

»Mein Job ist es, die Öffentlichkeit über die Fakten zu informieren, Sergeant Boulder.«

»Ich warne Sie. Bauen Sie nicht schon wieder Scheiße.«

»Warum? Weil ich die Wahrheit schreibe?«

»Wie genau sind Sie beide auf diese Adresse gekommen?«, fragte Grace.

»Ich habe jemanden gesucht, der einen Blechschaden verursacht hat und abgehauen ist«, antwortete Henry Wade. »Durch das Kennzeichen, das unser Klient fotografiert hatte, bin ich in der Datenbank auf diese Adresse gestoßen.«

»Und warum haben Sie Ihren Sohn mitgenommen?«

»Wir mussten mal wieder miteinander reden.«

Boulder lächelte. »Es hatte nicht zufällig etwas mit dem Artikel Ihres Sohnes auf der Titelseite seiner Zeitung zu tun? War in diesen Blechschaden, der sich in demselben Viertel ereignete, wo Maria Colson angefahren und ihr

Sohn entführt wurde, nicht ein Lieferwagen verwickelt? Und passierte es nicht kurz danach?«

Jasons Vater schwieg.

»Wie heißt der Klient der Detektivagentur, Mr Wade?«

»Das ist vertraulich.«

»Unsinn«, sagte Boulder. »Ich möchte Sie an etwas erinnern. Als Sie den Antrag für die Lizenz eines Privatdetektivs gestellt haben, musste Don Krofton den unterschreiben, um sie beschäftigen zu können.«

Jason fragte sich, worauf Boulder hinauswollte.

»Wenn ich mich richtig erinnere, wird auf dem Vordruck dieses Antrags folgende Frage gestellt: ›Sind Sie jemals für schuldig befunden worden, vertrauliche Informationen preisgegeben zu haben, in deren Besitz Sie im Verlauf einer Ermittlung gelangten, die man Ihnen anvertraut hatte?‹«

Boulder grinste und nickte sich Jason zu.

»Ich wette, dass Ihre Agentur zur Datenbank IVIPS hat. Deren Auskünfte sind vertraulich zu behandeln. Sie arbeiten im Auftrag eines Klienten, Mr Wade, und Ihr Sohn macht eine Entdeckung. Es sieht so aus, als wäre hier etwas Vertrauliches ausgeplaudert worden. Er bekommt seinen Coup, und Sie laufen Gefahr, die Lizenz nicht zu bekommen. Keine schönen Aussichten für einen Mann Ihres Alters, oder? Aber es gibt einen Ausweg.«

»Was wollen Sie?«

»Den Namen Ihres Klienten«, antwortete Boulder. »Spucken Sie's aus, damit wir versuchen können, diesen Killer zu fassen – oder sollen wir das etwa Ihnen und Ihrem Sohnemann überlassen?«

Henry Wade sah die harten Mienen und nickte bedächtig. Er hatte von Anfang an daran gedacht, die Polizei anzurufen. Vielleicht hätte er sich auf die erste Eingebung verlassen sollen.

»Ich will ja kooperieren. Lassen Sie mich ein paar Telefonate führen. Meine Unterlagen sind in meinem Pick-up. Kann ich sie holen?«

»Geh mit ihm, Dom.« Er wandte sich Jason zu. »Ein aufregender Morgen, was, Sportsfreund?«

33

In Detroit klopfte eine ängstliche junge Sekretärin an die Eichentür eines Konferenzraums im zwanzigsten Stock eines Hochhauses. »Entschuldigen Sie. Es tut mir schrecklich leid, Mr Sinclair …«

Sie unterbrach Everett Sinclairs Präsentation. Es ging darum, das Geschäftsmodell von El Paso auf Detroit-Windsor zu übertragen.

»Was gibt's?«, fuhr Sinclair die Sekretärin an. »Sehen Sie nicht, dass ich beschäftigt bin?«

»Zwei Gentlemen sind hier …«

»Was wollen sie?«

»Sie sind vom FBI und möchten mit Ihnen über ein Verbrechen reden, das sich in Seattle ereignet hat.«

Sinclair errötete.

Er war sprachlos, und tatsächlich sagte er nichts, während er auf der Rückbank eines Ford Taurus quer durch Detroit chauffiert wurde. Das FBI residierte im Patrick V. McNamara Building an der Michigan Avenue.

Das Gebäude war riesig und wurde rund um die Uhr von einem Sicherheitsdienst bewacht. Die beiden FBI-Beamten, die Sinclair gesucht und gefunden hatten, führten Sinclair zu einem Aufzug und fuhren mit ihm in den fünfundzwanzigsten Stock.

Sinclair befürchtete, dass seine Exfrau von dem Nummernkonto auf Aruba Wind bekommen und dass ihr Anwalt das FBI informiert hatte. Aber die beiden FBI-Beamten sagten, sie müssten dringend mit ihm über den Fall Colson reden.

»Was ist der Fall Colson?«

Als die beiden auf Krofton verwiesen und darauf, dass die Detektivagentur sich kooperationsbereit gezeigt hatte, begann Sinclair zu glauben, dass es alles wahr sein könnte. Sie behandelten ihn äußerst respektvoll, doch er war misstrauisch. Vielleicht wollten sie ihn in einem Gefühl falscher Sicherheit wiegen und dann überraschend zuzuschlagen.

Das Nummernkonto auf Aruba konnte ihn hinter Gitter bringen.

Also hieß es, wachsam zu bleiben.

Sie präsentierten ihm eine Karte, auf der exakt die Route quer durch Seattle markiert war, die er genommen hatte, als das mit dem Blechschaden passiert war. Es folgte eine Telefonkonferenz mit Grace Garner von der Mordkommission beim Seattle Police Department, Kirk Dupree vom FBI und Ted Parsons, einem Unfallspezialisten von der Verkehrspolizei.

Während er die Ereignisse beschrieb, wurde ihm ein Problem bewusst.

»Ich möchte nicht, dass mein Name in den Zeitungen steht. Können Sie das arrangieren?«

»Mal sehen, was sich machen lässt«, lautete die Antwort.

Diesen Typen ging es in erster Linie darum, Dylan Thomas und seinen Entführer zu finden, der überdies dessen nun in Lebensgefahr schwebende Mutter angefahren hatte.

»Der Lieferwagen, der an meinem Mercedes entlanggeschrammt ist, wurde also bei dieser Entführung benutzt?«, fragte er.

»Davon gehen wir aus«, antwortete Grace Garner.

»Ist eine Belohnung ausgesetzt worden für den, dessen Hinweise zur Verhaftung des Täters führen?«

»Ich weiß es nicht, Sir. Wir haben es zu tun mit der Entführung eines Babys und der vorsätzlichen lebensgefährlichen Verletzung seiner Mutter, die versuchte, es zu befreien.«

»Also könnte es eine Belohnung geben?«

»Erzählen Sie uns noch mal, was geschehen ist, Mr Sinclair.«

Sinclair wiederholte alles mit Angaben, um welche Zeit er an welchen auffälligen Gebäuden vorbeigekommen sein musste. Er hatte keine Ahnung, warum eine der beiden FBI-Agenten auf einer Liste bestimmte Gebäude entlang seiner Route abhakte. Er kam nicht auf die Idee, dass es dort Überwachungskameras gab.

»Ist Ihnen an dem Lieferwagen, der die Lackierung Ihres Mercedes 450SL beschädigt hat, etwas Besonderes aufgefallen?«

Sinclair dachte angestrengt nach. Es dauerte, bis es ihm einfiel.

»Auf der Hecktür des Lieferwagens war das Bild einer Palme bei Sonnenuntergang.«

34

Der Busfahrer achtete nicht auf die Frau, die in Seattle mühsam den Kinderwagen in den Bus hievte und dann an dem Automaten einen Fahrausweis zog.

Der Mann am Steuer des Busses war zu gestresst, um auf jeden einsteigenden Fahrgast zu achten. Die anstrengende Doppelschicht am Vortag. Die Punks, die in seinem Bus Dope geraucht hatten. Der eingeschlafene Mann, der ihn angemacht hatte, weil er es versäumt hatte, über sein Mikro die Haltestelle auszurufen.

Die Frau setzte sich hinten auf eine Bank, gab ihrem Baby das Fläschchen und lächelte einen ihr gegenübersitzenden Fahrgast an, einen verschwitzten Mann mit aufgedunsenem Gesicht und Brille, dessen T-Shirt über seinem Bauch spannte

»Ein süßes Baby«, sagte er zu der neben ihm sitzenden Frau. »Hab ich nicht recht, Betty?«

Die Frau in mittleren Jahren mit dem von Akne entstellten Gesicht ließ das abgegriffene Bibliotheksexemplar von *Vom Winde verweht* sinken. Ihr Leben war eine nicht abreißende Kette von Tragödien, und sie bekämpfte es mit Wodka.

Sie beäugte das an seinem Fläschchen nuckelnde Baby. Die Mutter trug ein pinkfarbenes Top, Jeans und Sandalen.

»Ja, wirklich ein süßes Baby«, sagte sie, bevor sie ihre Nase wieder in das Buch steckte.

»Es ist ein Junge«, sagte Nadine strahlend. »*Mein* Junge.«

Nadine blickte verträumt aus dem Fenster. Der Junge begann zu wimmern, ohne dass seine Mutter es wahrnahm.

»Wollen Sie ihn nicht beruhigen?«

»Pardon?«

Das Baby begann zu weinen.

»Wollen Sie sagen, dass ich nicht weiß, wie man mit einem Baby umgeht?«

»Sehen Sie doch, wie er weint.«

»Er ist verdammt süß«, bemerkte der Mann.

»Sie glauben, dass ich eine schlechte Mutter bin, geben Sie's zu.«

Das Baby weinte immer heftiger.

Die Frau konnte es nicht länger ertragen und streichelte sein Gesicht.

»Nehmen Sie Ihre dreckigen Pfoten weg, oder ich bringe Sie um!«

Nadine schrie so laut, dass der Busfahrer in den Rückspiegel blickte.

»Gibt's ein Problem da hinten?«

Nadine warf der Frau einen vernichtenden Blick zu.

»Soll ich ihm sagen, dass du wieder getrunken hast, Betty?«, fragte der Mann höhnisch.

Die Frau schüttelte den Kopf.

»Es gibt kein Problem«, rief Nadine dem Fahrer zu. »Absolut keins.«

Dann schob sie den Kinderwagen zu der Tür in der Mitte des Busses und stieg mit ihrem Baby aus.

In einer Mall kaufte Nadine sich neue Sneaker, die im Sonderangebot waren, außerdem noch ein paar andere Dinge für sich und das Baby. Sie wollte, dass alle ihren Sohn sahen, doch niemand schenkte ihr Beachtung.

Auch gut.

Bald würde alles anders sein.

Als sie mit dem Bus nach Hause fuhr, achtete sie darauf, einen Platz zu finden, wo sie ungestört war. Es gab so viele Gestörte in dieser Stadt. Sie hatte keine Lust darauf, dass sich so eine Episode wie die mit der fetten, hässlichen Frau und dem verschwitzten, dummen Mann wiederholte. Es war eine geruhsame Fahrt.

Sie schaute aus dem Fenster. Pizzerien, Frisöre, Haushaltswarengeschäfte, Bestattungsinstitute. Schmucke Häuser mit Bäumen und Blumen in den Vorgärten, Auch sie würde bald ein vollkommenes Leben in so einem Haus führen.

Ein perfektes Leben.

Ihr Traum würde wahr werden.

Sobald Axel seinen großen Deal abgeschlossen hatte – und es musste jeden Tag so weit sein –, würden sie Seattle verlassen und sich in einem schönen kleinen Haus an der Küste von Oregon niederlassen, mit einer Veranda, wo es eine Hollywoodschaukel geben würde, auf der sie an langen Sommerabenden mit Axel Limonade schlürfen und zum Sternenhimmel aufblicken würde.

Sie würden einen schönen Garten mit alten Bäumen hinter dem Haus haben, wo das Kind spielen konnte. Ihm einen Handschuh samt Baseball und einen Football kaufen, damit Axel mit ihm spielen konnte. Und am Wochenende würden sie aufs Land fahren, um zu picknicken, wilde Blumen zu pflücken und in einem Bach zu waten. Geburtstage, Weihnachten, alles würde ein Traum sein, wie in den illustrierten.

Sie würden die Musterfamilie sein, von der Nadine immer geträumt hatte, seit sie ein kleines Mädchen gewesen war. Und in einem Haus leben, das sie in ihren Träumen viele Male gesehen hatte.

Es würde einen großen Kamin geben, an dem sie an stürmischen Abenden sitzen und dem Regen lauschen würden, wie an den langen Winterabenden. Und es würde eine große Küche geben, wo sie ihre Liebsten mit den besten Mahlzeiten verwöhnen würde.

Sie warf einen Blick auf das Baby.

Nur noch ein paar Tage, dann war es so weit.

Als sie nach Hause kam, war sie erleichtert, dass Axel noch nicht zurück war.

»Sieht so aus, als wäre Daddy noch nicht wieder da.«

Sehr gut, denn bevor er gegangen war, hatte er ihr befohlen, bis zu seiner Rückkehr das Haus nicht zu verlassen.

»Mommy tut nicht immer alles, was Daddy sagt. Sie brauchte neue Schuhe, Klamotten und ein paar Dinge für dich. Was ist denn, mein Süßer?« Das Baby begann, sich in ihren Armen zu winden. Nadine roch, was los war. »Wir müssen deine Windel wechseln.«

Nachdem es erledigt war, gab sie ihm etwas zu essen und legte ihn ins Bett, damit er ein Nickerchen machte.

Sie schaltete die Fernseher und Radios ein, um zu hören, ob es neue Entwicklungen gab hinsichtlich der entsetzlichen Entführung dieses Babys. Während sie putzte, fragte sie sich, wie lange es noch dauern würde, bis Axel zurückkam. Er war vor ein paar Stunden auf dem Motorrad eines Freundes verschwunden und hatte ihr gesagt, sie solle den Lieferwagen nicht anrühren. Offensichtlich stimmte etwas mit dem Vergaser nicht, und er brauchte ein Ersatzteil.

An diesem Morgen, im Bett, hatte sie sich auf die andere Seite gedreht und beobachtet, wie er seine Jeans anzog. Der Körper dieses Ex-Häftlings machte sie total an.

»Wie lange dauert es noch, Axel?«

»Nur noch ein paar Tage, dann hauen wir ab.«

»Versprochen?«

»Ehrenwort.«

Sie fasste ihm zwischen die Beine. »Hast du nicht noch ein bisschen Zeit, Axel?«

»Für dich immer, Baby.«

Die Erinnerung ließ sie lächeln, und dann glaubte sie ihn kommen zu hören. Sie trat ans Fenster, doch es war nur ein vorbeikommender Pick-up. Der Lieferwagen in der Garage war mit einer Plane bedeckt. Axel sagte, sie würden ihn verkaufen an einen seiner Freunde verkaufen und dafür ein Auto bekommen, in dem sie in ihr neues Leben aufbrechen würden.

Sie klebte einen Karton zu, beschriftete ihn mit einem Filzstift und brachte ihn in den Lagerraum. Als sie ihn verließ, fiel ihr Blick auf Axels Schreibtisch und seinen Laptop.

Er hatte sich solche Sorgen gemacht wegen seines großen Deals, aber seine Probleme für sich behalten, damit sie sich keine Sorgen machte.

Merkwürdig, dachte sie, *er hat den Computer angelassen. Sonst schaltet er ihn immer aus.*

Am letzten Abend hatte er so lange gearbeitet, dass er es vergessen haben musste. Mit einem bösartigen kleinen Hintergedanken trat sie an seinen Schreibtisch.

Warum sollte sie nicht ein bisschen herumschnüffeln? Was hatte es auf sich mit deinem geheimen großen Geschäft?

Er hatte versprochen, ihr alles darüber erzählen zu wollen, wenn die Zeit reif war, doch er hatte nichts gesagt. Sie konnte auf seinem Computer nachsehen, ohne dass er es jemals erfahren würde.

Sie war sich nicht sicher, ob sie es tun sollte.

Sie spitzte die Ohren. Bombastische Musik signalisierte, dass eine Sondersendung begann.

»Hier ist Stephanie London vom Live Eye Satellite News Desk mit einer sensationellen Neuigkeit. Wir sind jetzt über Satellit live verbunden mit dem Norden Seattles, wo David Troy am Tatort eines Mordes ist. David, was können Sie uns sagen?«

Auf dem Bildschirm tauchte ein lachender, attraktiver Reporter auf.

»In dem Bungalow hinter mir hat sich ein Mord ereignet. Wir wissen von einer Leiche in dem Haus, haben aber keine Ahnung, wer es ist oder wie diese Person getötet wurde. Auch wissen wir nicht, wer die Leiche gefunden hat. Die Polizei tut ihre Arbeit. In dieser Gegend wechseln die Mieter häufig, die Leute kennen sich kaum.«

»David, es klingt so, als wäre dieser Mord von allgemeinem Interesse. Was können Sie uns mitteilen?«

»Stimmt, Stephanie. Laut meinen Quellen sind das Seattle Police Department und das FBI im Einsatz. Es gibt deutliche Hinweise darauf, dass dieser Mord in Verbindung steht zu der Entführung von Dylan Colson und der vorsätzlichen Verletzung seiner Mutter Maria in Ballard. Maria Colson liegt immer noch im Krankenhaus und kämpft um ihr Leben. Das wär's fürs Erste, Stephanie.«

»Danke, David. Das war David Troy live aus Seattle vom Tatort eines Mordes, der für die Polizei mit dem Fall Colson verbunden ist. Bleiben Sie dran, wir halten Sie auf dem Laufenden, falls es Neuigkeiten gibt. Jetzt kehren wir aber zu unserem angekündigten Programm zurück.«

Nadine schlug eine Hand vor den Mund. Es musste alles so entsetzlich sein für die Colsons.

»Was soll's.« Sie zuckte die Achseln. »Das hat man davon, wenn man lügt. Dann stürzt die ganze Welt ein.«

Sie machte weiter damit, Kartons zu packen, und summte leise vor sich hin.

Vierter Tag

35

Mehrere Stunden waren vergangen, seit Jason Wade und sein Vater in North Seattle die Leiche der Frau entdeckt hatten.

Jetzt war die Sonne untergegangen, und durch ein Fenster der Redaktion sah er die Lichter der Autos auf der Elliott Avenue, die Fähren in der Bucht und die Olympic Mountains.

Er fischte sein Notizbuch aus dem Chaos auf seinem Schreibtisch und schlug den letzten Eintrag auf.

Wer ist sie? Wer hat das getan? Wo ist die Verbindung zum Fall Colson?

Er rief beim Seattle Police Department an.

»Mordkommission, Beckwith.«

»Hier ist Jason Wade vom *Mirror*. Wurde die Leiche aus der Brimerley Lane schon identifiziert?«

»Wir hoffen, Sie und Ihre Hellseherin könnten es uns sagen.«

»Im Ernst, Beckwith. Noch nichts Neues?«

»Immer mit der Ruhe, Wade. Wir warten noch auf den Bericht des amtlichen Leichenbeschauers.«

Beckwith legte eine Hand auf die Sprechmuschel. Er hörte einen leisen Wortwechsel, verstand aber nichts. Dann war Beckwith wieder dran.

»Nichts, Kollege. Sie rufen uns doch an, wenn Sie es herausfinden.«

Jason legte auf und fuhr sich mit der Hand durchs Haar.

Seit sein Vater und er die entstellte Leiche entdeckt hatten, konnte er das Bild nicht vergessen.

Wer ist die Tote? Gibt es eine Verbindung zwischen diesem Mord und dem Fall Colson?

Deine bisherigen Bemühungen, es herauszufinden, hatten nichts gebracht.

Nachdem sie das Haus in der Brimerley Lane verlassen hatten, war er zum Krankenhaus gefahren und hatte Lee Colson durch eine Schwester etwas ausrichten lassen. Colson war mit dem Onkel nach unten in die Cafeteria gekommen. Colson schüttelte den Kopf, als er ihm erzählt hatte, was passiert war.

»Ich habe es der Polizei bereits gesagt, ich kenne niemanden, der in der Brimerley Lane wohnt. Wenn es etwas mit meinem Sohn zu tun hat, führt es hoffentlich dazu, dass der sicher zu uns zurückgebracht werden kann. Mehr kann ich dazu nicht sagen.«

Jetzt musste er die zweite Hälfte seines Artikels in Angriff nehmen. Er blickte sich in der Redaktion um und sah Fritz Spangler auf sich zukommen.«

»Wade, ich habe gelesen, was du bis jetzt geschrieben hast. Das ist nicht gut genug.«

»Was soll das heißen?«

»Du musst das anders anpacken. Schreib in der ersten Person. Der Leser muss glauben, mit dir die Leiche entdeckt zu haben. Geize nicht mit drastischen Details. Die Geschichte mit den Ratten gefällt mir. Es muss dem Leser kalt den Rücken hinablaufen.«

»Würde ich damit nicht eine Grenze überschreiten? Denken Sie an die Angehörigen der Toten. Oder an irgendwelche Kinder, die das beim Frühstück lesen könnten.«

»Die armen Kleinen. Die Frau ist tot, und wir sind keine Betschwestern. Das ist unsere Chance, die Auflage zu pushen. Je kontroverser, desto besser.«

»Mir scheint das nicht ratsam zu sein.«

»Wir befinden uns im Krieg mit der Konkurrenz. Wenn wir den verlieren, ist es das Ende des *Mirror.* Ist dir eigentlich klar, dass alle Fernsehsender über deine Entdeckung der Leiche berichten und dich interviewen wollen? Du sollst für ihre Zuschauer vor laufender Kamera schildern, was du gesehen hast. Sie werden wissen wollen, ob dich diese Hellseherin zu dem Haus geführt hat.«

»Bei mir hat sich noch kein Sender gemeldet.«

»Weil alle Anrufe erst in der Telefonzentrale beantwortet werden, und die Standardantwort lautet, dass wir bis morgen keine Interviews geben. Die Leute sollen unsere Zeitung kaufen und lesen. Nicht die *Times* oder den *Post-Intelligencer.* Bei dieser Story haben wir eindeutig die Nase vorn. Ich habe mit den Leuten Vertrieb gesprochen. Sie schlagen vor, dass wir ein Poster mit deinem Konterfei drucken und es über jedem Zeitungsautomaten aufhängen lassen. Die Auflage wird explodieren. Also gib dein Bestes, Wade. Es steht eine Menge auf dem Spiel. Haben wir uns verstanden?«

Ja, er hatte verstanden. Was für ein Wahnsinn. Kopfschüttelnd machte er sich daran, seinen Artikel nach Spanglers Vorgaben zu ändern. Er schaffte es gerade noch, die größten Klischees der Boulevardpresse zu vermeiden.

Als er fertig war, wurde er daran erinnert, dass der *Mirror* diesen Artikel seinem alten Herrn verdankte. Und daran, dass Boulder ihm damit gedroht hatte, dafür zu sorgen, dass er nie die Lizenz eines Privatdetektivs bekommen würde.

Boulder hatte sogar auf seine Zeit bei der Polizei angespielt, dieses Thema, an das sein Vater nie rührte. Auf der Rückfahrt hatte Jason ihn noch einmal danach gefragt, und er hatte tatsächlich geantwortet, wenn auch sehr allgemein.

»Als Cop lernt man viele Geheimnisse der Menschen kennen. Von manchen wünscht man sich, nie etwas davon gehört zu haben, doch sie begleiten einen bis ans Lebensende.«

»Zum Beispiel, Dad?«

Sein alter Mann starrte vor sich hin. »Frag mich nicht, Jay. Frag nie wieder danach.«

Das war's. Jason fragte sich, was Boulder wusste. Er hatte seinem Vater gedroht.

Glücklicherweise kannte Krofton Boulder und trat für seinen Vater ein. Die Detektivagentur rief Sinclair an, erklärte ihm die Lage und beruhigte ihn, weil ihn die beiden FBI-Beamten aus Detroit in die Mangel genommen hatten.

Krofton war zufrieden. Seine Agentur stand gut da, weil sie der Polizei bei einem wichtigen Fall geholfen hatte.

Jason hatte gerade damit begonnen, seine n Artikel Korrektur zu lesen, als das Telefon klingelte.

»Wade.«

»Hier ist Grace Garner. Haben Sie einen Augenblick Zeit?«

Er fragte sich nach dem Grund ihres Anrufs. War die Tote vielleicht identifiziert worden?

»Kein Problem.«

»Nicht am Telefon. Ich muss an einem ruhigen Ort unter vier Augen mit Ihnen reden.«

»Jetzt sofort?«

»Ja. Es wird nicht lange dauern.«

Pete Anthony's Grill war ein griechisches Restaurant ganz in der Nähe des Flussufers. Es war umgeben von alten Lagerhäusern.

Er schaute sich um. Holzgetäfelte Wände, Bodendielen aus Eiche, niedrig über den Tischen hängende Lampen.

Grace Garner saß allein in einer Nische im hinteren Teil des Lokals. Er nahm ihr gegenüber Platz und schaute auf die Uhr.

Als die Kellnerin kam, bestellte er eine Cola.

»Worum geht's?«, fragte er.

»Sie behandeln es strikt vertraulich?«

»Hängt davon ab. Sie haben mich angerufen.«

»Es muss unter uns bleiben. Ich habe nichts gesagt. Dieses Treffen hat nie stattgefunden.«

»Gut.«

»Geben Sie mir Ihr Ehrenwort.«

»Sie haben mein Wort.«

»Ich vertraue Ihnen. Ich denke, wir könnten zusammenarbeiten.«

»Hat Boulder Sie geschickt?«

Sie wirkte beleidigt.

»Niemand weiß, dass ich hier bin.«

Er studierte ihre Miene. Es war schön, ihr ganz aus der Nähe in die Augen zu blicken.

»Ich habe gefragt, worum es geht.«

»Wie gesagt, ich möchte versuchen, in diesem Fall mit Ihnen zusammenzuarbeiten. Es hat meine Kollegen beeindruckt, was Sie so alles zu bieten haben, wie gut Sie recherchieren. Und heute, mit Ihrem Vater ... Tut mir leid, dass wir Sie beide festgehalten haben.«

»Wurde die Frau aus der Brimerley Lane schon identifiziert?«

»Nein, das passiert frühestens morgen. Wir müssen die Ergebnisse der Autopsie abwarten.«

»Haben Sie eine Ahnung, wer die Frau gewesen sein könnte?«

»Nein.«

»Ihre Kollegen haben Sneaker gefunden, die denen auf der Aufnahme der Überwachungskamera gleichen?«

Garner schüttelte den Kopf.

»Immer noch keine Ahnung, wo Dylan Colson sein könnte?«

»Noch nicht. Sagen Sie, wie denken Sie über die Colsons?«

Die Frage überraschte ihn.

»Ich weiß nicht. Es scheinen anständige, aufrichtige Leute zu sein. Warum?«

Sie zuckte die Achseln.

»Wie geht es Maria Colson? Wird sie überleben?«

»Ihre Angehörigen haben schon mit einem Priester gesprochen wegen der Sterbesakramente. Unterstehen Sie sich, dass in Ihrem nächsten Artikel zu bringen.«

»Warum fragen Sie mich nach den Colsons? Haben Sie irgendeine Vermutung?«

»Ich weiß nicht.«

»Was hat dieser neue Mord mit dem allen zu tun? Glauben Sie, dass diese Unbekannte wegen Ihrer Autokennzeichen umgebracht wurde?«

»Keine Ahnung.«

Jason schaute auf die Uhr. »Schön, Sie getroffen zu haben, Miss Garner.«

»Warten Sie. Ich muss Sie noch nach etwas fragen. Sie um einen Gefallen bitten.«

»Nur zu.«

»Falls Sie einen anonymen Hinweis bekommen, sagen Sie mir dann Bescheid?«

Fells Sie mich auch einweihen, wenn Sie etwas erfahren ...«

Garner nickte. »Solange es nicht zu gefährlich für mich ist. Ich glaube, da kommt noch einiges auf uns zu. Ich möchte mit Ihnen zusammenarbeiten.«

»Sie wollen mich ausnutzen.«

»Nein, mit Ihnen kooperieren.«

»Warum?«

Sie schaute ihn lange an. »Sie berichten über diesen Fall, und ich habe das Gefühl, dass der oder sie Entführer Ihre Artikel aufmerksam lesen. Ich denke, dass wir über Sie Kontakt zu ihnen aufnehmen könnten. Ich riskiere hier viel. Ich bin die Chefermittlerin in einem Fall, den wir gemeinsam mit dem FBI untersuchen. Dies muss vertraulich bleiben zwischen und beiden.«

»Sie werden auch Boulder nichts sagen?

»Nein. Und Sie halten gegenüber Spangler die Klappe.«

»Abgemacht.«

Sie schüttelten sich die Hand. Die erste Berührung. Er sah ihr Lächeln.

36

Einen Tag, nachdem Jason und sein Vater die ermordete Frau in dem Haus an der Brimerley Lane entdeckt hatten, lag die nackte Leiche auf dem Obduktionstisch im King County Medical Examiner's Office.

Die Räume des amtlichen Leichenbeschauers waren untergebracht im Harborview Medical Center, ganz in der Nähe der Bucht. Auf einem Schild an der Wand stand: »Die Unschuldigen sollen entlastet werden, die Schuldigen erkannt.«

Grace Garner dachte darüber nach, während sie auf dir Tote blickte.

Eine weiße Frau. Größe: eins fünfundsechzig. Gewicht: fünfundfünfzig Kilogramm. Vermutlich war sie etwas dreißig gewesen.

Wer war sie?

Bisher hatte sie nicht identifiziert werden können. Die Überprüfung der Fingerabdrücke in mehreren Datenbanken hatte nichts Definitives ergeben. Acht mögliche Treffer, keiner bestätigt.

Der Toyota hatte mehrere Vorbesitzer gehabt, bevor er von Dorothy Mae Hall gekauft worden war, der Besitzerin des Hauses.

Die Spurensuche beschäftigte sich noch mit dem Haus und dem Auto. Gab es eine Verbindung zu Dylan Colsons Entführung und dem möglichen Mordversuch an seiner Mutter? Dazu ließ sich bisher nichts sagen. Die Nachbarn wusten nicht, wer in dem Haus in der Brimerley Lane wohnte. Zumindest sagten sie das. Und das Gesicht der Toten war zu entstellt, um ein Foto zu machen und es herumzuzeigen.

Wer war sie?, fragte sie sich erneut. *Warum ist ihr Leben so geendet?*

Sie kämpfte mit diesen Fragen und ihren eigenen Ängsten, die jedes Mal hochkamen, wenn sie bei einer Autopsie dabei war, insbesondere dann, wenn das Opfer in ihrem Alter gewesen war. Es spielte keine Rolle, ob die Tote Lehrerin, Prostituierte, Rechtsanwältin, Nonne, eine misshandelte Ehefrau oder eine Obdachlose Heroinsüchtige gewesen war. So ein Vorfall zwang sie, sich ihren eigenen Fragen zu stellen.

Würde sie vereinsamt sterben?

Allein, ohne Kinder und Angehörige, eine einsame Frau, zu verängstigt, um Kontakt mit anderen aufzunehmen? Wenn sie nicht etwas dagegen unternahm, würde das ihr Schicksal sein.

Warum?

Weil sie glaubte, dass die Schießerei in der Highschool ihre Schuld gewesen war.

Sie hatte einen Therapeuten nach dem anderen aufgesucht, doch keiner hatte ihr dieses Schuldgefühl nehmen können. Nach all den Jahren bezichtigte sie sich immer noch selber. Warum konnte sie sich nicht davon befreien? Vielleicht brauchte sie jemanden in ihrem Leben, der ihr dabei half. Für einen Augenblick dachte sie an Jason Wade.

»Fertig, Grace?«

Sie rückte die Gesichtsmaske und das Haarnetz zurecht.

David Tanaka, der Rechtsmediziner, und Al Sprung, sein Assistent, waren bereit, mit der Obduktion zu beginnen. An diesem Morgen warteten noch sechs weitere Leichen auf sie. Ein Todesfall vermutlich durch einen Stromschlag, ein Selbstmord, eine Überdosis, ein Toter nach einer Schießerei zwischen rivalisierenden Gangs, ein älteres Ehepaar, das beim Brand eines Hauses uns Leben gekommen war.

Angesichts der Vermutung, dass eine Verbindung bestand zwischen dem Mord in der Brimerley Lane und der Entführung eines Babys aus Seattle, dessen Mutter offenbar hatte ermordet werden sollen, hatte der Fall von Grace Priorität.

Tanaka war ein kleiner, feingliedriger Mann, während Sprung eher die Statur eines Baseballspielers hatte. Die beiden hatten sich bereits in dem Haus in der Brimerley Lane um die Tote gekümmert, bevor sie in einen Leichensack und den Lieferwagen verfrachtet worden war, der sie ins King County Medical Examiner's Office gebracht hatte.

Dort war die Leiche gewogen, geröntgt und fotografiert worden. Grace runzelte die Stirn, als sie die Stichwunden in der Brust der Frau sah.

Bestimmt vierzig, schätzte sie.

»Sie hat mindestens zwei Wochen tot in dem Haus gelegen«, sagte Tanaka zu Sprung.

»Das sehe ich auch so«, stimmte der zu. »Die Ratten haben sich ihren Magen vorgenommen, sodass wir über ihre letzte Mahlzeit nichts mehr werden sagen können.

Grace war nur ungern bei Autopsien dabei. Sie mochte nicht die Kälte des Raums, den Geruch nach Ammoniak und Formaldehyd, die verfärbte Haut der Toten, das Geräusch, mit dem die Schädeldecke geöffnet wurde, den Anblick des Gehirns oder den der Inzision in der Form eines Y in der Brust.

»Sehen Sie mal, die vielen Wunden.« Sprung reichte ihr ein Röntgenbild. »Sie wurde durch eine große Zahl von Messerstichen getötet.«

Tanaka zeigte Grace, dass das Opfer sich gewehrt hatte. »Hier, tiefe Wunden in den Handtellern.. Sie hat versucht, das Messer zu packen.«

Nach dem Ende der Obduktion trafen sich Grace und Perelli mit Tanaka in dessen Büro. An einer Wand hing eine riesige Reproduktion von Monets Gemälde *Gartenweg in Giverny.* Er ging zu seinem Computer, gab Daten ein und checkte mehrere Dateien, bevor er sich seinen Besuchern zuwandte.

»Die Todesursache sind mindestens siebzig Stichwunden«

»Mindestens siebzig?«

»Etwa zehn im Gesicht und am Kopf, zehn am Hals, dreißig in Brust und Bauch, zwanzig an den Händen, aber wie gesagt, die gehen darauf zurück, dass sie versucht hat, sich zu wehren.«

»Guter Gott.«

»Wenn ich mir diese Wunden genau ansehe, komme ich zu dem Schluss, dass der Mörder Linkshänder ist. Er hat die Tote überraschend von hinten angegriffen. Einige Wunden wurden ihr noch im Stehen beigebracht, andere erst, als sie schon am Boden lag. Wurde das Messer immer noch nicht gefunden?«

»Nein.«

»Es muss eine sehr lange, gezackte Klinge haben. Ich würde sagen, dass sie vor etwa zwei Wochen gestorben ist.«

Grace schaute auf ihre Notizen. »Mindestens *siebzig* Stichwunden, sagen Sie?«

Tanaka zupfte nachdenklich an seinem Bart. »Der Täter muss vor Wut außer sich gewesen sein.«

Grace dachte einen Moment darüber nach.

»Ich frage mich, ob es diese Frau zufällig getroffen hat oder ob sie im Fall Colson eine Rolle spielt.«

Tanakas Computer bimmelte. Eine eingehende E-Mail. Er las sie.

»Ah, das sollte hilfreich sein. Unsere Unbekannt hat jetzt einen Namen.« Er zeigte auf den Bildschirm.

Grace trat näher an den Monitor heran. Eine zweite Untersuchung der Fingerabdrücke hatte doch noch ein Ergebnis gebracht. Die Identität des Mordopfers aus der Brimerley Lane war geklärt.

Beth Ann Bannon. Geburtsdatum: 10.2.1974
Größe: Eins fünfundsechzig. Gewicht: Fünfundfünfzig Kilo.
Augenfarbe: Blau. Haarfarbe: Braun.
Adresse: 6099 60th Street N.E., Seattle, WA.

37

Einige Zeit, nachdem sie sich von Tanaka verabschiedet hatten, standen Grace und Perelli im Schatten hoher Bäume vor der Haustür eines sehr gepflegten Bungalows in Ravenna.

Als Grace gerade zum zweiten Mal klingeln wollte, öffnete eine Frau in einem beigefarbenen Sweater und einer dazu passenden Hose.

»Womit kann ich helfen?«

»Detective Garner, Seattle Police Department«, stellte sich Grace vor. »Das ist mein Kollege Detective Perelli.«

Sie präsentierten ihre Dienstmarken.

»Polizei?«

»Wohnt Beth Bannon in diesem Haus?«

»Ja. Zumindest bis vor Kurzem. Stimmt etwas nicht?«

»Dürfen wir bitte hereinkommen?«

Grace schätzte die Frau auf Mitte vierzig. Sie hatte ein hübsches, sympathisches Gesicht. Intelligent wirkende Augen. Das Innere ihres Hauses war tadellos gepflegt. Sie nahmen auf Sofas in dem großen Wohnzimmer Platz. Aus der Küche Roch es gut. *Plätzchen im Backofen?* Eine Erlösung nach den Gerüchen im Obduktionsraum.

»Bitte nennen Sie uns Ihren Namen, Ma'am.« Perelli schlug sein Notizbuch auf.

»Vanessa Harlow.«

»Sind Sie hier die Hausbesitzerin?«

»Ja. Bitte sagen Sie, worum es geht.«

»Wo arbeiten Sie?«

»An der Universität. Ich bin Verwaltungsassistentin am Historischen Institut.«

Grace zeigte ihr das Farbfoto von Beth Bannons Führerschein. Sie war nicht hübsch gewesen, eher unscheinbar. Ein Gesicht, das man schnell wieder vergessen würde.

»Können Sie uns sagen, wer das ist?«

»Beth.« Vanessa Harlow wurde bleich. »Ich fühle mich unbehaglich, mache mir Sorgen. Hat es einen Unfall gegeben?«

Grace tauschte einen Blick mit Perelli aus, sah sich noch einmal um in dem geschmackvoll eingerichteten Zimmer. Die vermutliche Freundin dieser stillen Frau lag tot in einem Kühlfach der Leichenhalle, ihr Körper war mit Messerstichen übersät. Die Brutalität des Verbrechens, die Ratten.

Grace beugte sich vor und ergriff Harlows Schulter.

»Es fällt mir schwer, es zu sagen, aber Beth wurde ermordet.«

»Was? Nein?«

»Ihre Leiche wurde gestern gefunden.«

»*Ermordet?* Mein Gott, ich verstehe das nicht. Warum?«

»Das versuchen wir herauszufinden.«

»Wer hätte ihr etwas antun sollen? Es muss ein Irrtum sein.«

Vanessa wandte den Blick ab und begann leise zu weinen. Außer ihren Schluchzern hörte man nur das Ticken der Standuhr. Schließlich piepte der Backofen

Grace stand auf und schaltete ihn ab und kehrte mit einem Päckchen Papiertaschentücher ins Wohnzimmer zurück. »Miss Harlow, wenn haben Sie zum letzten Mal mit Beth Shannon gesprochen?«

»Vor etwa einer Woche. Sie hat mich angerufen.

»Worüber haben Sie geredet?«

»Sie machte sich sorgen wegen Dorothy Hall. Sie hat sich um deren Haus gekümmert, weil Dorothy im Altersheim ist. Sie ist fast neunzig und sehr krank. Haben Sie Beth in Dorothys Haus gefunden?«

»Ja. Also hat Beth auf Dorothys Haus aufgepasst?«

»Die beiden haben sich vor ein paar Jahren in Beth' Kirchengemeinde kennengelernt und sich angefreundet. Zu der Zeit ist Beth hier ausgezogen, um in Dorothys Haus zu wohnen.«

Perelli schrieb mit. »Hat Beth jemals von Lee oder Maria Colson gesprochen?«

»Lee oder Maria Colson? Colson? Sie meinen das Ehepaar, dessen Baby entführt wurde?«

Die Detectives nickten.

»Warum? Nein, ich glaube nicht, dass sie die Colsons kannte.«

»Hat sie jemals über finanzielle Probleme oder Schulden gesprochen?«, fragte Grace.

»Nein, soweit ich weiß, hatte sie nie Geldprobleme.«

»Hat sie Drogen genommen oder gespielt?«

»Beth? Nein.«

»Wissen Sie, ob sie Feinde hatte, die ihr etwas antun wollten?«

»Mein Gott, nein. Beth ist ein gütiger, sanftmütiger Mensch. Sehr bescheiden.«

»Erzählen Sie uns bitte von Ihrer Vorgeschichte.«

»Wir haben uns vor etlichen Jahren in der Universität kennengelernt. Sie war eine frisch verheiratete Sekretärin.

Als die Ehe gescheitert und sie am Boden zerstört war, habe ich sie eingeladen, bei mir einzuziehen. Mein Mann ist schon vor langer Zeit an einem Herzinfarkt gestorben.«

»Und der Exmann von Beth?«

»Ich glaube, er ist zurück nach Virginia gezogen. Er ist Berufssoldat und könnte im Ausland stationiert sein.«

»Können Sie für uns seinen Namen in Erfahrung bringen?«

»Ja, ich denke schon.«

»Haben die beiden Kinder?«

»Nein.«

»Hat sie wiedergeheiratet? Oder einen Freund?«

»Nein.«

»Können Sie uns ein bisschen mehr über ihre Persönlichkeit und ihre Arbeitsstellen erzählen?«

»Sie engagiert viel ehrenamtlich. Ich glaube, sie arbeitet viel in Krankenhäusern. Bevor sie den Job an der Uni bekam, hat sie als Sekretärin bei einer Zeitarbeitsagentur gearbeitet, davor in einer Anwaltskanzlei, bei der Sozialfürsorge und in einer Bank. Ich mochte es, dass sie hier wohnte. Wir sind gut miteinander ausgekommen.«

»Warum ist sie ausgezogen?«

»Nun, sie war nicht ganz ausgezogen. Sie lernte Dorothy durch ihr wohltätiges Engagement in der Kirchengemeinde kennen, und sie standen sich bald nahe. Dorothy hatte keine Angehörigen mehr, und Beth war ihre einzige Freundin. Sie liebte ihr Haus in der Brimerley Lane und wollte es nicht verkaufen. Sie wollte, dass Beth dort lebte, und sie hat ihr diesen Wunsch erfüllt. Aber sie hat abwechselnd dort und hier gewohnt, denn ich mochte es auch, sie bei mir zu haben«.

»Miss Harlow«, sagte Perelli, »wir möchten Sie um eine Liste mit Beth' Arbeitsstellen und ihren ehrenamtlichen Aktivitäten bitten. Wir wissen, dass sie vor etlichen Jahren bei der Eagle Pacific Bank gearbeitet hat, denn das hat man ihr einmal die Fingerabdrücke abgenommen.«

Harlow griff nach Perellis Notizbuch und einem Stift und schreib die Aufstellung nieder. Wenn sie sich nicht sicher war, setzte sie ein Fragezeichen neben den Eintrag.

»Dürfen wir Beth' Zimmer sehen?«, fragte Grace.

Vanessa Harlow sagte, es seit Monaten nicht betreten zu haben, stand aber auf und führte sie dorthin. Das Zimmer war sehr ordentlich. Ein Bett, ein paar Kleidungsstücke, Schuhe, ein Fotoalbum, Karten, Briefe, Papiere. Die beiden Detectives beschlossen, die Spurensuche einzuschalten. Grace streifte Latex-Handschuhe über, und Während sie in dem Fotoalbum blätterte, fragte sie nach Beth' Ehe.

»Wissen Sie, woran die gescheitert ist, Mrs Harlow.«

»Wer kennt schon den wahren Grund? Aber ich vermute, es hatte etwas damit zu tun, dass sie keine Kinder bekommen konnte.«

Grace blickte interessiert auf.

»Sie konnte keine Kinder bekommen?«

»Meiner Meinung nach ist das der Grund dafür, dass sie ehrenamtlich in den Krankenhäusern und mit Schwangeren gearbeitet hat. So war sie in der Nähe von Babys.«

38

Nadine ist Mitte zwanzig.

Sie ist schwanger und allein auf dem Bahnsteig der U-Bahn.

Der Boden erzittert, Scheinwerfer tauche ihr Gesicht in grelles Licht.

Soll sie sich vor den Zug werfen?

Sie versteht gar nichts mehr. Er hat gesagt, er liebe sie. Hatte ihr die Ehe versprochen. Doch als sie ihm die wundervolle Nachricht von der Schwangerschaft mitteilte, war sie geschockt.

»Lass es wegmachen.«

Mehr hatte er dazu nicht zu sagen

Es wegmachen lassen?

Wie konnte er sie darum bitten, so etwas zu tun?

Sie weigerte sich. Sagte, sie werde das Baby behalten.

Ihr Eltern – oder eher jenes gottesfürchtigen Paar, das sie nach Big Pearl Tos großgezogen hatten – waren beschämt. »Ein uneheliches Kind. Das ist eine Sünde, Nadine. Eine schlimme Sünde. Du bist nicht intelligent genug, um ein Kinde großzuziehen. Du musst es zur Adoption freigeben.

Sie zog fort und brachte einen Jungen zu Welt. Ein wundervolles Baby, das ihr leeres Leben mit Licht erfüllte.

Die Adoptivmutter war so glücklich.

Doch Nadine hatte ihre eigenen Pläne für ihren Sohn.

Sie liebte ihr Baby, und der kleine Junge liebte sie.

Er wird für immer mein sein.

Für immer.

39

Die Antwort musste hier zu finden sein.

Irgendwo.

Mit ihren achtunddreißig Jahren war Kay Cataldo bereits eine Veteranin bei der Crime Scene Unit des Seattle Police Department. Sie trank den letzten Schluck ihres kalt gewordenen Kaffees und studierte zum x-ten Mal die Papiere mit der Aufstellung der Beweise.

Ihr Team arbeitete – zurzeit mehr oder weniger rund um die Uhr – in einem ehemaligen Bürogebäude, das nach dem Erdbeben des Jahres 2001 von der Stadt renoviert worden war. Es beherbergte auch ein Kriminallabor der Washington State Patrol, dessen Spezialisten mit Cataldos Team zusammenarbeitete.

Dieses kooperierte überdies mit dem FBI, den Wissenschaftlern der University of Washington sowie mit dem King County Medical Examiner's Office.

Und heute könnten wir wirklich Hilfe gebrauchen.

Seit Dylan Colsons Entführung hatte sie kaum noch geschlafen, und nun, nach dem Mord an Beths Shannon mit seiner vermuteten Verbindung zum Fall Colson, nahm der Druck auf ihr Team immer mehr zu. Sie mussten unbedingt eine solide Spur entdecken.

»Wir brauchen etwas Hieb- und Stichfestes«, hatte ihr Boss gesagt. »So schnell wie möglich. Geben Sie Ihr Bestes.«

Sie schaute auf die Uhr.

Kay Cataldo hatte zwei Kinder und war mit einem Marineoffizier verheiratet, der auf einem Atom-U-Boot Dienst tat und immer wieder monatelang nicht zu Hause war. Sie saß in Elternbeirat der Schule ihrer Kinder, und wenn sie am Feierabend Zeit hatte, las sie gern Bücher von F. Scott Fitzgerald und Steinbeck. Sie hatte grüne Augen, trug eine randlose Brille und sagte wenig. Lieber ließ sie ihre Arbeit für sich sprechen.

Sie besaß zwei Universitätsabschlüsse und war bei Gericht eine gesuchte Expertin für unterschiedliche Themen.

Ihr Spezialgebiet waren Fingerabdrücke.

An ihrem Arbeitsplatz roch es wie im Chemielabor einer Highschool. An der Wand hinter ihr hingen Diplome und andere Auszeichnungen sowie Fotos von ihr mit ihrem Mann, der siebenjährigen Tochter und dem fünfjährigen Sohn. Cataldo schaute darauf und musste an Dylan und Maria Colson und Beth Shannon denken.

Zurück an die Arbeit.

Wegen dieser Fälle hatten sie andere vorerst hintangestellt. Und nun mussten auch noch in der Brimerley Lane Bannons Haus und die Garage mit dem Toyota darin gründlich untersucht werden. Dazu kam noch ihr Zimmer in dem Bungalow in Ravenna.

Cataldo ließ noch einmal die Fakten im Fall Shannon Revue passieren.

Sie wussten, dass Shannon erstochen worden war in einem Haus, um das sie sich gekümmert und in dem sie zeitweilig gewohnt hatte. Das Kennzeichen des Toyotas war an der Rückseite des Chrysler Town & Country, Baujahr 2002, fotografiert worden, der vermutlich bei der Entführung Dylan Colsons benutzt worden war. Auf dessen Hecktür war ein Bild der Sonne und von Bäumen aufgesprüht.

Das war's.

Gab es eine wirklich unbezweifelbare Verbindung zum Fall Colson? Bisher nicht. Nichts deutete auf die Anwesenheit eines Babys in dem Haus in der Brimerley Lane hin.

Und die Leiche von Beth Shannon. Keinerlei Hinweis auf ein Sexualdelikt, keine DNA.

Die Mordwaffe war auch nicht gefunden worden.

Cataldo blätterte in ihren Papieren.

Irgendwo mussten Antworten zu finden sein.

Die Verbindung zu Beth Bannons Mörder würde auftauchen. Das war immer so.

Denk positiv, auch wenn's schwerfällt.

Bannons Handtasche und Portemonnaie waren ebenfalls nicht gefunden worden. Tatsächlich war in dem Haus nichts entdeckt worden, das einer Identifizierung ermöglicht hätte. Es schien, als wäre alles mitgenommen worden. Seltsam. Glücklicherweise konnte die Identität bestätigt werden durch die Fingerabdrücke, die ihr abgenommen worden waren, als sie den Job in der Bank angetreten hatte.

Immerhin etwas. Das war ein Ausgangspunkt. Immerhin etwas, doch sie hatten noch einen langen Weg vor sich. Zurzeit wurden der Toyota und die Teppiche aus dem Haus untersucht.

Dabei kam ein spezielles Elektronenmikroskop zum Einsatz, durch welches sich unter Umständen entscheidende Beweise entdecken ließen.

Bei der Analyse von Bannons Blut war festgestellt worden, dass sie Blutgruppe gehabt hatte, Blut einer anderen

Gruppe wurde nicht entdeckt. In dem Blut hatten sich Fußabdrücke gefunden, die aber von Jason Wade stammten, dem Journalisten des *Seattle Mirror,* der die Leiche gefunden hatte. Dabei hatte er gedankenlos die Fußabdrücke des Mörders verwischt, es sei denn ... Moment, was war das?

Sie betrachtete ein paar am Tatort aufgenommene Digitalfotos, die sie an ihrem Computer vergrößerte. Das war ein Fußabdruck, bei dem sich Wades Schuh nur teilweise über jenen des Mörders geschoben hatte.

Sie klickte ein paar Mal, um das Bild weiter zu vergrößern und den unteren Abdruck auf ihrem großen Flachbildschirm besser erkennen zu können

Cataldo kehrte zurück zu dem Bild des Schuhs, das auf der Aufnahme der Überwachungskamera entdeckt worden war. Eines Schuhs, den der Kidnapper bei der Entführung von Dylan Colson getragen hatte.

Haben wir hier eine Übereinstimmung? Schwer zu sagen zu diesem Zeitpunkt. Der Abdruck ist nicht deutlich. Ich würde nicht schwören auf diese Entdeckung, will aber doch das FBI um Hilfe bitten.

Sie konnte gut einen weiteren Kaffee gebrauchen.

Auf dem Weg zur Küche stolperte sie über Vic Tucker, einen unrasierten Wissenschaftler, der ihr einen Stapel Akten in die Hand drückte, so dich wie das Telefonbuch von Seattle. In allen ging es um das Haus und das Auto von Dorothy Mae Hall.

»Ich habe seit neunzehn Stunden keinen Schlaf mehr bekommen, Kay. Würdest du die Akten bitte noch mal durchgehen. Hat höchste Priorität.«

Cataldo würde in Kürze zu den Abdrücken der Schuhe zurückkehren. Tuckers Akten enthielten eine Menge Papierkram, meistens Rechnungen. Deren Untersuchung hatte nichts Besonderes ergeben.

Wegen der permanenten Überarbeitung war es gängige Praxis bei der Crime Scene Unit, Resultate von einem Kollegen noch einmal gegenchecken zu lassen. Und so widmete sie sich weiter Tuckers Akten.

In diesem Fall war er Rechnungen, Korrespondenz und Werbepost durchgegangen. Dabei hatte er versehentlich einen leeren Schnellhefter in seine Akte aufgenommen. In seinen Notizen fand sich dafür keinerlei Begründung. Also wohl ein Irrtum. Auch gut.

Moment. Was war das?

Der leere Schnellhefter aus Pappe hatte sich zufällig geöffnet, und ihr fiel auf der Innenseite etwas auf. Etwas, dass dem ausgebrannten Tucker entgangen war. Das ist es. Ein Abdruck. Von einer Adresse. Der Schnellhefter musste einst einen Umschlag enthalten haben, wie man ihn für Geschäftspost benutzte.

Und der war nun verschwunden.

Doch da war dieser Abdruck. Es schien, als wäre die Tinte noch nicht getrocknet gewesen und so dieses spiegelverkehrte Abbild einer Adresse entstanden. Cataldo griff nach einem Spiegel. Verdammt der Abdruck war so schwach. Sie schaltete das Licht aus und einen starken Halogen-Strahler ein, um besser sehen zu können.

Als Absender stand dort »The United National Trucker's Newsletter«, abgeschickt worden war der Umschlag in St. Louis, Missouri.

Der Poststempel war verwischt, doch St. Louis ließ sich – im Gegensatz zum Datum – sicher entziffern. Die Adresse des Empfängers ließ sich gerade noch erkennen.

Lee Colson
104 Shale Street
Seattle, WA

Diese Entdeckung schien ihr wichtig zu sein. Was hatte Lee Colsons Adresse auf diesem Umschlag zu suchen. Und Moment, da war noch ein kurzer handschriftlicher Zusatz:

Vergiss nicht zu bezahlen.

Cataldos Herzschlag setzte einen Moment aus.

Guter Gott.

Sie wählte die Nummer von Grace Garners Mobiltelefon.

40

»Warum hätte jemand Beth Bannon etwas antun wollen? Das ergibt keinen Sinn.«

Jason Wade ließ der Frau, die ihn anrief, etwas Zeit, um sich zu beruhigen. Während er wartete, schaute er auf Beth Bannons Foto.

Vor ein paar Stunden hatte die Mordkommission beim Seattle Police Department eine Pressemitteilung veröffentlicht, in der das Mordopfer aus der Brimerley Lane als Beth Ann Bannon identifiziert worden war. Zuvor war seine Exklusivstory darüber erschienen, wie er Beth Bannons Leiche gefunden hatte.

Sie nahm die gesamte Titelseite des *Mirror* ein.

Sein Artikel und die Pressemitteilung hatten zu etlichen Sendungen im Radio und im Fernsehen geführt. Die Journalisten wollten mehr über Beth Bannon erfahren. Und darüber, worin die Verbindung zwischen dem Mord an ihr und dem Fall Colson bestand.

Beim *Mirror* gingen zahlreiche Anrufe ein.

Einige Leser beschwerten sich über seinen »ekelhaften Artikel«, andere bekundeten ihre Trauer um Beth Bannon und wollten Blumen schicken. Einige, die zu viele Fernsehkrimis gesehen hatten, glaubte der Polizei gute Ratschläge geben zu müssen. Keiner der Anrufer hatte von irgendwas eine Ahnung.

Doch nun schien sich etwas zu ändern.

Die Frau am anderen Ende hatte sich nur als Sylvia vorgestellt. Sie war eine frühere Schalterbeamtin, die vor etlichen

Jahren mit Beth in der Bank gearbeitet hatte. Sie hatte ihn angerufen und wollte mehr Einzelheiten über den Mord erfahren, während es ihm darum ging, Informationen über Beth Bannons Hintergrund zu erhalten.

»Dies ist eine furchtbare Tragödie, Sylvia, doch was können Sie mir noch über sie erzählen?«

»Sie war eine sehr sensible und sehr stille Frau.«

»War sie verheiratet?«

»Geschieden.«

Jason machte sich Notizen.

»Was macht ihr Exmann?«

»Ist Berufssoldat.«

»Hatte sie einen Freund?«

»Keine Ahnung«, antwortete Sylvia.

»Hat sie Familie?«

»Ich glaube nicht, dass sie noch lebende Angehörige hat.«

»Wo liegt ihre Verbindung zu dem Haus und der Hausbesitzerin?«

»Darüber weiß ich nichts.«

»Verstehe.« Er tippte ungeduldig mit seinem Stift auf den Schreibtisch. »Glauben Sie, dass es irgendeine Verbindung zwischen Beth und den Colsons gibt?«

»Keine Ahnung.«

»Wissen Sie, ob Beth jemals schwanger war oder Kinder bekommen hat?«

Schweigen am anderen Ende.

»Sylvia?«

»Beth konnte keine Kinder bekommen. Ich glaube, das war der Grund für die Scheidung.«

»Wollte sie Kinder?«

»Mehr als alles andere, zumindest hat sie das gesagt zu mir.«

»Dann muss es eine Verbindung zu den Colsons gegeben haben, oder?«

Wieder Schweigen.

»Sylvia?«

»Ich weiß nicht. Eigentlich weiß ich gar nichts. Es waren alles nur Spekulationen. Vermutungen. Ich bin sehr aufgeregt, bitte bringen Sie von dem, was ich gesagt habe, nichts im Druck. Ich glaube, ich habe zu viel gesagt.«

Damit wurde die Verbindung unterbrochen.

Er starrte auf das Gesicht der Frau, deren völlig entstellte Leiche er in dem Haus in North Seattle gefunden hatte. Alles, was er über Beth Bannon wusste, stand in seinem Notizbuch, das auf der aktuellen Ausgabe des *Mirror* lag. Er hatte Grace Garner angerufen, doch sie hatte nichts gesagt, keinerlei Andeutung gemacht.

»Wir bleiben in Kontakt«, hatte sie zum Abschied gesagt.

So viel zum Thema Zusammenarbeit.

Er fuhr zu dem Haus in Ravenna, doch Vanessa Harlow redete nicht mit Journalisten. Er hatte mit Freunden und Nachbarn gesprochen, mit dem Personal des Altersheims, wo Dorothy Hall lebte.

Es war nichts dabei herausgekommen.

Er hatte Verwandte der Colsons angerufen, Freunde bei dem Abschleppdienst und aus dem Supermarkt. Niemand hatte jemals etwas von Beth Bannon gehört. Erneute Recherchen in Datenbanken hatten auch nichts gebracht.

Zurück in der Redaktion, warf er erneut einen Blick auf die Pressemitteilung und das Farbfoto, das die Polizei aus ihrem Führerschein hatte. Eine freundlich und sensibel wirkende Frau.

Er ließ noch mal Revue passieren, was diese Sylvia am Telefon gesagt hatte. Beth hatte keine Kinder bekommen können, was zur Scheidung geführt hatte. Und sie hatte Kinder gewollt. Das musste es sein, denn es kam ihm bekannt vor. Warum war sie umgebracht worden? Warum waren die Kennzeichen gestohlen und an dem Lieferwagen anmontiert worden, in dem Dylan entführt worden war?

Der Mord an Beth Bannon blieb ein Rätsel.

»Warum zum Teufel sitzt du hier rum, Wade?«

Fritz Spangler tauchte vor seinem Schreibtisch auf.

»Setz deinen Arsch in Bewegung.«

»Ich habe schon draußen recherchiert.«

»Dann versuchst du es eben noch mal. Hie erfährst du nicht Neues. Ich will die Lebensgeschichte von Beth Bannon für die nächste Ausgabe.«

Das Telefon klingelte.

»Entschuldigung, ich muss drangehen.«

»Jason, hier ist Ann Chandler in der Telefonzentrale. Da kam eben ein seltsamer Anruf für dich von einem öffentlichen Münzfernsprecher. Die Anruferin sagte, ich solle Jason Wade ausrichten, er solle sie vor der Pizzeria der Mall am Jackson Park treffen. In einer Stunde, es geht um Beth Bannon.«

»Hat die Frau ihren Namen genannt oder eine Telefonnummer hinterlassen?«

»Nein. Sie klang nervös. Der Stimme nach würde ich sie auf um die dreißig schätzen.«

»Klang sie so, als wäre sie verrückt oder betrunken?«

»Überhaupt nicht. Die Stimme klang sehr deutlich.«

Jason zog seine Jacke an und ging zum Parkplatz Vierzig Minuten später war er da. Auf dem Weg zu der Pizzeria sah er sein Konterfei auf dem Poster über den Zeitungsautomaten des *Mirror.* Wer immer ihn sprechen wollte, die Frau würde kein Problem haben, ihn zu erkennen.

Die Tische vor der Pizzeria schienen alle besetzt zu sein, doch er fand noch einen freien. Nachdem er zehn Minuten gewartet hatte, tauchte jemand hinter ihm auf und berührte seine Schulter.

Er drehte sich um und sah eine Frau mit einer weißen Baseballkappe und einer Sonnenbrille. Sein Herzschlag beschleunigte sich. Sie hatte einen Kinderwagen mit einem kleinen Mädchen dabei. Es gehörte nicht zu seinen Stärken, das Alter von Babys zu schätzen, doch diese Kleine schien ihm zwei Jahre alt zu sein.

Was zum Teufel soll da bedeuten?, fragte er sich.

Die Frau hatte eine attraktive Figur und schien Anfang dreißig zu sein. Als sie sich gesetzt hatte, nahm sie die Kappe und die dunkle Brille ab. Sie war umwerfend. Helles Haar, wundervoll geschnitten, makellose Haut. Er glaubte, dass sie finanziell ziemlich gut gestellt sein musste.

»Danke, dass Sie gekommen sind.«

»Kein Problem.«

»Ich entschuldige mich für die Geheimnistuerei«, sagte sie mit einem sympathischen Lächeln. »Ich lebe nicht hier in der Gegend. Wie auch immer, ich möchte Ihre Zeit nicht übermäßig beanspruchen.«

»Sehr gut, ich habe nie viel Zeit.«

»Ich habe von dieser entsetzlichen Geschichte gestern in den Nachrichten erfahren«, sagte sie. »Heute Morgen war dann klar, dass Beth ermordet worden war, und ich habe gelesen, dass Sie sie gefunden haben. Mein Gott, ich konnte kaum noch einen klaren Gedanken fassen. Mein Ehemann hat keine Ahnung, dass ich hier bin.«

Sie versuchte ihr Gedanken zu ordnen.

»Ich kannte Beth. Sie hat ein geheimes Leben geführt.«

»Ein geheimes Leben?«

»Ja.«

»Woher wissen Sie das?«

»Meine Tochter und ich waren ein Teil davon.«

41

Die Schlagzeile auf der Titelseite des *Seattle Mirror* brachte den Mord in North Seattle mit dem Fall Colson in Verbindung.

Der Angestellte des Ladens an der Straßenecke musste sich wiederholen.

»Ist das alles, Sir?«

Axel riss sich von der Zeitung los, und kaufte neben der *Mirror* noch eine Cola und Süßigkeiten sowie die jüngsten Ausgaben der *Times* und des *Post-Intelligencer.* Auf dem Nachhauseweg musste er sich schwer beherrschen, die Zeitungen nicht sofort zu lesen. Er konnte es kaum abwarten zu erfahren, was Jason Wade vom *Mirror* schrieb, der die Leiche entdeckt hatte.

Wie zum Teufel konnten sie den Mord mit dem Baby in Verbindung bringen?

Axel schloss die Tür seiner Werkstatt, wo er den ersten Artikel Wort für Wort verschlang. Er schaffte es, die Selbstbeherrschung zu bewahren, bis er zu der Stelle mit dem Kennzeichen kam.

Das Kennzeichen?

Guter Gott.

Er warf die Zeitung beiseite und stapfte durch den Hof zur Garage. *Was zum Teufel war passiert? Das Kennzeichen wurde mit dem Mord in Verbindung gebracht? Wie?*

Er schloss die Tür der Garage auf.

Staubkörnchen tanzten in dem Licht, dass durch die Ritzen in den Bretterwänden fiel, als er die große Plane vom hinteren Teil des Lieferwagens zog. Er kauerte sich hin und betrachtete das Kennzeichen.

Es war wie ein Tiefschlag.

Das Kennzeichen aus dem Bundesstaat Washington kannte er nicht. Es war nicht das sichere Kennzeichen, das sein Freund ihm besorgt hatte, als er den Kleintransporter bekam.

Er drehte sich zum Haus um.

Was zum Teufel hat Nadine getan?

Er zog die Plane wieder herunter. Noch mehr Staub, er musste ausspucken. Er machte sich Vorwürfe, die Kennzeichen nicht gecheckt zu haben, nachdem Nadine sich das Kind geschnappt hatte. Wie hatte er so nachlässig sein können?

So dumm?

Vor Wut schäumend, ging er zum Haus zurück. *Was hat Nadine getan?* Es wurde Zeit, dieser Geschichte ein Ende zu machen. So konnte es nicht weitergehen. Der Druck war so groß, er war ihm nicht mehr gewachsen. Jeden Moment konnte die Polizei vor der Tür stehen. Es würde nicht mehr lange dauern. Er fühlte es.

Er setzte sich an seinen Schreibtisch, schaltete den Laptop ein und ging online, auf der Suche nach Antworten, der Lösung, die ihn retten würde. Er brauchte ein bisschen mehr Zeit, um diese durchzuziehen.

Im Zimmer des Babys hörte er Nadine einmal mehr singen. Nach einer kurzen Pause ging es sofort wieder los.

Sie ist krank.

Ihr Gesinge verspottete ihn. Er hatte einen hohen Preis dafür bezahlt, um zu retten, was von seinem Leben noch übrig war, und diese durchgedrehte Schlampe ruinierte ihn.

Und sang dabei vor sich hin.

Sing nur, Darling. Axel bringt alles in Ordnung, du wirst schon sehen. Er blickte zu dem kleinen Lagerraum hinüber, wo er ihre weißen Sneaker und andere Dinge versteckt hatte.

Wart's nur ab.

Er schaltete den kleinen Fernseher in seinem Büro an. In einer Nachrichtensendung von Channel 77 erschien das Foto einer Frau, das von einem Führerschein zu stammen schien. Am unteren Rand des Bildschirms lief ein Laufband mit einer Meldung durch. *Mordopfer aus North Seattle identifiziert als Beth Ann Bannon?*

Beth Bannon? Wer sollte das gewesen sein? Er kannte keine Beth Bannon.

Es klopfte. Nadine stand in der Tür, mit Dylan Colson in den Armen.

»Hi, Honey. Sieh mal, mein Kleiner, Daddy muss arbeiten.«

Stirnrunzelns blickte Achsel erst auf den Fernseher, dann zu Nadine hinüber.

»Tut uns leid, dich gestört zu haben.« Sie ließ den Blick über seinen Schreibtisch gleiten, über den Laptop, die Zeitungen, seine Notizen. Er warf ihr einen aggressiven Blick zu. »Wir haben nur eine kleine Frage.«

Er wartete.

»Wann verschwinden wir von hier, Axel? Ich habe schon gepackt und bin neugierig. Hast du dein großes Geschäft bald abgeschlossen? Wir können es gar nicht abwarten, in unser neues Haus …«

Er fiel ihr ins Wort. »Wer ist Beth Bannon, Nadine?«

»Wer?«

Er zeigte auf den Fernseher, wo noch einmal das Foto eingeblendet wurde.

»Die da?« Sie wandte den Blick von dem Fernseher ab und blickte erneut neugierig auf den Schreibtisch. »Sie ist nur eine weitere Lügnerin. Eine ganz üble.«

»Was soll das heißen?«

»Ich möchte nicht darüber reden, Axel. Nicht in Gegenwart unseres Babys.«

Er überlegte gerade, was er tun sollte, als der Computer piepte. Eine neue E-Mail, dich er ignorierte es fürs Erste.

»Du hast meine Frage nicht beantworte, Axel. Wie lange dauert es noch?«

»Nicht mehr lange.«

»Gut, ich glaube dir. Ich weiß, dass du mich liebst und dein Versprechen halten wirst, weit entfernt mit uns ein glückliches neues Leben zu beginnen. Weil du mich nie anlügst, stimmt's«

»Natürlich, Baby.«

Nadine lächelte.

»Dann lasse ich dich jetzt deine E-Mail lesen, damit du dich wieder an die Arbeit machen kannst.« Sie schloss die Tür.

Er öffnete die Mail. Sie war lang und detailliert. Erleichtert las er sie. Genau das, was er jetzt brauchte. Und dann war noch etwas.

Eine Telefonnummer. Verschlüsselt, doch er wusste, wie er sie dechiffrieren konnte.

Sehr gut.

Wenn er sich beeilte, konnte er es schaffen.

42

Grace bog vom Parkplatz des renovierten Bürokomplexes auf den Airport Way ab.

Nachdem sie Kay Cataldos Entdeckung gesehen hatten, war Grace und Perelli sofort klar, wie der nächste Schritt aussehen würde.

Sie mussten Lee Colson zur Rede stellen.

Vom Pazifik her waren dunkle Wolken aufgezogen, während sie durch Seattle fuhren, zu dem Krankenhaus in Ballard. Perelli hatte die Nase in die Akte gesteckt, die Cataldo für sie kopiert hatte. Er klappte sie zu und schaute aus dem Fenster. »Es sieht nicht gut aus, Grace. Überhaupt nicht.«

Sie musste einräumen, dass der neue Beweis ihre Haltung gegenüber Lee Colson negativ beeinflusst hatte, doch das war unvermeidlich. Wie bei den meisten Mordfällen, sagte niemand sofort die Wahrheit- Die Fälle lagen niemals so einfach wie im Fernsehen, es gab immer Komplikationen.

Sie blickte auf die Skyline, die silbrig-grauen Wolken. Von ihrem ursprünglichen Optimismus in diesem Fall war nichts übrig geblieben. Immer wieder stellte sie sich dieselbe Frage.

Wo ist Dylan?

Im Krankenhaus fuhren sie sofort zur Intensivstation hoch. Maria Colsons Gesundheitszustand hatte sie verschlechtert. Detective Agnes Filby, die an ihrem Krankenbett Wache hielt für den Fall, dass sie doch noch zu Bewusstsein kommen sollte und eine Aussage machen konnte, sprach mit Grace.

Eine Schwester brachte sie zu der Kapelle des Krankenhauses, vor der Colsons Angehörige warteten.

»Lee spricht da drinnen mit Father Orsen. Er muss eine Zeit lang mit ihm allein sein.«

»Und wir müssen sofort mit ihm reden«, sagte Grace.

Buntglasfenster, der Geruch nach Kerzenwachs und der Politur für die eichenen Bänke. Colson hörte mit gesenktem Kopf zu, als der Priester zu ihm sprach.

»Entschuldigen Sie, Father«, unterbrach Perelli, der seine Dienstmarke präsentierte. »Wir müssen einen Moment unter vier Augen sprechen mit Mr Colson.«

»Vielleicht sollte ich doch besser bleiben?«

Perelli schüttelte den Kopf.

»Es dauert nur ein paar Minuten«, sagte Grace.

Father Orson nickte und berührte Colsons Schulter.

»Ich warte draußen mit Ihren Familienangehörigen.«

»Haben Sie meinen Sohn gefunden?«, fragte Colson, als sich die Tür der Kapelle geschlossen hatte.

»Nein, aber wir tun, was wir können.«

»Ich glaube, ich werde meine Frau verlieren.« Colson vergrub das Gesicht in den Händen.

»Mr Colson, wir müssen sicher sein hinsichtlich einiger Dinge, die Beth Bannon betreffen. Glauben Sie, uns helfen zu können?«

»Ich weiß nicht.«

Perelli zeigte ihm eine große Kopie des Fotos von Bannons Führerschein, dasselbe Bild, das auch am Morgen in der Pressemitteilung veröffentlicht worden war.

»Kennen Sie die Frau?«

»Nein, das habe ich doch schon gesagt.«

»Ist es nicht möglich. Dass Sie ihr doch einmal begegnet sind?«

Colson schüttelte den Kopf.

»Was ist mit dem Ort des Mordes in der Brimerley Lane in North Seattle? Sagt Ihnen die Adresse etwas, waren Sie jemals dort?«

»Ich kenne diese Stadt. Da bin ich nie gewesen und kennen niemanden, der dort wohnt.«

Grace schaute erst Perelli, dann Colson an.«

»Sehen Sie mich an, und denken Sie gut über ihre Antwort nach«, sagte sie. »Noch einmal, kannten Sie Beth Bannon oder ihren Wohnort?«

Colson warf den beiden Detectives einen aggressiven Blick zu. »Zum letzten Mal, nein! Warum stellen Sie mir diese Fragen, wo es doch eigentlich ihre Aufgabe wäre, meinen Sohn zu suchen?«

Die Tür öffnete sich ein Stück weit, und einer von Colsons Verwandten steckte den Kopf durch den Spalt. Perelli hob eine Hand und gab ihm so zu verstehen, dass sie nicht gestört sein wollten.

Die Tür schloss sich wieder.

»Reden Sie etwas leiser«, sagte Grace. »Wir müssen Ihnen etwas zeigen.«

Perelli präsentierte ihm eine vergrößerte Fotokopie des Umschlags mit der spiegelverkehrten Adresse.

»Was haben Sie dazu zu sagen, Colson? Da stehen ihr Name und ihre Adresse. Und eine handschriftliche Notiz über eine Geldzahlung.

Colson schaute nachdenklich auf den Umschlag und blickte dann erst Grace, schließlich Perelli an, als könnten die ihm eine Antwort geben.

»Wir haben das Kuvert in dem Haus gefunden, wo Bannons Leiche entdeckt wurde«, sagte Grace. »Ich frage Sie also noch einmal. Kannten Sie Beth Bannon?«

Colson schluckte.

43

Am anderen Ende der Stadt untersuchte Jim Wood von der Washington State Patrol den Toyota Corolla, der in der Garage des Hauses an der Brimerley Lane gestanden hatte.

Wood war einigermaßen deprimiert, dass er nichts herausgefunden hatte.

Abgesehen davon, dass jemand die Kennzeichen abmontiert hatte.

Aber das wissen wir längst von dem Journalisten vom Mirror.

Die Entdeckung machte er, als er den letzten Punkt auf seiner Liste in Angriff nahm. Er half Kay Cataldos Team in dem renovierten Bürokomplex am Airport Way, und wie alle, die mit dem Fall Colson zu tun hatten, machte auch er Überstunden. Sie machten ihm nichts mehr aus, er hatte sich daran gewöhnt wie an den Lärm der startenden und landenden Maschinen auf dem Flughafen Sea-Tac International.

Für ihn hatte die Entführung von Dylan Colson etwas wie eine persönliche Komponente, denn seine Frau Ruth hatte vor einem halben Jahr das erste Kind zur Welt gebracht.

Begonnen hatte eine Arbeit an der Brimerley Lane, und dann war der Toyota auf einen Tieflader verfrachtet und in das Labor am Airport Way gebracht worden, wo er nach Fingerabdrücken, Haaren und Stofffasern suchte.

Zuerst im Wageninneren: Türgriffe, Rückspiegel, Sicherheitsgurte, Fenster, Armaturenbrett. Dann folgte das Äußere: Klappe und Verschluss des Tanks, Kofferraum, Motorhaube, Felgen.

Alle Fingerabdrücke stammten von Beth Bannon und Dorothy Mae Hall.

Bevor er sich mit dem Fahrgestell beschäftigte, sah er sich die vordere Stoßstange an.

Und an deren geschützter Innenseite machte er die Entdeckung. Andere Fingerabdrücke.

Kurz darauf studierte Cataldo die vergrößerten Abdrücke auf einem riesigen Flachbildschirm. Er war geteilt, um einen direkten Vergleich zu ermöglichen.

»Nun, was sagst du dazu, Kay?«, fragte er.

»Ja, die Abdrücke standen von einem anderen«, antwortete sie. »Nämlich von Lee Colson.«

»Treffer.«

»Erst der Umschlag in Beth Bannons Haus, jetzt seine Fingerabdrücke auf ihrem Auto.«

Kopfschüttelnd griff Cataldo zum Telefon und wählte.

Die Nummer von Grace Garner kannte sie auswendig.

Cataldo bestätigte seine Vermutung

44

Grace studierte Lee Colsons Gesicht im Rückspiegel. Es begann zu nieseln, und sie schaltete die Scheibenwischer ein.

»Ich verstehe nicht, was Sie von mir wollen«, sagte Colson. »Oder haben Sie meinen Sohn gefunden? Das ist es, oder? Sie wollten es mir dort nicht erzählen, dass ich ihn identifiz …«

»Nein, wir suchen Dylan immer noch. Es gibt da nur ein paar neue Dinge, über die wir mit Ihnen reden müssen.«

»Was für neue Dinge? Sagen Sie es mir! Haben Sie meinen Sohn gefunden?«

Sie wandte sich nicht um. »Wir sprechen im Polizeipräsidium.«

Sein Gesicht gibt wenig preis, dachte Grace, wenn sie hin und wieder in den Rückspiegel blickte. Seit Kay Cataldos zweitem Anruf wusste sie nicht mehr, was sie denken sollte. Tatsache war, dass die Beweise mittlerweile gegen Colson Sprachen. Vielleicht hatte er sie alle an der Nase herumgeführt, und doch wollte sie es noch nicht wirklich glauben.

Niemand sagte etwas, als sie mit dem Aufzug in den sechsten Stock zu den Räumen der Mordkommission fuhren. Sie führten Colson in ein Verhörzimmer.

Eine der Wände bestand aus einem Spiegel, der von der gegenüberliegenden Seite aus durchsichtig war. Auf dieser Seite reflektierte er einen einfachen Tisch, Metallstühle und Lee Colson hageres Gesicht, als der sich setzte.

»Kaffee?«

Er zuckte die Achseln.

Einen Moment später stellte sie einen Becher mit einem Aufdruck vor ihn hin: »Nichts als die Wahrheit – die ganze Wahrheit.« Der Scherz eines längst pensionierten Detectives der alten Schule.

Special Agent Kirk Dupree vom FBI trat ein, setzte sich verkehrt herum auf einen Stuhl, krempelte die Ärmel auf und nickte Colson zu. Perelli knallte eine Akte vor ihm auf den Tisch und setzte sich ebenfalls. Colson blickte in die auf ihn gerichteten Gesichter. Perelli zog das Farbfoto von Beth Shannons Führerschein hervor und drehte es auf dem Tisch herum.

»Lassen Sie uns ganz von vorn beginnen. Kannten Sie diese Frau?«

»Nein.«

»Sind Sie ihr wirklich nie begegnet?«, fragte Grace. »Oder könnte Ihre Frau Maria sie irgendwo kennengelernt haben?«

»Wenn es so wäre, ist nicht sicher, dass sie es mir erzählt hätte. Woher auch hätten wir diese Frau kennen sollen?«

»Genau das müssen wir klären.«

Perelli schob ihm eine Kopie des Umschlags zu. »Was hatte diese persönliche Notiz in dem Haus zu suchen, wo Beth Bannon ermordet wurde? *Vergiss nicht zu bezahlen.* Bezahlen wofür, Colson?«

Der starrte auf das Kuvert und schüttelte den Kopf.

»Ich habe schon gesagt, dass ich nichts weiß.«

Perelli zeigte ihm ein Foto des Toyota Corolla.

»Kennen Sie das Auto?«

Colson zuckte die Achseln. »Ich arbeite als Fahrer bei einem Abschleppdienst und sehe ständig Autos.«

Perelli zeigte ihm ein vergrößertes Foto der Vorderansicht des Toyotas, wo unter der Stoßstange das Kennzeichen abmontiert worden war.

»Wie Sie sehen, fehlt das Nummerschild. Aus den Nachrichten wissen Sie, dass es sich an dem Lieferwagen befand, von dem wir vermuten, dass er bei Dylans Entführung benutzt wurde.«

Colson nickte.

»Wir wollen wissen, wie das alles mit Ihnen zusammenhängt.«

»Ich habe keine Ahnung.«

Grace studierte Colsons Körpersprache, seine Miene, den Blick, wie oft er sich die Lippen leckte.

Dupree musterte Colson kalt, während Perelli die Ärmel aufkrempelte und eine Reihe von Tätowierungen entblößte, darunter den Wahlspruch des Marine Corps: »Semper Fi«.

»Es wird Zeit, uns zu sagen, was Sie wissen, Colson«, sagte Perelli. »Was ist Beth Bannon zugestoßen? Waren andere Leute beteiligt.«

»Mein Gott, ich weiß es nicht.«

Perelli schlug mit der Faust auf den Tisch, und Colson zuckte zusammen.

»Sie lügen!«

Perelli zeigte ihm ein halbes Dutzend drastischer Fotos von Bannons auf dem Küchenboden liegender Leiche. Ein völlig entstelltes Gesicht, Eingeweide, überall Blut.

Colson wandte den Blick ab.

»Hatten Sie was mit Beth Bannon?«, fragte Dupree.

»Was?«

»Ich will wissen, ob Sie mit ihr gevögelt haben.«

»Ich kannte sie nicht, ich schwöre es. Warum stellen Sie mir diese Fragen?«

»Was heißt ›*Vergiss nicht zu bezahlen*‹, Colson?«

»Ich habe es Innen gesagt, ich weiß es nicht.«

»Hatten Sie einen Plan, die erhoffte Belohnung mit Beth zu teilen, damit Sie sich selbstständig machen konnten?«, fragte Perelli.

»Ich verstehe nicht, was Sie von mir wollen. Ich glaube, ich brauche einen Anwalt.«

»Sie *glauben*, einen zu brauchen? Moment noch, dazu kommen wir später.«

Grace fühlte sich unbehaglich, doch die Beweise bestätigten eine Verbindung zu Beth Bannon und sprachen gegen ihn. Aber ihr Bauchgefühl hatte ihr gesagt, dass er unschuldig war.

»Die Dinge sind einfach aus dem Ruder gelaufen, oder?«, hakte Dupree nach. »Sie hatten nicht damit gerechnet, dass Maria auf die Motorhaube springen würde. Sie sollte nicht verletzt werden. Es ging nur darum, das Kind zu entführen, es später zurückzugeben und die Belohnung zu kassieren, damit Sie den Abschleppdienst übernehmen konnten. Soweit ich weiß, wurde eine Belohnung von dreiundzwanzigtausend ausgesetzt.«

»Was uns zu der nächsten Frage führt, Colson«, sagte Perelli. »Wo ist das Baby?«

Colson schüttelte nur den Kopf.

»Ihr Arschlöcher.« Er stand auf. »Dumme Arschlöcher! Mein Sohn wird am helllichten Tag entführt, meine Frau liegt im Sterben. Sie belästigen mich, während ich mit einem Priester über die Erteilung der Sterbesakramente spreche, weil Sie glauben, ich hätte etwas zu tun mit dieser Sache, weil ich die Belohnung kassieren will, um mich selbstständig zu machen. Ich kann's nicht fassen!«

»Auf den Toyota finden sich Ihre Fingerabdrücke. »Warum sollten wir Ihnen glauben.«

»Was?«

»Hier passt einiges nicht zusammen.«

Colson wandte sich Grace zu in der Hoffnung, dass die ihm glaubte, doch sie schob ihm vergrößerte Abbildungen der Fingerabdrücke zu, die sich auf der vorderen Stoßstange des Toyotas gefunden hatten.

»Das sind Ihre Fingerabdrücke, Colson.« Grace musterte ihn, doch seine Miene gab nichts preis.

Er ließ die Schultern hängen und wandte stöhnend den Blick ab.

»Wissen Sie was?« Perelli schob sich ein Kaugummi in den Mund. »Wie lassen sie mal kurz allein. Dann können Sie sich die Fotos noch mal ansehen und nachdenken. Vielleicht hilft etwas Ihrer Erinnerung auf die Sprünge.« Die Detectives gingen zu Boulder und McCusker auf der anderen Seite des Spiegels, durch den man in das Verhörzimmer blicken konnte. Die beiden hatten alles gesehen und mitgehört.

»Was denken Sie?«, fragte Boulder.

»Ich weiß nicht, was ich davon halten soll«, antwortete Grace.

»Wir wissen immer noch nicht viel über Bannon«, räumte Boulder ein. »Sie hat auf das Haus aufgepasst und sich ehrenamtlich engagiert. Eine stille, zurückhaltende Person. Kirchgängerin.«

»Noch mal, Grace, was denkst du?«

»Ich weiß es nicht.«

»Aber seine Fingerabdrücke auf der Stoßstange. Das Kennzeichen des Toyota wurde gestohlen und bei dem Lieferwagen anmontiert – dadurch hat Jason Wade die Leiche gefunden.«

»Der Polizeichef macht jede Menge Druck«, bemerkte Boulder. »Ein verschwundenes Baby, eine sterbende Mutter und nun noch ein Mord. Wir brauchen unbedingt einen Durchbruch.«

»Ich glaube, die Schlinge zieht sich zusammen um seinen Hals«, bemerkte Perelli.

»Ich weiß es einfach nicht«, sagte Grace. »Mein Bauchgefühl ist nicht eindeutig.«

»Du glaubst Colson, Grace?«

»Da passt einiges nicht.«

»Genau das müssen wir herausfinden«, sagte McCusker.

45

»Beth Bannon hatte ein geheimes Leben?«

Die Jason Wade gegenübersitzende Frau antwortete nicht sofort. Das Baby in dem Kinderwagen nuckelte zufrieden am Ohr eines Kaninchens aus Gummi.

»Und Sie waren Teil dieses geheimen Lebens?«, fuhr er fort.

Die Frau räusperte sich.

»Ich bin zu Tode verängstigt«, sagte sie. »Wegen dem, was geschehen ist und weil ich mit Ihnen rede. Dieses Treffen ist gefährlich für mich. Es ist verrückt ... O Gott, ich habe solche Angst.«

»Sie wollten sich mit mir treffen.«

Die Frau nickte.

»Sie haben Informationen über diesen Fall?«

Sie nickte. Jason bedauerte, dass er nicht daran gedacht hatte, einen Fotografen mitzunehmen. Er würde keine Bilder haben, die bestätigten, dass dieses Treffen wirklich stattgefunden hatte.

»Warum haben Sie es mir nicht einfach am Telefon gesagt.«

»Ich musste Sie persönlich sehen, Ihr Gesicht, um einschätzen zu können, ob ich Ihnen vertrauen kann. Ob Sie verstehen.«

»Was verstehen?«

»Was ich über Beth weiß, und was ich damit zu tun habe.«

»Warum gehen Sie nicht zur Polizei?«

»Ich kann einfach nicht.«

»Warum?«

Sie blickte auf die Besucher der Mall, die keine Kenntnis von ihnen nahmen.

»Es ist so kompliziert. Es könnte unser Leben zerstören, wenn Dinge falsch verstanden würden.«

»Was für Dinge?«

»Hören Sie, Sie dürfen meinen Namen nicht in der Zeitung bringen.«

»Sie haben ihn mir nicht einmal genannt.«

»Sie müssen mich verstehen ... Nicht einmal mein Mann weiß, dass ich mit Ihnen rede. Schwören Sie mir, dass Sie meine Identität nicht preisgeben werden.«

»Ich werde es nicht tun, solange Sie mir zu verifizieren helfen, was Sie zusagen haben.«

Sie dachte darüber nach, öffnete dann ihre Gucci-Handtasche und nahm das Portemonnaie heraus, ebenfalls von Gucci. Sie streichelte den Kopf des Babys.

»Das ist unsere Tochter Emily, unser Ein und Alles.«

Dann zeigte sie ihm Emilys Geburtsurkunde. Emily Ann Montgomery. Danach präsentierte sie ihm ihren Führerschein. Joy Montgomery.«

»Sehen Sie? Ich bin ihre Mutter.«

Er nickte etwas irritiert.

»Vor ein paar Jahren habe ich geglaubt, mein Leben sei vorbei. Ich hatte einen Unfall beim Wasserski, bin mit einem kleinen Boot zusammengestoßen. Mehrere Brüche im Bereich des Beckens. Die Ärzte haben gesagt, ich würde nie Kinder bekommen können. Mein Mann und ich waren am Boden zerstört, fast wäre unsere Ehe zerbrochen. Ich machte mir schwere Vorwürfe wegen des Unfalls und der Konsequenzen. Wir wollten eine richtige Familie gründen. Unser Geschäft lief gut, die Investitionen zahlten sich aus. Ich konnte nicht verstehen, warum dies geschah. Wir sind keine schlechten Menschen. Wir hatten nichts Unrechtes getan, warum also traf es uns? Wir waren bei etlichen Therapeuten, haben und kirchlichen Gruppen angeschlossen.«

»Haben Sie nie über In-vitro-Fertilisation nachgedacht?«

»Kam für uns nicht in Frage.«

»Also haben Sie Ihre Tochter adoptiert.«

Sie lächelte Emily an und nickte.

»Wo ist die Verbindung zu dem Mord an Beth Bannon?«

»Dazu komme ich gleich. Wie viel wissen Sie über Adoptionen im Bundesstaat Washington?«

»Nicht viel.«

Es gebe verschiedene Arten von Adoptionen, sagte sie, behördlich oder durch private Agenturen vermittelte.

»Wir haben schnell begriffen, dass man in beiden Fällen durchleuchtet und bewerte wird. Und die Wartelisten waren lang. Es hätte Jahre dauern können.«

Sie schwieg nachdenklich.

»Dies alles machte die psychische Belastung schlimmer«, fuhr sie fort. »Es gibt so viele Gesetze und Vorschriften. Man schnüffelt gnadenlos in ihrem Privatleben herum. Man sorgt sich zu Tode. Was ist, wenn sie einen für ungeeignet halten? In einigen Fällen hatte die leibliche Mutter oder der leibliche Vater ein Mitspracherecht bei der Auswahl der Adoptiveltern.«

»Und Sie haben das alles über sich ergehen lassen.«

Joy Montgomery nickte. »Es war entsetzlich. Wir haben alles getan, was von uns verlangt wurde. Kurse belegt. Einmal mussten wir uns Tests mit einem Lügendetektor unterziehen. Uns untersuchen lassen, ob wir Drogen nehmen. Aber es nahm kein Ende, und wir kamen unserem Ziel, ein Kind zu haben, kein Stück näher.«

»Gibt es nicht so etwas wie unabhängige Adoptionen?«

»Sie nickte. »Ja, und so habe ich Beth Bannon kennengelernt. Eines Abends besuchte allein ich das Treffen einer von der Kirche geförderten Gruppe für ... Menschen wir uns.«

»Warum sind Sie allein hingegangen?«

»Mein Mann hatte aufgegeben. Die ganze Geschichte forderte ihren Tribut. Das Geschäft litt genauso wie unsere Ehe, die wirklich gefährdet war. An dem Abend nach der Sitzung der Gruppe, sie hatte in einer Highschool stattgefunden, habe ich einen Zusammenbruch erlitten. Ich sank völlig verloren zu Boden«

»Sie waren an einem Tiefpunkt angekommen.«

Die Frau nickte. »Und dann tauchte diese junge Frau auf, Beth Bannon. Sie hat mich getröstet. Wir gingen einen Kaffee trinken und haben uns unterhalten. Uns einander geöffnet. Sie sagte, sie könne keine Kinder bekommen, sei ganz allein und habe sogar darüber nachgedacht, Nonne zu werden. Doch dann habe sie einen zeitlich befristeten Job in einer kleinen Anwaltskanzlei gefunden, die sich um privat vermittelte Adoptionen kümmerte.«

Jason begann sich Notizen zu machen.

»Beth erzählte mir von dem Adoptionsprozess, vor allem aber, was wichtiger war, vom Leiden kinderloserer Menschen, die unbedingt Eltern werden wollten. Sie war so mitfühlend und verständnisvoll. Sie sagte, die Kanzlei habe nach dem Tode des Anwalts geschlossen. Sie fand irgendwo einen Job als Sekretärin, hatte sich aber entschlossen, Menschen mit einem Adoptionswunsch zu helfen. Das war ihre geheime Berufung, die ihrem Leben einen Sinn gab.«

»Wie genau sah das aus?«

Ihren Worten nach war sie eine Vermittlerin ohne Lizenz. Sie stellte die Verbindung her zwischen Menschen mit Kinderwunsch und schwangeren Frauen, die ihren Kindern kein gutes Zuhause bieten konnten.«

»Erinnert mich irgendwie an den Schwarzmarkt. Ist das nicht illegal?«

»Nein, es ging alles mit rechten Dingen zu. Beth hat nur den Kontakt zwischen Menschen hergestellt.«

»Hat sie ein großes Honorar genommen als Babyvermittlerin?«

Montgomery schüttelte den Kopf.

»Nein, sie war ein guter Mensch. Mich hat sie nie auch nur um einen Cent gebeten.«

»Wirklich?«

»Ich schwöre es bei Gott. Sie sagte mir, sie tue dies alles heimlich. Überall suchte sie nach Menschen, die sich nach einem Kind sehnten. So hat sie mich ja auch gefunden.«

»Und was geschah dann?«

»Sie brachte uns mit einer jungen Mutter aus einer Farmerfamilie in Kalifornien in Verbindung, die gerade nach Seattle gekommen war, um dort bei einer Tante zu wohnen. Beth kannte sie aus ihrer Kirchengemeinde. Die Frau war finanziell nicht in der Lage, ein Kind großzuziehen, und war damit einverstanden, dass wir es adoptieren. Die Papiere wurden unterzeichnet, und wir bekamen Emily. Wir gaben Beth und der Frau Geld für ihre Ausgaben, aber ich glaube, dass Beth ihres sofort an das Mädchen weitergegeben hat.«

Für ein paar Augenblicke herrschte Schweigen.

»Erzählen Sie, wie Beth Shannon die schwangeren Frauen gefunden hat«, sagte Jason schließlich.

»Sie erzählte von vertraulichen Kontakten, die ihr dabei halfen, schwangere Frauen und potenzielle Adoptiveltern in Verbindung zu bringen. Manchmal klappte alles innerhalb von ein paar Wochen. Es hing vom Zeitpunkt der Niederkunft ab.«

»Sind Sie den Colsons jemals begegnet?«

»Nein, ich kenne sie nicht. Zuerst habe ich in den Nachrichten von ihnen gehört. Und als ich dann erfuhr, was Beth zugestoßen war, wollte ich unbedingt jemandem erzählen, dass sie ein Engel war. Der Engel, der uns das Leben gerettet hat, indem er Emily für uns fand.«

Jason blickte ihr direkt in die Augen. »Sie sollten zur Polizei gehen.«

»Nein, es ist kompliziert. Deshalb erzähle ich es Ihnen. Jetzt wissen Sie Bescheid, aber schören Sie mir, dass mein Name nicht in der Zeitung erscheinen wird.«

»Einverstanden. Aber wer hätte Beth tot sehen wollen? Ist bei einer Adoption etwas schiefgegangen? Hatte vielleicht eine junge Mutter ihre Meinung geändert?«

Joy Montgomery schüttelte den Kopf. »Ich weiß nicht, warum jemand ihr etwas antun wollte.«

»Wo sehen Sie die Verbindung zum Fall Colson? Das Kennzeichen des Lieferwagens, der bei der Entführung benutzt wurde, führte zu dem Haus in North Seattle, um das sie sich kümmerte.«

»Darüber weiß ich nichts. Danach müssen Sie Lee Colson fragen.«

»Das habe ich bereits getan. Er behauptet, Beth Bannon nicht gekannt zu haben, und dass der Mord an ihr nichts zu tun hat mit seiner Familie oder dem Fall.«

»Und, glauben Sie ihm?«

»Was wollen Sie sagen?«

»Jeder hat ein Geheimnis, Mr Wade.«

46

Grace Garner kehrte in das Verhörzimmer zurück, nahm gegenüber von Lee Colson Platz und musterte sein erschöpftes, beunruhigtes Gesicht.

»Was Sie uns erzählen, passt nicht zur Beweislage, Mr Colson.«

»Ich möchte zu Maria.«

»Das verstehe ich. Ich habe gerade im Krankenhaus angerufen. Ihr Zustand hat sich stabilisiert. Hören Sie, wir möchten ausschließen können, dass Sie etwas mit einem Verbrechen zu tun haben.«

Colson starrte sie nur kopfschüttelnd an. »Ich möchte nur ... Was zum Teufel wollen Sie von mir?«

»Sind Sie bereit, sich einem Lügendetektortest zu unterziehen? Das wäre hilfreich.«

Colson schaute auf seine schwieligen Hände, die Hände eines Arbeiters, aber auch die, welche zärtlich seinen Sohn gehalten hatten. Er würde alles tun, um Dylan wieder in den Armen halten zu können.

Alles.

Colson schaute auf und blickte in den Spiegel, der von der anderen Seite bestimmt durchsichtig war.

»Ich habe nichts zu verbergen. Wenn es Dylan hilft, bin ich einverstanden.«

Grace nickte.

»Das Gesetz erfordert, dass ich Ihnen bestimmte Dinge sagen ...«

»Was für Dinge?«

»Sie haben das Recht, die Aussage zu verweigern ...«

Vier Jahre nach seinem Universitätsabschluss in Yale arbeitete Jarred Sandel für Stein, Brewster & Follis, eine Anwaltskanzlei mittlerer Größe, die auf Strafrecht spezialisiert war. Er hatte den Fall Colson verfolgt und zugesagt, Lee Colson während des Lügendetektortests zu vertreten. Sein erstes Honorar lag knapp unter zweitausend Dollar.

Nach dem Telefonat verschob er ein paar Termine und eilte sofort zur Mordkommission des Seattle Police Department. Er lernte Colson kennen, sprach mit den Ermittlern und Paula Flores von der Staatsanwaltschaft des King County und konnte dann unter vier Augen mit seinem Mandanten reden.

Sandel schaute in sein Notizbuch. »Die Verwendung der Ergebnisse eines Lügendetektortests ist unzulässig«, versicherte er Colson »Die Gegenseite hat nur Indizienbeweise. Versuchen Sie sich zu entspannen, und sagen Sie die Wahrheit. Dann werden Sie von der Liste der Verdächtigen gestrichen.«

Er wurde verdächtigt? Wie hatte es so weit kommen können?

Den Lügendetektortest sollte Special Agent Bob Heppler vom FBI durchführen, eine imposante Erscheinung von fast zwei Metern Größe.

Wenn Menschen zum ersten Mal mit ihm sprachen, verschwand ihr ursprüngliches Unbehagen in der Regel schnell.

Hepplers blaue Augen funkelten hinter den Gläsern der randlosen Brille, und er hatte die beruhigende Art eines sanften Riesen. Er wirkte nicht wie ein Veteran vom FBI, sondern eher wie der Trainer eines Baseballteams der Little

League oder wie der Sheriff eines verschlafenen Nestes, der jeden beim Namen kannte.

Er hatte dem FBI geholfen, einige seiner spektakulärsten Fälle zu lösen. Dreimal hatten Verdächtige ihm gegenüber ein Geständnis abgelegt.

Bob Heppler war ein Meister seines Fachs.

Vor seinen bisher neunzehn Jahren bim FBI hatte er Lügendetektortests für die CIA durchgeführt. Er ging nie ins Detail, wenn er über diese Zeit sprach.

Heppler war ein frommer Mormone, der sich in seiner Kirche engagierte. Er und seine Frau hatten vier Töchter großgezogen, die alle das College besucht hatten. Jetzt dachten sie darüber nach, sich eventuell in New Mexico zur Ruhe zu setzen.

McCusker hatte ihn zu Hause angerufen. Es war sein freier Tag, doch der Boss wollte ihn unbedingt sehen.

»Bin in einer halben Stunde da, Sir.«

Als er eintraf, sprach er mit den Chefermittlern im Entführungsfall Colson und im Mordfall Bannon. Die Detectives weihten in alle Einzelheiten der Fälle ein, damit er sich gut auf den Test vorbereiten konnte

Anschließend traf Heppler mit Lee Colson und seinem Anwalt zusammen und klärte sie über das Prozedere auf.

Colson würde an mehrere Geräte angeschlossen werden. Elektroden in der Nähe des Herzens und an den Fingerspitzen maßen Blutdruck, Puls, Atem, die elektrische Leitfähigkeit der Hautoberfläche sowie die Aktivität der Schweißdrüsen. Physiologische Veränderungen wurden während der Befragung des Verdächtigen in Form von synchronisierten Aufzeichnungen auf Registrierpapier übertragen. Diese wurden später analysiert.

»Ich stelle Ihnen Fragen und werte hinterher die Ergebnis aus«, sagte Heppler. »Wenn ich fertig bin, gebe ich den Ermittlern eine von drei möglichen Antworten. Der Verdächtige sagt die Wahrheit, er lügt oder die Resultate sind nicht schlüssig und ohne Beweiskraft.«

Dieses einleitende Wort hatte Heppler schon viele Male ausgesprochen.

»Mir ist bewusst, dass Sie nervös sein werden«, fuhr er lächelnd fort.

Etwa eine Stunde später saß Colson in einem bequemen Sessel aus dem Empfangsbereich. Alles war vorbereitet, es konnte losgehen. Heppler erklärte, er probiere die neuen Modelle der Lügendetektoren »Trustline« und »Factfinder« aus.

Das Gespräch begann mit Routinefragen.

Nadeln kratzten über das Registrierpapier.

»Warum haben Sie diesem Test zugestimmt, Sir?«

»Um bei der Suche nach meinem Sohn Dylan zu helfen.«

Wie zum Teufel hatte es dazu kommen können? Sein Sohn entführt, seine Frau lag im Sterben, eine Frau war ermordet worden. Und die Polizei verdächtigte ihn.

»Mr Colson. Bitte antworten Sie jetzt nur noch mit einem Ja oder Nein. Verstanden?«

»Ja.«

»Haben Sie auf irgendeine Weise etwas mit dem Verschwinden Ihres Sohnes zu tun?«

»Nein.«

»Waren Sie jemals gewalttätig gegenüber Ihrem Sohn?«

»Nein.«

»Gegenüber Ihrer Frau?«

»Nein.«

»Kannten Sie Beth Ann Bannon, die in North Seattle ermordete Frau?«

»Ich … weiß nicht. Ich …«

»Bitte antworten Sie mit einem Ja oder Nein.«

»Nein.«

»Waren Sie jemals in dem Haus an der Brimerley Lane, in dem Beth Ann Bannon ermordet wurde?«

»Nein.«

»Haben Sie jemals ein Fahrzeug berührt, das in der Garage des Hauses stand, einen Toyota Corolla, Baujahr 1998?«

»Ich weiß nicht.«

»Bitte antworten Sie mit einem Ja oder Nein.«

»Nein.«

»Sind Sie Beth Ann Shannon jemals beruflich oder privat begegnet?«

»Nein.«

»Hatten Sie nach Ihrer Heirat außereheliche sexuelle Beziehungen?«

»Nein.«

»Hatten Sie jemals Sex mit Beth Ann Bannon?«

»Nein.«

»Sie arbeiten als Fahrer bei einem Abschleppdienst?«

»Ja.«

»Möchten Sie sich selbstständig machen und den Abschleppdienst übernehmen?«

»Ja.«

»Verfügen Sie über die finanziellen Mittel, um sich diesen Wunsch zu erfüllen?«

»Nein.«

»Mussten Sie und Ihre Frau eine lange Zeit durchmachen,

wo sie beide glaubten, Sie könne auf natürlichem Wege kein Kind bekommen?«

Die Nadeln auf dem Registrierpapier erzitterten heftig.

»Ja.«

»Haben Sie einmal jemandem erzählt, dass Sie alles tun würden, damit Sie und Ihre Frau ein Kind bekommen könnten?«

»Ja.«

»Sind Sie Beth Ann Bannon jemals begegnet?«

Hatten wir die Frage nicht schon?

»Ehrlich gesagt weiß ich es nicht.«

»Bitte antworten Sie mit einem Ja oder Nein.«

»Nein.«

»Wussten Sie, dass Beth Ann Bannon sich danach sehnte, eigene Kinder zu haben?«

»Nein.«

»Haben Sie die Entführung Ihres Sohnes auf irgendeine Weise arrangiert?«

Colson traten Tränen in die Augen.

»Nein.«

»Sind Sie für die schweren Verletzungen Ihrer Frau verantwortlich?«

Colson antwortete nicht. Zehn Sekunden verstrichen. Die Nadeln kratzten auf dem Papier. Heppler wiederholte die Frage.

»Sind Sie für die schweren Verletzungen Ihrer Frau verantwortlich? Bitte antworten Sie mit einem Ja oder Nein.«

»Nein.«

»Kennen Sie Freunde von Beth Ann Bannon?«

»Nein.«

»Wissen Sie, warum sich Ihre Fingerabdrücke auf dem Toyota Corolla fanden?«

»Nein.«

»Wissen Sie, wie der Umschlag mit Ihrer Adresse und einer persönlichen Notiz in das Haus kam, in dem Beth Ann Bannon ermordet wurde?«

»Nein.«

»Haben Sie Beth Ann Bannon getötet?«

»Nein.«

Hepplers Fragen folgten dem gleichen Muster bis tief in den Nachmittag hinein.

Grace, Dupree und andere Ermittler hatten die Befragung durch den von der anderen Seite durchsichtigen Spiegel verfolgt.

»Bis ich alles ausgewertet haben, wird es noch ein paar Stunden dauern«, sagte Heppler, als sie sich nach dem Test in einem anderen Raum trafen.

»Was sagt Ihr Bauchgefühl, Bob?«, fragte McCusker.

»Es rät mir, die Ergebnisse sorgfältig zu analysieren. Wie immer.«

Nachdem Heppler gegangen war, tauchte Sandel auf.

»Ist mein Mandant verhaftet, oder sind irgendwelche Anklagen gegen ihn erhoben worden?«

»Nein«, antwortete Grace. »Wir bringen ihn jetzt ins Krankenhaus zurück, damit er bei seiner Frau sein kann.«

Während der Fahrt betrachtete sie immer wieder Colson im Rückspiegel.

Hat er etwas damit zu tun? Steckt mehr dahinter?

Es dämmerte, überall in der Stadt gingen die Lichter an. Tief in ihrem Herzen wusste sie, dass sie früher oder später die Wahrheit über Lee Colson und Beth Bannon erfahren würde.

Sie konnte nur hoffen, dass es passierte, bevor es zu spät war.

47

»Es wird Zeit, Nadine.«

Ja. Es war so weit. Ihr Traum wurde wahr.

Sie war in der Küche und fütterte das Baby. Axel war mit seiner Arbeit am Computer fertig und griff nach einem Koffer.

»Ich parke den Wagen neben dem Haus, dann können wir unsere Sachen einpacken.«

Nadine wusch dem Baby das Gesicht ab. Dann griff sie nach ein paar Dingen, die sie schon zusammengesucht hatte, und folgte Axel nach draußen.

Im Dunkeln beluden sie den kleinen Ford, den sie für die Reise gemietet hatten. Die Luft war so unbewegt, als hätte die Welt den Atem angehalten. Ihr Herz schlug schneller, als sie ins Haus zurückkehrte, um weitere Taschen zu holen.

Beim Packen warf sie dem Baby, ihrem Engel, und dann Axel verstohlene Blicke zu. Ihr Mann, ihr Beschützer. Ihr Held. Sie hatten einen langen Weg hinter sich und waren fast am Ziel.

Ihr Traum wurde Realität.

Alles war fast perfekt.

Sie hatte das Baby und Axel, und sie würden weit entfernt von Seattle ein neues Leben beginnen. Sie nahm Dylan in die Arme, blickte zu den Sternen auf und sagte ihm, wie es werden würde.

Es war wie ein tröstliches Gebet.

Sie würden in ein wundervolles kleines Haus mit einer

großen Veranda ziehen. Im Garten würde es eine Schaukel geben ...

Nachdem sie Dylan in den Kindersitz gesetzt hatte, vergewisserte sie sich, dass sie nichts vergessen hatte. Sie war ihm so nahe, diesem Leben, nach dem sie sich so gesehnt hatte. *Sie hatte ein Recht darauf.* Gleich würden sie die Stadt der Lügen verlassen und die Gestade des Paradieses ansteuern.

Sie wischte sich den Schweiß von der Stirn und drehte eine letzte Runde durch das Haus, um sich zu vergewissern, dass sie nichts übersehen hatte.

Als sie an der offenen Tür von Axels Büro vorbeikam, blieb sie stehen.

Der Laptop war noch nicht eingepackt. Er war aufgeklappt und lief, daneben lagen ein paar Papiere auf dem Schreibtisch. Typisch Mann. Unordentlich und vergesslich. Sollte sie den Computer ausschalten und mitnehmen? Aber vielleicht hatte er in letzter Minute noch ein paar Dinge zu erledigen. Sie begann zu lesen ...

»Nadine!«

Sie trat ans Fenster und sah ihn zu sich aufblicken.

»Was machst du da oben?«

»Nachsehen, ob wir alles haben.«

»Wir sind fertig.«

»Und dein Computer?«

»Komm runter. Ich möchte dir etwas zeigen. Beeil dich.«

Bei dem Ford angekommen, fiel ihr auf, dass Dylan verschwunden war.

»Wo ist das Baby, Axel?«

»In der Garage. Komm mit.«

»In der Garage?«

»Komm schon Ich habe eine Überraschung für dich.«

Es waren nur ein paar Schritte. Die Tür war geschlossen. Sie fragte sich, was für eine Überraschung Axel für sie haben würde. Was konnte es sein? Und warum hatte er das Baby in die Garage gebracht?

Was hatte er vor?

Sie trat ein und sah im Licht der Hundert-Watt-Birne, dass die Plane von dem Lieferwagen gezogen worden war. Und jetzt wusste sie, dass er es wusste.

Sie sah Dylan in dem Kleintransporter sitzen, er hatte die kleinen Hände zu Fäusten geballt. Und dann stieg ihr ein erstickender Geruch in die Nase.

Benzin.

Hinter sich hörte sie die Tür ins Schloss fallen.

48

Jason Wade lief die Zeit davon.

Er saß an seinem Schreibtisch, schaute auf den Monitor und las den Entwurf seines Artikels. Wie versprochen, hatte er Joy Montgomerys Namen nicht genannt. Aber der Text basierte auf ihren Enthüllungen über Beth Bannons geheimes Leben als Vermittlerin von Babys.

Eine explosive Story.

Und exklusiv.

Er würde es der *Times* und dem *Post-Intelligencer* zeigen. Aber so konnte er das Material nicht verwenden. Er brauchte eine zweite Quelle, um alles zu bestätigen, doch bis jetzt hatte er keine gefunden.

Und die Deadline rückte näher.

Um die Elliott Bay herum gingen die Lichter an, als sich die Dämmerung über die Stadt senkte. Er griff nach dem Telefon, um Grace Garner anzurufen. Vor zehn Minuten hatte er zuletzt versucht, sie zu erreichen. Wo zum Teufel war sie? Er hatte auf den Anrufbeantworter in ihrem Büro und auf die Mailbox ihres Mobiltelefons gesprochen.

Ohne Erfolg. Keine Reaktion.

Nun gut. Er atmete tief durch und analysierte die Lage. Er musste mit Grace reden. Wenn sie bestätigte, dass sie Polizei untersuchte oder untersuchen würde, was er über Beth Bannons Leben herausgefunden hatte, konnte er das als Bestätigung seines Artikels interpretieren.

Er hätte sozusagen grünes Licht.

Und wenn er Grace nicht erreichte?

Plan B.

Er würde noch einmal die beiden Angestellten aus dem Supermarkt aufsuchen, Pam und Candice, und sie nach Beth Bannon fragen. Er blätterte in seinem Notizbuch. Was hatten die beiden über Maria gesagt

»Ich weiß, dass sie Ewigkeiten darauf gewartet hat, schwanger zu werden ... Ich glaube, ein Arzt hat ihr gesagt, sie würde nie Kinder bekommen können ... Sie war verrückt nach Babys ... Lee würde alles für sie tun.«

Vielleicht wussten die beiden noch mehr.

Aber die Konkurrenz schlief nicht und recherchierte, und es bestand die Gefahr, dass er in den anderen Zeitungen las, was er wusste. Etwa, wenn die beiden Kassiererinnen zu ihnen sagten: »Ja, der Typ vom *Mirror* war hier und sagte etwas darüber, Beth Bannon habe Babys vermittelt.«

Es war schon vorgekommen.

»Wade!« Spangler kehrte zurück von einem Meeting, bei dem es um die Auflagenprobleme und die personelle Ausstattung des *Mirror* gegangen war. »Druck aus, was du bisher geschrieben hast und komm damit in mein Büro.«

Ein paar Minuten später las Spangler Jasons Entwurf.

»Wir bringen das morgen auf Seite eins.« Er rief Beale an, den Redaktionsleiter von der Nachtschicht. »Vic, die Colson-Story erscheint in der nächsten Ausgabe auf der Titelseite ...«

Nachdem er aufgelegt hatte, griff Spangler nach einem Kugelschreiber und begann, den Entwurf von Hand zu redigieren.

»Der nächste Akt der Colson-Tragödie«, bemerkte er. »Da

stellen sich verstörende Fragen, und wir haben die Nase vorn. Verdammt, das erinnert an den Fall aus Kalifornien, wo dieser Typ seine schwangere Frau umgelegt hat, nachdem er sie betrogen hatte.«

»Aber ich brauche noch eine zweite Quelle, bevor das in Druck geht.«

»Wir müssen das sofort durchziehen.«

»Wir brauchen unbedingt eine zweite Quelle. Ich habe überall angerufen, ohne Erfolg. Schauen Sie auf die Uhr. Mit der ersten Ausgabe wird es sowieso knapp.«

Spangler änderte Absätze, tauschte Wörter aus. »Wir müssen das durchziehen. Solange es nicht bestätigt ist, verkaufen wir es innerhalb eines Stimmungsberichts darüber, wie die Öffentlichkeit denkt, als Spekulation, nicht als harte Fakten. Damit sind wir auf der sicheren Seite, und der Artikel wird trotzdem Furore machen.«

»Ich weiß nicht.«

»Mach dich sofort an die Arbeit, sobald ich hier fertig bin. Diese Story ist ein Geschenk des Himmels. Wir haben eine Kindesentführung und einen unaufgeklärten Mord. Für Lee Colson sieht es nicht gut aus, nach allem, was du ausgebuddelt hast.«

Spangler schnippte ihm eine Karte zu mit durchgestrichenen und neu eingetragenen Telefonnummern.

»Das wird helfen. Ruf in Manhattan an wegen ein paar Zitaten.«

»Clay Wilson? Wer ist das?«

»Ein pensionierter Detective, der ein Standardwerk über Mordermittlungen geschrieben hat. Es wundert mich, dass das Buch nicht auf deinem Schreibtisch liegt. Wilson arbeitet freiberuflich als Berater und hält Vorlesungen. Ist auch ein paarmal im Fernsehen in Talkshows aufgetreten. Ruf ihn an, skizziere kurz, was du hast, und du bekommst großartige Zitate, was seine Theorie betrifft. Wenn du ihn gleich an die Strippe kriegst, bleibt dir Zeit, den Artikel noch rechtzeitig fertig zu bekommen.«

Er erreichte Wilson nicht in New York, sondern in seinem Blockhaus am Ufer des Broken Heart Lake im Norden Ontarios, in der Nähe der Grenze zu Minnesota. Clay Wilson stimmte zu, sich zitieren zu lassen. Nachdem er aufmerksam angehört hatte, was Jason erzählte, stellte er ein paar Fragen und begann dann mit seiner theoretischen Analyse.

»Das wirft ein verdächtiges Licht auf alle, die in den Fall verwickelt sind. Neben der Vorgeschichte des Mordopfers würde ich mich auch noch einmal intensiv mit jener der Colsons befassen. Es ist unwahrscheinlich, dass deren Probleme, Kinder zu bekommen, und die Aktivitäten des Mordopfers purer Zufall sind.«

Jason machte sich Notizen und schaute immer wieder auf die Uhr.

»Wenn die Chefermittler es noch nicht veranlasst haben, würde ich Lee Colson an ihrer Stelle einem Lügendetektortest unterziehen. Das ist Routine in solchen Fällen.«

Nach dem Ende des Telefonats überarbeitete Jason seinen Artikel und wurde mit knapper Not noch rechtzeitig fertig. Er fuhr sich mit den Händen durchs Haar und dachte über die nächsten Schritte nach, als das Telefon klingelte.

»Grace Garner hier.«

»Ich habe versucht, Sie zu erreichen. Hören Sie gut zu.«

Er erzählte ihr alles, was er über Beth Bannons geheimes Leben als Vermittlerin von Babys in Erfahrung gebracht hatte. Dann fragte er, ob Garner das alles bestätigen könne. Aber ihre Reaktion überraschte ihn.«

»Sie müssen den Artikel zurückhalten.«

»*Was?*«

Angespanntes Schweigen.

»Bitte tun Sie es«, sagte sie schließlich. »Halten Sie ihn zurück, nur einen Tag.«

»Ich kann nicht.« Er schaute auf die Uhr. »Es ist zu spät.«

»Ich dachte, wir hätten ein Abkommen, zusammenarbeiten zu wollen.«

»Mein Gott, Garner, worum geht's? Wenn Sie einen Durchbruch haben und wollen, dass ich den Artikel zurückhalte, müssen Sie mir alles erzählen.«

»Heute Nachmittag haben wir auch von Beth Bannons Vergangenheit erfahren, durch eigene Recherche und einen Anruf. Da ist noch viel mehr, wovon Sie nichts wissen. Zuvor hat jemand von der Spurensuche an der Brimerley Lane noch eine wichtige Entdeckung gemacht.«

»Welcher Art?«

»Belastend.«

»Wen belastet sie?«

»Ich kann nur sagen, dass wir weiter Lee Colson vernehmen …«

»Halten Sie ihn für einen Verdächtigen?«

»Das ist alles vorläufig, wir müssen da noch einiges klären. Wenn Sie Ihren Artikel jetzt bringen, könnte das nachteilig sein für unsere Arbeit.«

»Haben Sie ihn angeklagt?«

»Nein.«

»Hat er einen Anwalt?«

»Ja.«

»Haben Sie veranlasst, dass er sich einem Lügendetektortest unterzieht?«

»Wade, ich kann nicht …«

»Ich glaube, dass er bei dem Lügendetektortest schlecht abgeschnitten hat, und Sie haben Fragen hinsichtlich Ihrer Beweise und Beth Bannons Verbindung zu diesem Fall. Habe ich recht?«

»Er hat dem Test freiwillig zugestimmt«, sagte Garner. »Wir werten die Ergebnisse aus. Das ist noch nicht abgeschlossen.«

»Und sie haben belastende Beweise?«

Sie antwortete nicht.

»Belastende Beweise gegen Lee Colson?«

»All dies muss unter uns bleiben, Wade. Sie können davon keinen Gebrauch machen. Ich riskiere meinen Job. Haben Sie verstanden?«

»Ja.«

»Schwören Sie, dass Sie die Informationen nicht benutzen.«

»Ich schwöre es, aber was tun wir?«

»Halten Sie den Artikel für einen Tag zurück. Wenn bestätigt ist, was ich Ihnen erzählt habe, erfahren Sie noch mehr. Ich gebe Ihnen mein Wort darauf.«

»Es ist nicht mein Job, der Polizei zu helfen, sondern die Wahrheit zu berichten. Außerdem, woher wollen Sie wissen, ob die anderen Zeitungen nicht über dieselben Informationen verfügen wie ich?«

»Sie haben die Leiche von Beth Bannon entdeckt. Niemand ist so dicht an dieser Story dran wie Sie.«

»Ich weiß nicht, ob ich das Erscheinen des Artikels verhindern kann.«

»Wir brauchen nur etwas mehr Zeit, Wade.«

Nach dem Ende des Telefonats wählte er mit zitternden Fingern Spanglers Nummer. In der Druckerei liefen die Vorbereitungen auf Hochtouren.

Ein Mordfall, in dem die Ermittlungen möglicherweise behindert worden wären durch seinen Artikel.

Spangler wollte gerade Feierabend machen und nach Hause fahren.

»Du erwartest von mir, dass ich den Artikel zurückhalte? Warum sollte ich das tun?«

Spangler riss die Tür seines Büros auf und wandte sich an Beale, der während der Nachtschicht das Sagen hatte. »Vic, halt Wades Artikel noch kurz zurück. Wir müssen reden!«

Sie pflanzten sich beide vor seinem Schreibtisch auf, während er zu erklären versuchte, wie wichtig es sei, den Artikel vorerst nicht zu bringen. Er habe gerade von einer Quelle, die mit den Ermittlungen zu tun habe, gehört, es gebe eine neue Entwicklung.

»Was für eine Entwicklung?«, fragte Beale.

»Sie beschäftigen sich intensiv mit Lee Colson.«

»Und warum sollte uns das daran hindern, deinen Artikel zu drucken?«

»Weil ich mit der Quelle ein Abkommen habe. Ich habe versprochen, dass wir warten würden. Colson hat sich einem Lügendetektortest unterzogen, und sie sind gerade dabei, die Resultate auszuwerten. Danach geben sie uns alles – exklusiv –, wenn wir jetzt mit der Bannon-Story warten.«

Spangler schleuderte seinen Kugelschreiber quer durch den Raum.

»Was zum Teufel hast du dir dabei gedacht, Wade? Du hast gefälligst erst mit mir zu reden, bevor du Deals mit dem Seattle Police Department machst!«

Beale griff nach Jasons Telefon und wählte.

»Ja, Chuck, hier ist Vic. Hör zu, wir müssen Wades Artikel zurückhalten. Bring stattdessen den von Gloria Lambert aus Olympia.«

Man hörte deutlich, dass am anderen Ende geflucht wurde.

»Du hast gehört, was ich gesagt habe, Chuck. Cancel den Artikel.«

»Scheiße!« Spangler fuhr sich mit einer Hand über das von Zorn gerötete Gesicht. »Hau endlich ab, Wade!«

Jason saß allein in seiner dunklen Wohnung und betrachtete die Fische in dem bläulich beleuchteten Aquariums. Lange saß er dort und trank Ginger Ale.

Dann nahm er eine lange heiße Dusche.

Gelegentlich musste er an Grace Garner denken, an seine Gefühle für sie. Und daran, was für sie beide auf dem Spiel gestanden hatte.

Er war sich nicht sicher, ob er auch so gehandelt hätte, wenn er es zum Beispiel mit Boulder zu tun gehabt hätte. Wie hatte sie ihn dazu gebracht, den Artikel zurückzuhalten? Hatte er es ohne großen Widerstand zugelassen? Oder stimmte es tatsächlich, dass sie zusammenarbeiteten, um herauszufinden, wer hinter dem Mord und der Entführung stand?

Ihm fielen die Augen zu.

Er war zu müde, um noch weiter darüber nachzudenken.

Aber eines war sicher: Die Chancen, Dylan Colson lebend zu finden, standen immer schlechter.

Fünfter Tag

49

Eiscreme.

Eine Riesenportion Karamelleis, mit ein paar Nüssen, Schlagsahne und einer Kirsche.

Daran musste Lou Rifkin denken, als er nach Mitternacht auf dem Sofa gegenüber dem Großbildfernseher saß und einen Spielfilm mit John Wayne schaute.

Er musste nur zur Tiefkühltruhe gehen. Seine Frau lag bereits im Bett, ihr Sohn war ausgegangen. Alles war still, die Beleuchtung gedämpft. Er sollte sich einfach in der Küche eine Portion von dem Karamelleis holen.

Es war der erste Abend seines Urlaubs. Er hatte es verdient, sich ein bisschen zu verwöhnen. Am nächsten Morgen würde er ausschlafen. Er war Maschinenschlosser bei Boeing du würde in fünf Jahren pensioniert werden.

Er blickte auf seinen Bauch. Seine Frau war beunruhigt, dass er zu dick werden würde. Aber sie war wegen allem und jedem beunruhigt. Das Eis war eigentlich für ihren Sohn Dex gedacht, der am nächsten Sonntag zwanzig wurde. Er war Drummer und wollte mit seiner Band ihm nächsten Monat nach Century City in Kalifornien umziehen.

Er würde es erst glauben, wenn es wirklich passierte.

Jetzt aber wollte er ein Eis, und in seinem Haus hatte immer noch er das Sagen. Er ging in die Küche, steckte die Nase in die Gefriertruhe und suchte zwischen den Schweineschnitzeln und Rippchen ...

Er hielt inne. Was war das für ein Geräusch?

Ein Schrei?

Vielleicht eine Katze auf dem Grundstück des Nachbarhauses, wo Früher die Madisons gewohnt hatten. Es war riesig und lag am Ende der Straße, verborgen hinter Bäumen und einer vernachlässigten Hecke, die einer hohen grünen Mauer glich. Alles ging vor die Hunde, seit die Madisons vor acht oder neun Jahren damit begonnen hatten, das Haus zu vermieten. Es schien, als würden alle sechs Monate neue Leute einziehen. Lou achtete nicht auf das Kommen und Gehen. Niemand tat es.

Außer Ellie. »Ich glaube, da sind wirklich merkwürdige Leute eingezogen in das frühere Haus der Madisons«, hatte sie vor ein paar Monaten gesagt.

»Es geht dich nichts an, El. Kümmere dich um deine eigenen Angelegenheiten.«

Außerdem hört oder sieht man sie praktisch nie, dachte er, während er damit begann, sich das Eis zu machen. *Von mir aus kann es so bleiben.*

Wieder ein Schrei.

Muss eine verdammte Katze sein.

Er leckte den Löffel ab und erstarrte.

Durch die Büsche sah er grelle Flammen.

Die Garage des Nachbarhauses brannte.

Er griff nach dem Telefon, wählte die Notrufnummer und nannte der Frau am anderen Ende die Adresse.

Er zog schwere Arbeitsstiefel an.

»Ellie! Nebenan brennt's. Steh auf, Ellie!«

Sein Herzschlag beschleunigte sich. Er gehörte zur Werksfeuerwehr und wusste, was er zu tun hatte. Er schnappte sich zwei lange Wasserschläuche, die aufgerollt in der Garage an der Wand hingen, und warf sie sich über die Schulter. Dann griff er nach einem Paar Handschuhe und eilte zum Nachbargrundstück.

Durch das Fenster der Garage sah er die Flammen.

Guter Gott.

»Es brennt!«, schrie er in Richtung des Hauses. Er wollte die Hintertür eintreten, doch sie gab nicht nach. Da er vor ein paar Jahren bei der Reparatur des Dachs geholfen hatte, dass es an der Außenwand einen Wasserhahn gab. Er schraubte den Schlauch an und verband ihn mit dem anderen. Dann eilte er damit zu der Garage. Hoffentlich war der Druck stark genug, um den Brand löschen zu können.

Durch das schmierige Garagenfenster sah er, dass die Flammen immer höher schlugen. *Reg dich nicht auf,* sagte er sich. Es ist nur ein Holzschuppen. Doch als er den Wasserstrahl auf die hölzernen Planken richtete, hörte er erneut jemanden schreien.

In der Garage!

Ein Mann oder eine Frau? Er konnte es nicht sagen, denn die Schreie wurden gedämpft durch das laute Brausen der Flammen.

»Hilfe!«

Durch das Fenster sah er einen Lieferwagen. Das Garagentor war nicht abgeschlossen. Er öffnete es. Flammen schlugen ihm entgegen. Sie züngelten an den Wänden herauf und über die Decke.

Trotz der tosenden Flammen hörte er hysterische Hilfeschreie. Er benutzte den Deckel eines metallenen Abfallbehälters aus Schutzschild, arbeitete sich zur Hinterseite des Kleintransporters vor und öffnete die Hecktür.

Trotz des dichten Rauchs sah er, dass die Vorderseite des Lieferwagens schon Feuer gefangen hatte. Die Hitze war so extrem, dass er glaubte, seine Augen müssten schmelzen.

Die Hilfeschreie rissen nicht ab. Ihm drehte sich der Magen um, als er den Kindersitz mit dem Baby darin und auf einem Vordersitz den Umriss einer erwachsenen Person sah, deren Haar gerade Feuer fing.

Er trat zurück und bespritzte sich selbst von oben bis unten mit Wasser, bevor der den Kampf mit dem Inferno aufnahm. Er kletterte hinten in den Lieferwagen und kroch über die Ladefläche nach vor, in Richtung des Kindersitzes. Die vorne sitzende Person würgte und hustete schlimm.

Lous ganzer Körper schmerzte. Seine Handschuhe brannten. Die versengte Haut begann Blasen zu werfen. *Guter Gott, ich verbrenne bei lebendigen Leib.*

Wenn er nicht zurückwich, war er in ein paar Sekunden tot.

Seine Hände brannten, die Lungen waren gefüllt mit beißendem Rauch. Er machte einen letzten verzweifelten Versuch, den Kindersitz zu packen. Dann stieg ihm der Geruch des Benzins in die Nase. *Der Tank muss leck sein,* dachte er, doch da explodierte er auch schon.

Er glaubte das Heulen von Sirenen zu hören.

Lebe ich noch?

Keine weiteren Schreie mehr.

Nur noch das Brausen des alles verschlingenden Infernos.

50

In diesem Moment schlug Maria Colson in ihrem Krankenzimmer die Augen auf.

Nur Lee war bei ihr, doch er schaute auf den unter der Decke angebrachten Fernseher, wo die Spätnachrichten liefen. Er zappte durch die Kanäle in der Hoffnung auf ein Wunder.

Keine Spur von Dylan, seine Frau lag im Sterben.

Dann der Lügendetektortest.

Die Polizei verdächtigte ihn.

»Warum?«

Wie waren seine Adresse und Fingerabdrücke in Verbindung zu bringen mit dem Mord an Beth Bannon und dem Lieferwagen, der bei Dylans Entführung benutzt worden war? Er verstand das nicht. Was wusste Grace Garner und das FBI? Was hatten sie erfahren durch den Lügendetektortest? Er hatte ihnen die Wahrheit gesagt.

Oder doch nicht?

War er sich seiner Antworten sicher. Er war so müde. Hatte solche Angst. Plötzlich erschien Beth Bannons Gesicht auf dem Bildschirm, doch der Beitrag war eine Wiederholung. Es gab nichts Neues.

Lee schaute sie an.

Dieses Gesicht. Dieser Lieferwagen.

Kannte er sie?

War er ihr persönlich begegnet?

Er war sich nicht sicher.

Was war, wenn der Lügendetektortest schlecht ausgegangen war. Sie hatten diesen Briefumschlag. Hatten seine Fingerabdrücke. *Dylan. Wo ist Dylan?* Er konnte keinen klaren Gedanken fassen. Er wechselte den Sender und sah eine brennende Garage.

Ein Brand in dieser Nacht in Seattle, ein oder mehrere Todesopfer, was aber nicht bestätigt ist. Die Bemühungen eines Nachbars, den Brand zu löschen, blieben ohne Erfolg.

»Dylan!«

Sein Kopf fuhr zu Maria herum, die sich im Bett aufgesetzt hatte. Ihr Blick verriet Angst, die Miene nacktes Entsetzen.

»Dylan!«

Maria starrte ins Leere. Sie war in einem tranceartigen Zustand, fixiert auf die letzten Augenblicke mit ihrem Baby.

Die Amsel, die gegen die Scheibe des Schlafzimmerfensters prallte, ein schlechtes Omen ... Lee, der mitten in der Nacht wegen eines Notfalls mit seinem Abschleppwagen abberufen wird ... Albträume darüber, kinderlos bleiben zu müssen ... Dylan, der die halbe Nacht weint ... Der Gang zu Kim's Corner Store, sie lässt Dylan vor dem Laden bei Shannon ... Der Lieferwagen, die Frau, die Dylan packt ... Der Kinderwagen, der Türgriff ... Sie wirft sich auf die Motorhaube und hämmert mit der Faust gegen die Windschutzscheibe ... Sie stiehlt mein Baby! Die Frau starrt sie durch die Scheibe an ...

Er ist mein Baby! MEINS!

»Nein, nein, nein!«

»Maria ...«

Lee und zwei Krankenschwestern versuchten sie zu beruhigen und zu trösten. Ein Arzt begann sie zu untersuchen. Alle schwankten zwischen Sorge und Hoffnung.

»Sie wird wieder gesund, nicht wahr?«, sagte Lee mit brechender Stimme. »Sie ist aus der Bewusstlosigkeit aufgewacht, es wird ihr bald besser gehen. Habe ich nicht recht?«

Eine der Schwestern brachte ihn nach draußen und führte ihn in das Wartezimmer, wo er sich auf das Sofa setzte.

»Ja, Mr Colson, es sieht sehr gut aus, aber wir müssen sie stabilisieren und Untersuchungen durchführen.«

Lee schlug die zitternden Hände vors Gesicht. Maria lebte. Sie würde es schaffen. Er schaute sich um. Ihre Angehörigen waren in der Cafeteria. Er war allein. Aber glücklich. So verdammt glücklich.

Er würde Maria nicht verlieren.

Er lächelte und stand auf, ohne zu wissen, wohin er gehen oder was er tun sollte. Auch die Schwestern, die aus Marias Krankenzimmer traten, lächelten und reckten den Daumen in die Höhe, als sie Lee sahen. Es war ein Wunder.

Nun konnten Maria und er diese Schlacht gemeinsam schlagen.

Sie würden Dylan finden.

Er sah Detective Garner und Special Agent Dupree vom FBI die Intensivstation betreten. Und sie waren nicht allein. Bei ihnen war Jarred Sandel, sein Anwalt.

Von diesen Besuchern lächelte niemand.

51

»Mr Colson, die Ergebnisse des Lügendetektortests sind nicht eindeutig«, sagte Grace Garner. »Wir möchten Sie bitten, mit uns zu kommen. Wir würden gern noch ein bisschen mehr mit Ihnen reden.«

»Jetzt? Maria ist gerade wieder zu Bewusstsein gekommen. Ich will sie nicht allein lassen. Ich bleibe hier!«

»Sie ist aufgewacht?«

Grace bahnte sich durch das versammelte Personal ihren Weg an das Krankenbett. Maria Colsons Gesicht war geschwollen, ihr Blick verängstigt. Schwestern und Dr. Binder kümmerten sich um sie.

»Entschuldigen Sie.« Grace nahm den Arzt beiseite. »Kann sie reden?«

»Sie ist geschwächt, aber geistig klar.«

»Was sagt sie?«

»In Gedanken ist sie bei den letzten Augenblicken vor und während der Entführung ihres Sohnes.«

»Ich muss mit ihr reden. Sofort.«

»Mir wäre es lieber, wenn wir ihr etwas Zeit lassen würden. Ein paar Stunden.«

»Ich muss jetzt mit ihr reden.«

Binder dachte darüber nach. »Gut, ein paar kurze Fragen, und nur in meinem Beisein.«

Grace nickte und zog das Aufnahmegerät und ihr Notizbuch hervor. Binder schickte die Schwestern aus dem Zimmer.

Grace zog sich einen Stuhl heran. »Mrs Colson, ich bin Detective Grace Garner vom Seattle Police Department. Können Sie sich erinnern, was geschehen ist?«

Maria warf den Kopf von einer Seite zur anderen, als wollte sie die Tragödie nicht wahrhaben. Als könnte sie diese ungeschehen machen und die Zeit zurückdrehen.

»Mrs Colson?«

»Dylan! Sie nimmt mir Dylan weg!«

»Wer?« Grace tauschte einen Blick mit Binder aus. Der nickte. »Wer, Mrs Colson? Wissen Sie, wer Ihnen Dylan weggenommen hat?«

Wieder warf sie den Kopf hin und her.

»Kennen Sie ihren Namen?«

Sie schüttelte den Kopf.

»Warum nehmen Sie ihn mir weg?«, schrie Maria auf. »Warum?«

»Können Sie die Frau beschreiben? Ist Ihnen etwas Ungewöhnliches an ihr aufgefallen?«

Maria stöhnte.

»Geben Sie ihn zurück. Er ist mein Sohn. Bitte geben Sie ihn mir zurück.«

»Mrs Colson, erinnern Sie sich an irgendwelche Einzelheiten, was diese Frau betrifft?«

Sie schloss die Augen und begann mit schmerzverzerrtem Gesicht zu schluchzen.

Dr. Binder beschloss, das Gespräch zu beenden.

»Wir kümmern uns weiter um sie, Detective. Vielleicht können Sie es in ein paar Stunden noch mal versuchen.«

Grace seufzte und ging zur Tür.

»Tattoo.«

Sie blieb wie angewurzelt stehen.

»Sie hat ein Tattoo auf einer Hand.« Maria tippte auf ihre Linke. »Die Tätowierung eines Schmetterlings.«

»Ein Schmetterling.« Grace machte eine Zeichnung und zeigte Maria ihr Notizbuch. »Etwa so?«

Maria schüttelte den Kopf.

»Spinnennetz.«

Grace blickte erst Binder, dann Maria an.

»Die Tätowierung eines Schmetterling, der sich in einem Spinnennetz verfangen hat.«

Sie tippte auf ihren linken Handrücken.

»Mein Gott! Geben Sie mir mein Baby zurück. Er gehört mir. Lee! Wir müssen Dylan finden. *Wo ist Lee?*«

»Immer mit der Ruhe, es wird Ihnen bald wieder gut gehen.« Binder drückte auf den Knopf, um eine Schwester zu rufen. Dann beugte er sich vor, um Maria zu trösten. Schließlich wandte er sich um, um Grace zu bedeuten, ihre Zeit sei abgelaufen, doch die hatte das Zimmer bereits verlassen.

Special Agent Dupree sprach mit Lee Colson. Nachdem sie die Mordkommission angerufen hatte, nahm Grace Dupree beiseite und brachte ihn auf den neuesten Stand.

»Wir haben eine Spur. Die Verdächtige hat eine Tätowierung auf dem linken Handrücken, die einen Schmetterling zeigt, der sich in einem Spinnennetz verfangen hat.«

Dupree tätigte einen dringenden Anruf und bat darum, die Details in zwei Datenbanken zu überprüfen, beim National Crime Information Center und bei ViCAP. Außerdem gab es beim FBI Spezialisten für Tattoos, die von Gangs,

Okkultisten und Satanisten benutzt wurden. Über das Justizministerium hatten sie auch Zugang zum Federal Bureau of Prisons, wo Informationen über Häftlinge im ganzen Land gesammelt wurden.

»Es ist ein Anfang«, sagte Dupree und legte auf. Grace befragte weiter Lee Colson.

»Denken Sie nach, Colson. Sind Sie jemals einer Frau begegnet, die so eine Tätowierung auf dem linken Handrücken hatte?«

»Nein.«

Grace blickte Dupree zweifelnd an. Sie wusste nicht, ob sie Colson glauben sollte.

In der Tür des Schwesternzimmers hielt eine Angestellte ein Telefon hoch. Grace ging zu ihr und nahm den Anruf entgegen.

»Boulder hier. Schreib diese Adresse auf, und dann setzt ihr euren Arsch in Bewegung.«

»Aber Stan ...«

»Es sieht so aus, als hätten wir den Lieferwagen gefunden. Verbrannt. Sieht nach zwei Opfern aus.«

»Zwei?«

»Eine erwachsene Person und ein Baby.«

Ein Baby.

»Verdammter Mist, Stan.«

»Ich weiß, Grace. Fahrt sofort hin und macht euch an die Arbeit.«

52

Als Jason aufwachte, fand er, dass der Morgen zu schnell gekommen war.

Er drückte auf den Knopf des Radioweckers, und erst da wurde ihm bewusst, dass sein Telefon klingelte.

»Jason, hier ist Rosemary vom *Mirror.* Du hast gesagt, ich solle dich anrufen, falls ich jemals etwas über den Fall Colson im Polizeifunk hören sollte.«

»Was hast du denn gehört?«

»Sie haben diesen Lieferwagen gefunden. In einer Garage verbrannt. Zwei Tote, wenn ich es richtig verstanden habe. Im Polizeifunk reden alle durcheinander.«

»Wo?«

Er schrieb die Adresse auf und zog sich an. Dann schaute er auf den Radiowecker. 2:18 Uhr morgens. Alle Deadlines waren verstrichen.

Wir arbeiten für die Zeitung von morgen, aber eben auch für Internet-Ausgabe des Mirror.

»Okay, schick einen Fotografen zum Ort des Brandes. Sag ihm, dass ich auf dem Weg bin. Du hörst weiter den Polizeifunk und rufst mich auf dem Handy an, falls es Neuigkeiten gibt.

Er stieg in seinen Falcon, fuhr über verwaiste Straßen und hörte »Midnight Lightning« von Hendrix. Als er eintraf, hatte die Feuerwehr den Brand gelöscht. Er sah die geschwärzten Überreste der Garage und das verkohlte Wrack des Lieferwagens.

Das Grundstück war mit Flatterband abgesperrt, über die Überreste des Kleintransporters war eine grellgelbe Plane gezogen worden.

Soweit er sah, waren bisher nur wenige Journalisten vor Ort, doch ihm fiel der Übertragungswagen des Senders WKKR auf. Diese Typen waren einfach überall. Von einem Kameramann war nichts zu sehen. Ihm fiel auf, dass sich in einem Krankenwagen Sanitäter um einen Mann kümmerten.

Der Typ muss etwas wissen.

»Ich bin Jason Wade vom *Seattle Mirror.* Kann ich mit Ihnen reden, Sir?«

Lou Rifkin starrte ihn an, während eine Sanitäterin sich um die Verbrennungen an seinen Händen kümmerte.

»Können Sie mir erzählen, was passiert ist?«

Rifkins Adamsapfel hüpfte auf und ab. Er starrte mit geweiteten Augen auf den Ort des Brandes. »Ich habe mein Bestes gegeben, um sie zu retten. Habe alles versucht.«

Ein Schatten fiel auf Jasons Notizbuch, und er blickte in die kalten Augen eines uniformierten Polizisten. In der Hand hielt er ein Klemmbrett mit Rifkins Aussage. Jason zeigte ihm seinen Presseausweis.

»Hinter die Absperrung, wir sind noch nicht fertig hier.«

»Wie Sie wollen.«

Unter den anderen Polizeiautos erblickte er Grace Garners unauffälligen Chevrolet Malibu. Sie stand mit anderen Detectives in Zivil vor dem Haus und unterhielt sich mit ihnen. Er lehnte sich an einen Löschwagen, und sie nickte ihm fast unmerklich zu. Als die anderen Polizisten verschwunden waren, trat sie zu ihm.

»Sie sind ja von der schnellen Truppe«, sagte sie, während weitere Spezialisten von der Crime Scene Unit in weißen Schutzanzügen das Haus betraten.

»Stimmt es, dass das der Lieferwagen ist und dass es zwei Tote gibt?«

»Es ist definitiv unser Kleintransporter.«

»Und die Opfer? Dylan Colson ist tot, oder?«

Sie blickte Jason an.

»Bis jetzt ist weder die Anzahl der Opfer noch ihre Identität geklärt.«

Er klappte sein Notizbuch zu.

»Endet diese Geschichte hier?«

»Kann ich nicht sagen.«

»Wissen Sie, wer hier wohnt?«

»Noch nicht. Es sieht so aus, als wäre das Haus vermietet worden und als hätten die Bewohner mit niemandem sonst etwas zu tun gehabt.«

»Und was können Sie mir erzählen?«

»Nicht viel.«

»Miss Garner, ich habe großen Ärger bekommen, weil ich dafür gesorgt habe, dass der Artikel über diesen Fall zurückgehalten wurde. Ich habe mit Ihnen kooperiert und denke, Sie schulden mir einen Gefallen.«

»*Ich schulde Ihnen einen Gefallen?* Verdammt, Wade, es braucht Zeit, bis wir den Lieferwagen untersucht haben und bestätigen können, wer ums Leben gekommen ist. Bisher haben wir nur eine Zeugenaussage. Im Moment wissen wir wirklich noch nicht viel. Haben Sie jemals die Leiche eines Menschen gesehen, der bei einem Brand ums Leben gekommen ist? Zuerst kann man nicht mal das Geschlecht bestimmen. Also lassen Sie uns Zeit. Es geht nicht immer nur um Sie.«

Er fuhr sich mit der Hand durchs Haar, schaute auf die gelbe Plane und versuchte, nicht an Dylan Colsons Leiche zu denken. Oder das, was noch davon übrig war.

»Seien Sie mir nicht böse, aber Spangler nimmt mich übel in die Mangel.«

Dupree tauchte mit Latex-Handschuhen und Überschuhen auf. »Wir brauchen dich im Haus, Grace.«

»Ich muss gehen, Wade.«

Kay Cataldo erwartete sie an der Haustür. Nachdem Grace die Handschuhe und Überschuhe übergestreift hatte, ging Cataldo vor.

»Wir haben uns umgesehen, und es scheint hier keine weiteren Toten zu geben. Das Haus ist leer. Aber wir haben etwas Wichtiges gefunden. Lassen Sie uns nach oben gehen.«

Cataldo führte sie in ein Zimmer mit einem Schreibtisch und einem Laptop darauf. Daneben lag ein einzelnes Blatt Papier, das bereits in einer transparenten Plastiktüte steckte. Es war ein Computerausdruck. Grace las:

Es tut mir leid, dass ich so viel Leiden verursacht habe. Ich habe Gott gebeten, mir die Antwort zu zeigen, und beschlossen, mit meinem Baby zum Himmel aufzufahren.

Bitte hasst mich nicht,

Nadine Getch

53

Grace Garner stand in einer Ecke des Hofs, wohin sie sich zurückgezogen hatte, um allein zu sein. Sie blätterte in ihrem Notizbuch und las noch einmal den Abschiedsbrief, den sie abgeschrieben hatte.

Ich habe Gott gebeten, mir die Antwort zu zeigen, und beschlossen, mit meinem Baby zum Himmel aufzufahren. Nadine Getch.

Sie schaute sich den Ausdruck von Nadines Führerschein aus dem Bundesstaates Washington an. Statt einer Adresse war ein Postfach in Seattle angegeben. Laut dem dort angegebenen Geburtsdatum war sie zweiunddreißig Jahre alt geworden. Auf dem Foto wirkte sie abgrundtief traurig.

Die Angaben von dem Führerschein waren bei verschiedenen Datenbanken eingegeben worden. Washington und National Crime Information Centers. WASIS, Washington State Patrol's Identification System. Keine Treffer. Nichts.

Keine Haftbefehle gegen Nadine Getch. Keine gerichtlichen Vorladungen.

Keine registrierten Fingerabdrücke, keine Vorstrafen.

Sie mussten das weiter überprüfen. Und sie wussten immer noch nicht, wer bei dem Brand ums Leben gekommen war. Eine Autopsie brauchte Zeit. Ist Nadine Getch überhaupt ein richtiger Name?, fragte sie sich, und dann musste sie daran denken, wer noch unter den geschwärzten Trümmern lag.

Dylan Colson.

Wer tötete ein Baby? Warum, verdammt. Warum?

Grace blickte zum Sternenhimmel auf. Sie kannte die Antwort nicht, fühlte sich besiegt. Sie hatte versagt. Aber es durfte nicht so enden.

Und doch konnte es so kommen.

So läuft das manchmal auf dieser Welt. Es passieren schreckliche Dinge.

Sie musste an den Tag denken, als Roger Briscoe mit einer Waffe im Englischunterricht aufgetaucht war, um alle umzubringen.

Er hatte Mr Lorton ermordet, den Lehrer.

Der Schuss. Schreie. Entsetzen. Panik. Sie nähert sich dem Täter, ohne Angst, denn sie kennt die Wahrheit. Sie schaut ihm direkt in die Augen.

»Lass die Waffe fallen, Roger.«

»Nein.«

»Bitte. Warum tust du das?«

»Du weißt warum, Grace.«

So war es.

Am Abend zuvor hatte sie Schluss gemacht mit ihm, und er hatte gesagt, sie würde es noch bedauern.

»Was wirst du tun?«

»Wir werden sehen. Und vergiss nicht, dass es alles deine Schuld sein wird, Grace.«

Später hatten Therapeuten ihr das Schuldgefühl genommen. Und doch konnte sie sich nie verzeihen. Sie wurde verfolgt von ihrem Versagen, und dass sie versagt hatte, empfand sie auch jetzt, als sie auf Nadines Bild und die niedergebrannte Garage schaute.

Es tut mir so leid.

Ihr Mobiltelefon klingelte. Sie schaute auf das Display. Perelli.

»Wie geht es dir, Grace?«

»Gut.«

Er wusste, dass es eine Lüge war. Sein Schweigen verriet es. Schließlich brach er es.

»Wir müssen es den Colsons jetzt sagen. Sie auf das Schlimmste vorbereiten, bevor sie es von anderer Seite hören.«

»Ich weiß. In etwas zehn Minuten fahre ich zum Krankenhaus.«

»Du hast gute Arbeit geleistet, Grace. Vergiss das nicht. Wir waren dicht dran.«

»Es hat nicht mehr viel zu bedeuten.«

»Ich weiß, dass es nur ein schwacher Trost ist, doch deine Weigerung, Lee Colson zu verdächtigen, hat sich bestätigt. Aber er kannte Beth Bannon, das scheint mir nach dem Lügendetektortest klar zu sein.«

»Haben die Leute von dem Abschleppdienst etwas herausgefunden?«

»Die konnten es bestätigen. Bei der Durchsicht alter Unterlagen haben sie gesehen, dass Lee Colson vor sieben Monaten nach einer Panne Bannons Toyota abgeschleppt hat. Das erklärt, warum wir seine Fingerabdrücke auf dem Auto gefunden haben.«

»Und was ist mit dem Umschlag mit seiner Adresse und der Notiz über eine Zahlung?«

»Sie hat ihm das Geld später bar an seine Heimadresse geschickt, und Lee hat es bei seiner Firma abgeliefert. Das bestätigt eine Aktennotiz des Abschleppdienstes.«

»Wo ist die Verbindung zu Nadine?«

»Daran arbeiten wir noch, doch es muss mit Beth zu tun haben.«

»Im Grunde spielt es alles keine Rolle mehr, oder, Dom?«

»Nicht verzweifeln, Grace. Manchmal gewinnen wir, manchmal nicht. Aber wir geben nie auf.«

»Danke, dass du mich aufzurichten versuchst, Dom.«

David Tanaka und Al Sprung vom King County Medical Examiner's Office arbeiteten zusammen mit der Spurensuche und zwei Spezialisten für Brandstiftung. Sie fotografierten und untersuchten die verkohlten Überreste der Garage, sobald diese hinreichend abgekühlt waren.

Grace sah Jason an der Absperrung stehen. Er winkte sie zu sich.

»Ich habe gerade mit Lou Rifkins Ehefrau gesprochen, bevor sie ihn ins Krankenhaus gebracht haben«, sagte er.

»Ich habe jetzt keine Zeit.«

»Zeugen haben berichtet, zur Zeit der Entführung in Ballard eine Frau und einen Mann gesehen zu haben. Und Ellie Rifkin hat mir gerade erzählt, das Haus sei von einer Frau und einem Mann gemietet worden. Das ehemalige Haus der Madisons, wie sie es nannte. Sind Ihre Opfer einmal männlich und einmal weiblich?«

»Wissen wir nicht. Wir brauchen Zeit.«

»Was ist das?« Jason zeigte mit seinem Stift auf ihr Klemmbrett. Auf die Kopie von Nadine Getchs Führerschein mit dem Foto.

Nach ein paar angespannten Augenblicken schaute sie ihn an und traf eine Entscheidung. *Was soll's?* Sie zog ihn zwischen ein Löschfahrzeug und einen Streifenwagen.

»Ich werde Ihnen etwas zeigen, doch Sie dürfen keine Namen im Druck bringen, ohne mich vorher zu fragen.«

»Worum geht's?«

»Schwören Sie es.«

»Ich schwöre. Schießen Sie los.«

Sie erzählte ihm, was sie über Nadine Getch wussten, zeigte ihm den Führerschein und den Abschiedsbrief.

»Wer ist sie?«

»Wir halten sie für Dylans Entführerin und glauben, dass sie Dylan getötet hat. Eine Kombination von Mord und Selbstmord.«

»Das Baby ist tot?«

»Alles deutet darauf hin.«

»O nein. Guter Gott, ich muss sofort in der Redaktion anrufen ...«

Sie packte seien Hand, damit er nicht das Mobiltelefon aus der Tasche ziehen konnte. »Sie müssen warten, bis das bestätigt ist. Sie haben gerade geschworen, keine Namen zu bringen, solange ich es nicht erlaubt habe.«

»Okay, Sie haben recht. Wo ist die Verbindung zwischen Maria Colson, Beth Bannon und Lee.««

»Maria Colson ist aus der Bewusstlosigkeit aufgewacht.«

»Tatsächlich? Wann?«

»Hören Sie, wir haben alle Hände voll zu tun. Ich habe Ihnen diesen Namen genannt, damit sie recherchieren können. Höchstwahrscheinlich ist Nadine Getch nicht ihr richtiger Name. *Trotzdem, sie veröffentlichen nichts, ohne erst mit mir zu reden, ist das klar?«*

»Detective Garner?«

Kay Cataldo tauchte mit einer braunen Papiertüte auf,

die sie Grace gab. Die quittierte den Empfang auf einem Blatt Papier.

»Was ist da drin?«, fragte Jason mit einem Blick auf die oben geschlossene Tüte.

Er folgte ihr, als sie zu ihrem Auto ging.

»Darf ich nicht sagen.«

Sie klemmte sich hinter das Steuer und legte die Tüte auf den Boden vor dem Beifahrersitz.

»Beweisstücke?«

Sie nickte und ließ den Motor an.

»Ich muss das Maria und Lee Colson zeigen.«

Damit gab sie Gas, und David blickte ihr nach, bis die Rücklichter des Autos nicht mehr zu sehen waren.

54

Die schlimmste Erfahrung dieses Berufes war es, Eltern mitteilen zu müssen, dass ihr Kind tot war.

Grace hasste es. Sie glaubte, dass jedes Mal ein Stück von ihr starb, wenn es mal wieder so weit war. Trotz aller Kurse, die einen darauf vorbereiteten, wurde es nie einfacher. Jeder Fall war anders. Manchmal brachen die Leute zusammen, oder sie hämmerten mit den Fäusten gegen die Wand oder schrien.

Oder sie standen nur einfach da und schwiegen benommen.

Alles in ihr sträubte sich dagegen zu tun, was sie angeblich tun *musste*. Während der Fahrt zum Krankenhaus rief sie deswegen Boulder an, doch der meinte nur, es ließe sich nicht ändern.

»Es ist grausam, Stan. Es ist schon schlimm genug, dass wir sie enttäuscht haben.«

»Ich weiß, wie schwer es ist, doch es ist in diesem Stadium der Ermittlungen wichtig aus Gründen der Identifizierung. Die Spurensuche hat praktisch nichts gefunden.«

Als Grace vor dem Krankenhaus in Ballard parkte, begann der Morgen zu dämmern. Perelli wartete auf sie am Eingang der Notaufnahme.

»Lee Colson ist mit dem Priester und Dr. Binder in der Kapelle.«

Das Licht des frühen Morgens strömte durch die Buntglasfenster, als Grace und Perelli eintrafen. Als er sie erblickte, stand Lee Colson auf. Und dann stellte er die Frage, die jedem Vater erspart bleiben sollte.

»Ist mein Sohn tot?«

Grace riss sich zusammen. »Mr Colson, es hat einen Brand gegeben, bei dem der Lieferwagen Feuer fing, von dem wir wissen, dass er bei Dylans Entführung benutzt wurde. Es gibt Hinweise, dass zwei Menschen bei diesem Brand ums Leben gekommen sind.«

»Sagen Sie es einfach.«

»Hören Sie, die Identität der Toten ist noch nicht bestätigt. Wir glauben, dass ein Opfer erwachsen war und ...«

»Und das andere?«

»Es scheint ein Kleinkind zu sein. Es tut mir so leid, Ihnen das sagen zu müssen.«

Lee Colson sah nichts mehr, fühlte nichts mehr und hörte nichts mehr außer dem rauschen des Blutes in seinen Ohren. Er hatte sich innerlich auf den Tod seiner Frau vorbereitet.

Und jetzt war sein Sohn gestorben.

Was sollte er noch alles ertragen müssen? Er stöhnte gequält auf.

»Hören Sie, Mr Colson, wir wissen noch nicht alles, und bis es so weit ist, können wir uns in keiner Sache sicher sein. Sie müssen auf das Schlimmste vorbereitet sein. Aber auch stark, wegen Ihrer Frau Maria.«

Colson vergrub das Gesicht in den Händen. Der Priester, der Arzt und die Detectives schwiegen respektvoll.

»Wie lange wird es dauern, bis Sie es wissen«, fragte er schließlich.

»Wir arbeiten so schnell wie möglich, müssen aber gründlich vorgehen.«

»Wer hat das getan?«

Grace drückte ihm die Kopie des Fotos von Nadine Getchs Führerschein in die Hand.

»Kennen Sie diese Frau?«

Grace beobachtete seine Reaktion, versuchte die Körpersprache zu deuten. Colsons Atmung beschleunigte sich, als er auf das Bild blickte.

»Nein. Oder vielleicht doch. Verdammt, ich weiß es nicht.«

»Immer mit der Ruhe, Colson? Wissen Sie, wo Sie ihr begegnet sind? Können Sie uns irgendetwas über sie erzählen?«

Colson schüttelte den Kopf, und seine Gesichtszüge entgleisten.

»Sie war es! Diese Frau hat meinen Sohn ermordet! Wer ist di miese Schlampe? Ich hoffe für sie, dass sie tot ist, sonst lege ich sie um!«

Das Foto fiel zu Boden, als Colson völlig die Fassung verlor.

Es dauerte lange, bis er sich wieder zusammenriss, zumindest so weit, dass er Grace und die anderen mit dem Lift nach oben begleitete, zum Krankenzimmer seiner Frau.

Maria Colson würde etwas so Schlimmes hören wie nie zuvor in ihrem Leben.

Grace hielt die braune Papiertüte in der Hand und schluckte.

Maria Colson war wach und blickte die Besucher an, die ihr Zimmer betraten, unter ihnen auch Special Agent Kirk Dupree. Ihr Blick suchte zugleich hoffnungsvoll und ängstlich nach ihrem Baby.

»Haben Sie Dylan gefunden? Geht es ihm gut?«

»Ès ist etwas passiert, Maria«, sagte Colson.

»Ich habe die Schwestern darüber reden gehört, dass Dylan gefunden worden ist. Es wurde ihm Fernsehen gemeldet. Und dann hieß es auf einmal, der Fernseher hier sei kaputt. Sag, dass sie ihn gefunden haben, Lee.«

Tief in ihrem Inneren wusste Maria, was los war, als Lee sich auf die Bettkante setzte und ihre Hände ergriff. Seine waren schwielig von der harten Arbeit, und sie zitterten.

»Wir müssen uns auf das Schlimmste vorbereiten.«

Sie schüttelte den Kopf.

»Maria, sie haben den Lieferwagen gefunden. Es hat einen Brand gegeben, und sie gehen davon aus, dass zwei Personen darin gesessen haben, die nun tot sind. Eine Frau und – Oh Honey, es tut mir so leid – unser kleiner Junge ...«

»Nein, Lee. O nein! *Nein*!«

Ihre Schreie zerrissen allen das Herz. Colson drückte sie fest an sich.

Dr. Binder tauschte einen Blick mit einer Schwester aus. Im Moment konnte man nicht viel tun für Maria. Vielleicht war die Verabreichung eines Beruhigungsmittels angezeigt, doch trotz Binders Protesten wollten die Detectives von der Mordkommission noch nicht gehen.

Grace trat vor und zeigte Maria das Foto von Nadine Getch. »Kennen Sie diese Frau?«

Maria nickte und begann zu schluchzen. »Sie ist die, die ihn mir weggenommen hat.«

»Sind Sie sicher?«

»Ich werde ihr Gesicht und das Tattoo auf ihrem Handrücken nie vergessen.«

Grace blickte Dupree und Perelli an.

»Hatten Sie die Frau vorher schon mal gesehen, Mrs Colson?«

Sie schüttelte den Kopf.

»Es ist meine Schuld! Ich bin eine schlechte Mutter. Ich hätte Dylan niemals vor dem Laden zurücklassen dürfen.«

»Aber nein, Maria«, sagte der Priester. »Sie dürfen nicht sich die Schuld geben.«

Grace legte die Papiertüte auf den an das Krankenbett montierten drehbaren Tisch.

»Verzeihen Sie mir, aber wir tun nur, was wir tun müssen.« Grace schluckte. »Wir gehen davon aus, dass das Feuer vorsätzlich entfacht wurde. Es hat eine Explosion gegeben, durch den ein sehr viel größerer Schaden entstand als sonst bei so einem Brand.« Sie blickte ihre beiden Kollegen an, die natürlich wussten, dass *Schaden* ein Euphemismus war. Grace räusperte sich. »Sie sollten wissen, dass es manchmal lange dauert, eine Identität zu bestätigen.«

Die Colsons starrten erst die Tüte und dann Grace an, die Latex-Handschuhe überstreifte.

»Ich werde Ihnen nun ein paar Dinge zeigen, die wir am Ort des Brandes gefunden haben.«

Maria schlug eine Hand vor den Mund.

»Sie dürfen nichts anfassen, aber sehen Sie sich alles genau an und sagen Sie mir bitte, ob sie etwas wieder erkennen. Es ist sehr wichtig.

Grace zog einen blauen, vorn versengten Kinderschuh aus der Tüte, dann eine Decke mit verkohlten Rändern und ein von den Flammen geschwärztes kleines T-Shirt.

Die Sachen stanken nach Rauch.

Marias Herzschlag beschleunigte sich, als in ihr die Angst erwachte, nie wieder ein Kind bekommen zu können. Dylan hatte sie in genau diesem Krankenhaus zur Welt gebracht. Sie musste daran denken, wie in der Nacht vor Dylans Entführung der Vogel gegen die Scheibe des Schlafzimmerfensters geprallt war

Warum?

Warum werde ich bestraft?

Ihre Hände begannen zu zittern, die Gegenstände begannen vor ihren Augen zu verschwimmen. Lee schloss sie in die Arme.

Dr. Binder sprach sich gegen weitere Fragen aus.

Grace zog den Tisch ein Stück weit weg, damit Marias Tränen nicht auf die Beweisstücke fielen. »Kennen Sie diese Dinge, Mrs Colson?«

»Sie haben Dylan gehört. Ich habe sie ihm an jenem Morgen angezogen, bevor wir zu dem Eckladen aufgebrochen sind. In diesen Sachen wurde er entführt.«

55

Bei Sonnenaufgang fuhr Jason zum *Mirror* zurück.

Die Redaktion war verwaist.

Er musste an Dylan Colsons kleinen Körper denken, wahrscheinlich bis zur Unkenntlichkeit verbrannt. Er hoffte nur, dass er nicht gelitten hatte.

Warum ist das passiert? Wer war Nadine Getch? Warum hat sie das getan?

Er schwor sich, es herauszufinden. Er fuhr sich mit der Hand über das unrasierte Gesicht.

Er brauchte einen Kaffee.

Doch zuerst tippte er seine Notizen in den Computer ein. Als er fertig war, klingelte sein Handy. Es war sein Vater.

»Ich konnte dich zu Hause nicht erreichen, Jay.«

»Ich hatte zu tun. Wie kommt's, dass du auf bist zu dieser frühen Stunde?«

»Ein alter Kumpel hat mich wegen des Brandes angerufen.«

»Genau da war ich.«

»Ich möchte dir helfen.«

»Vergiss nicht, Dad, dass Boulder dir wegen deiner Lizenz gedroht hat, falls du dich noch mal in den Fall Colson einmischst.«

»Stan spielt den harten Burschen, was geht's mich an? Ich habe es mit Don durchgesprochen, dem Chef der Detektivagentur. Er sagt, dass wir auf der sicheren Seite sind, solange alles, was ich tue, mit dem Mandanten zu tun hat, und es war mein Mandant, der den Lieferwagen und das Kennzeichen fotografiert hat.«

Das stimmte, aber Jason zögerte, das Angebot seines Vaters anzunehmen, ohne zu wissen warum. Vielleicht wollte er ihn beschützen, oder er trug es ihm immer noch nach, was er wegen seines alten Herrn für viele Jahre hatte durchmachen müssen.

»Hinter uns liegen etliche verlorene Jahre, Sohnemann.«

Wohl wahr, dachte er.

»Also lass mich dir helfen.«

Lass die Vergangenheit vergangen sein. Ich brauche jede Hilfe, die ich bekommen kann.

»Also gut. Ich muss so schnell wie möglich alles über diese Person erfahren. Schreib mit.« Jason diktierte seinem alten Herrn alles, was er über Nadine Getch wusste.

»Gut, ich tue, was ich kann. Krofton hat viele Freunde bei der Polizei. Wir können schnell aktiv werden. Ich rufe an, wenn ich etwas habe.«

»Okay.«

Nach dem Telefonat machte er sich auf den Weg zur Küche, aus der ihr der Duft frisch gekochten Kaffees entgegenschlug. *Wer ist so früh schon hier?* Als er um die Ecke bog, wäre er fast mit Spangler zusammengestoßen. Er hielt einen vollen Kaffeebecher mit dem Logo der New Yorker Zeitung *Daily News* in der Hand.

»Rosemary hat mich heute Morgen angerufen. Im Fernsehen wird auch überall über diesen Brand berichtet. Was hast du erfahren?«

»Es ist der Lieferwagen, der bei der Entführung benutzt wurde. Vermutlich Brandstiftung mit zwei Toten.«

»Ist eines der Opfer Dylan Colson? Ist das eine Kombination von Mord und Selbstmord?«

»Ich weiß nicht. Bis jetzt ist noch nichts sicher.«

»Unsinn.« Spangler öffnete den obersten Knopf seines Hemdes und lockerte die Krawatte. »Sie wissen es. Hast du wieder mal einen Deal mit deinen Freunden von der Polizei? Verdammt, du enttäuschst mich. Du bist von Anfang an an der Story dran und kommst jetzt mit leeren Händen zurück?«

Vielleicht lag es an seiner Traurigkeit oder der Erschöpfung, aber Spangler hatte eine Linie überschritten, und Jason konnte es nicht mehr ertragen.

»Sie sind ein Arschloch. Dylan Colson wurde vermutlich von einer Verrückten verbrannt, und sie spucken weiter idiotische Befehle aus.«

»Was glaubst du, mit wem du redest?«

»Ich weiß, wie ich meine Arbeit zu tun habe, also lassen Sie mich in Ruhe.«

Jason machte auf dem Absatz kehrt und wollte verschwinden.

»Hey, du kannst mich nicht einfach stehen lassen, Wade. Ich bin ja nachsichtig mit dir wegen der vielen Überstunden, aber du solltest dich besser zusammenreißen, Freundchen.«

»Ich hab's satt, mir diesen Scheiß anzuhören.«

»Jetzt hör mal gut zu. Du schreibst die Artikel über Seattles größte Story, und wir müssen die Nase vorn haben. Ich bin mir der Wichtigkeit von Quellen bei der Polizei bewusst, aber wir haben bereits einen Artikel zurückgezogen wegen deiner Freunde bei den Cops. Keine Deals mehr. Und du wirst es nicht zulassen, dass die bei dieser Story jemand zuvorkommt. Also sag jetzt, sind es das Kind und seine Kidnapperin?«

Wenn er Spangler von Grace Garners Vermutung erzählte, dass es Dylan Colson und Nadine Getch waren, hatte er keine Kontrolle mehr über die Information. Er würde die Chance vertun, sie auszubauen, indem er weitere exklusive Details aus Grace herausholte.

Er musste ein paar Stunden Zeit gewinnen.

»Sie wissen nicht, wer gestorben ist. Bisher wühlen sie noch in den Trümmern herum. Es hat eine Explosion gegeben. Das Seattle Police Department wird später mehr veröffentlichen. Außerdem haben wir noch den ganzen Tag Zeit.«

»Eben nicht. Radio- Und Fernsehsender werden ständig Sondersendungen bringen. Es hat bereits begonnen. Wir müssen so schnell wie möglich auch dabei sein.«

»Sie wollen sofort etwas?«

»Für unsere Internet-Ausgabe. Dreihundert Wörter. Und heute Abend will ich alles wissen, verstanden?« Spangler wartete keine Antwort ab. »Mach dich an die Arbeit.«

An seinem Schreibtisch stürzte Jason die Hälfte des schwarzen Kaffees in seinem Becher mit einem Schluck hinunter und verputzte dann das erste von zwei Donuts, die jemand von der Nachtschicht in der Küche liegen gelassen hatte.

Sein Frühstück.

Zwanzig Minuten später hatte er den kurzen Nachrichtenbeitrag für die Website des *Mirror* fertig. Er begann:

Von JASON WADE, Seattle Mirror

Die Polizei befürchtet, dass Dylan Thomas, das Baby aus Seattle, das in einer Vorstadt entführt wurde, am frühen Morgen bei einem Brand ums Leben kam, bei dem auch die vermutliche Kidnapperin des Kleinkinds starb …

Befriedigt stellte er bei der Lektüre fest, dass er keine speziellen Einzelheiten ausgeplaudert hatte, von denen er durch Grace Garner wusste. Nachdem er den Text abgeschickt hatte, klickte er auf »Posteingang«. Sein Vater hatte ihm eine Kopie des Führerscheins von Nadine Getch geschickt.

Während er durch das Fenster auf die Stadt blickte, dachte er, dass es eine Person gab, die vielleicht Informationen über Nadine hatte.

Er schnappte sich seine Jacke und ging zu seinem Auto. Hoffentlich schaffte er es noch vor der morgendlichen Rushhour.

56

Fakten gibt es erst, wenn sie durch Beweise erhärtet sind.

Kay Cataldo war vom Ort des Brandes in ihr Labor am Airport Way zurückgekehrt. In Seattle hatte der Fall Colson absolute Priorität.

Wie im ganzen Bundesstaat Washington.

Die Antworten lagen in dem Beweismaterial verborgen, und ein großer Teil davon war in ihren Händen. Es war ihre Aufgabe, dem Rechtsmediziner vom Medical Examiner's Office zu helfen, den Fall zu klären.

Und da rief David Tanaka auch schon an. »Wir brauchen noch etwas mehr Zeit.«

Es gab große Probleme, weil von den sterblichen Überresten der beiden Toten wenig übrig war. Sie hatten Teile eines Ober- und Unterkiefers eines Erwachsenen gefunden. Ein Spezialist befasste sich damit. Sollte die Identifizierung näher rücken, konnte man die Funde mit zahnärztlichen Röntgenbildern vergleichen.

Tanaka sagte, im Blut des erwachsenen Opfers sei Kohlenmonoxid gefunden worden, was darauf hindeutete, dass das es zur Zeit des Brandes noch gelebt habe. Aber das Ischium und das Becken waren so zerstückelt, dass es schon schwierig war, auch nur das Geschlecht des Opfers zu bestimmen.

»Hat sich das mit dem Kind bestätigt, Dave?«

»Wir arbeiten noch daran.«

Unterdessen hatte sich bestätigt, dass es Brandstiftung gewesen war. Das Feuer war vorsätzlich gelegt worden unter

Verwendung eines Brandbeschleunigers. Bleifreies Benzin, an jeder Ecke zu kaufen.

Fingerabdrücke wurden verglichen worden mit denen, die im Zusammenhang mit dem Mord an Bannon entdeckt worden waren. In dem Kinderbett gefundene Haare waren eindeutig von Dylan, was bestätigte, dass er in dem Haus gewesen war.

Der Lieferwagen schien bepackt gewesen zu sein, als hätte es Pläne für einen Umzug oder einen längeren Urlaub gegeben.

Was deutete auf einen Selbstmord hin?

Der Abschiedsbrief, ein Computerausdruck, gab Fragen auf. Bisher hatten sie nichts anderes Geschriebenes von Nadine Getch, was sich als Vergleich heranziehen ließe. So war kaum abzuschätzen, wer die Sätze geschrieben hatte. In dem Haus waren weder ein Computer noch ein Drucker gefunden worden.

Würden sie sich unter den Trümmern finden?

»Aber warum?«, hatte Grace Garner am Ort des Brandes Cataldo gefragt. »Warum schreibt ein Selbstmörder einen Abschiedsbrief und packt dann den Computer und den Drucker ein? Warum sich darum noch Gedanken machen?«

»Warum entführt jemand am helllichten Tag ein Baby?«, fragte Cataldo zurück. »Das ist auch nicht zu verstehen.«

Die Erfahrung hatte sie gelehrt, dass viele Selbstmörder die Erklärung für den Suizid mit ins Grab nahmen. Aber die Umstände des Brandes deuteten auf einen weiteren entscheidenden Aspekt des Falles, auf den männlichen Verdächtigen, der mit Nadine engen Kontakt gehabt hatte.

Wer und wo war er?

Die in dem Haus gefundenen Fingerabdrücke ließen keine Rückschlüsse zu.

Cataldo atmete tief durch. So einen Fall hatte sie noch nie gehabt.

Als sie sich gerade an die Arbeit machen wollte, klingelte das Telefon erneut.

»Hier ist noch mal Tanaka. Kay, wir haben eine Entdeckung gemacht, mit der wir absolut nicht gerechnet hätten.«

57

Es war ein großes, einstöckiges Holzhaus im Lake Forest Park, einem Stadtteil von Seattle. Es stand zurückgesetzt von der Straße auf einem großen Grundstück, um das sich anscheinend ein Landschaftsarchitekt gekümmert hatte.

Über einen Plattenweg gelangt man zum Haus. Er klingelte. Joy Montgomery zog ihren Morgenmantel zusammen und schnappte nach Luft, als sie die Tür öffnete.

»*Jason Wade! Guter Gott!*«

»Tut mir leid, Sie zu stören.«

»Wie haben Sie unsere Adresse herausgefunden? Lassen Sie uns in den Garten gehen.« Sie zog ihn hinter einen Schuppen. »Bitte, Sie müssen verschwinden, mein Mann ist unter der Dusche. Ich muss ihn gleich zum Flughafen fahren.«

»Ich brauche Ihre Hilfe. Es geht um den Fall Colson. Es hat einen Brand gegeben.«

»Habe ich in den Morgennachrichten gesehen.«

»Kennen Sie eine Frau namens Nadine Getch?«

Er zeigte ihr das Foto. Sie hatte blondes Haar und ein hübsches Gesicht, doch ihr verschleierter Blick wirkte erloschen.

Joy Montgomery schlug eine Hand vor den Mund.

»Haben Sie die Frau jemals gesehen?«

Sie schaute weiter auf das Foto, sagte aber nichts.

»Bitte, Mrs Montgomery. Ich brauche Ihre Hilfe.«

»Was ich weiß, habe ich Ihnen bereits erzählt. Bitte gehen Sie jetzt.«

Es wusste, dass sie nicht die Wahrheit sagte.

»Es war ein großer Fehler, dass ich mich mit Ihnen getroffen habe«, sagte sie.

»Warum?«

»Es ist jetzt so gefährlich. Beth ist tot. Das Baby auch, nach dem Brand. Ich habe Angst.«

»Das verstehe ich, aber Sie müssen mir helfen. Dann sollten Sie darüber nachdenken, zur Polizei zu gehen, wenn Sie Angst haben.«

Sie schüttelte den Kopf.

»Warum nicht?«

»Wenn ich mit der Polizei rede, könnte die sich dafür interessieren, wie wir Emily bekommen haben.«

»Sie haben gesagt, es sei alles legal gewesen.«

»Teilwiese vielleicht doch nicht. Ich bin mir nicht sicher. Es war kompliziert, und wenn sie sich näher damit befassen ...« Sie blickte zu dem Haus hinüber. »Wenn sie uns unsere Tochter wegnehmen ...«

»Bitte, Mrs Montgomery. Denken Sie an die Colsons. Ich frage doch nur, ob Sie etwas über Nadine wissen.«

Sie schaute ihn an, dann auf das Foto.

»Ich sehe, dass Sie etwas wissen. Bitte helfen Sie mir. Dann verschwinde ich und werde ihren Namen auch nicht nennen. Ich schwöre es.«

Sie blickte von dem Foto auf und atmete tief durch.

»Vor etwa sieben oder acht Monaten war ich bei einem Treffen einer Selbsthilfegruppe, um über unsere positiven Erfahrungen mit Emily zu sprechen. Man musste da seine Identität nicht offenbaren, wie bei den Anonymen Alkoholikern. Beth war da.« Sie tippte mit einem lackierten Fingernagel auf das Foto von Nadine Getch. »Und sie auch. Sie hat ganz hinten gesessen, bestimmt hat sie kaum jemand gesehen.«

»Sind Sie sicher?«

»Ja.«

»Haben Sie mit ihr gesprochen?«

»Nein, aber ich glaube, sie hat neben Beth gesessen.«

»Warum sind Sie sich so sicher, dass sie es war?«

»Sehen Sie sich diese Augen an. Ich weiß noch, dass ich gedacht habe, dass ihr Blick so wirkt, als wäre sie innerlich tot.«

»Warum haben Sie bisher nie jemandem von ihr erzählt?«

»Weil ich bis jetzt nie mehr an sie gedacht habe.«

»Wo hat dieses Treffen stattgefunden?«

»In einem Gemeinschaftszentrum in der Nähe des Krankenhauses von Ballard.«

»Erinnern Sie sich sonst noch an etwas?«

»Es hat geregnet.«

»Moment, Sie sagten, das sei vor sieben Monaten gewesen, in Ballard, in der Nähe des Krankenhauses?«

Sie nickte.

»Dort wurde Dylan Colson geboren. Vor sieben Monaten.«

58

Es war alles nur ein böser Traum.

Schwestern, ein Arzt und Lee versicherten es ihr leise wieder und wieder.

Und doch wirkte alles so real.

Die Detectives mit seinem Schuh, dem T-Shirt, seiner Decke, alles nach Benzin, Rauch und Tod stinkend.

Seltsam, aber so waren Träume eben, es war nicht die *Wirklichkeit,* sondern ein Traum. Wie das mit dem Vogel, der gegen die Scheibe des Schlafzimmerfensters geprallt war – sie war nicht *wirklich* aufgewacht. Und sie hatte Dylan auch nicht *wirklich* in dem Kinderwagen zu Kim's Corner Store geschoben und ihn dort vor dem Laden mit Shannon Tabor zurückgelassen.

All das waren nur Bestandteile eines Traums. Es war nie passiert.

Dylan war nie entführt worden durch eine Frau, die einen Brand gelegt und ihn ermordet hatte.

Es war nicht wirklich geschehen.

Oder doch?

Und wenn es wahr war, mein Gott, bedeutete das ...

Die Wirkung des Beruhigungsmittels setzte ein.

Trotzdem, als sie die ernsten Gesichter der anderen um ihr Bett sah, wusste sie es.

Sie wusste es.

Es *war* real, *war* geschehen.

Sie träumte nicht. Sie *durchlebte* einen Albtraum.

Plötzlich wurde sie von Wut gepackt wie damals, als sie versucht hatte, die Windschutzscheibe des Lieferwagens einzuschlagen, um Dylan zu befreien. Und nun, als der Horror sie zu vernichten drohte, begehrte sie dagegen auf.

Nein.

Es konnte nicht wahr sein. Sie würde kämpfen.

Maria verlangte, dass man sie anzog und in die Kapelle brachte.

Für den Kampf mit Gott.

Sie stand selbstständig auf und schüttelte Lee und die Schwestern ab, die ihr Einhalt gebieten wollten.

»Bringt sie hin, aber es muss jemand ganz in der Nähe bleiben«, sagte Dr. Binder.

Maria kannte die Kapelle.

Dort hatte sie nach Dylans Geburt Gott gebeten, er möge über die Sicherheit und Gesundheit ihres Sohnes wachen, und nun war sie wieder hier, aber nicht, um für Gottes Hilfe zu beten, sondern um Rechenschaft von ihm zu verlangen.

Während Lee sie hielt, blickte sie auf das große Kreuz aus Eichenholz.

Wie kannst Du so etwas zulassen? Wie konntest Du uns Dylan schenken, nur, um ihn uns wieder zu nehmen? Wie konntest Du das tun?

Ich kann nicht akzeptieren, dass er tot ist. Ich kann nicht. Ich will ihn sehen, ihn in den Armen halten! Es ist nicht wahr. Ich glaube nicht, dass Du ein so grausamer Gott sein kannst. Dass du so grausam sein kannst, mir ihn zu nehmen und mich weiterleben zu lassen. Dass du mich dafür bestrafst, dass ich ihn für ein paar Sekunden allein gelassen habe.

Es waren nur ein paar Sekunden. Es tut mir so leid.

Lee drückte sie fester an sich.

Denn wenn Du ihn mir genommen hast, werde ich ihm nachfolgen, um bei ihm zu sein. Ich bin seine Mutter.

Sie sank vor dem Kreuz auf die Knie.

O Gott, ich kann nicht ohne ihn leben.

59

Vor der Kapelle, in der Maria Colson mit Gott haderte, klingelte Grace Garners Mobiltelefon.

»Wir haben einen Durchbruch«, sagte Boulder. »Der bei dem Brand ums Leben gekommene Erwachsene war ein *Mann,* und es gibt keine Hinweise darauf, dass mit ihm ein Baby verbrannt ist.«

»Überhaupt keine?«

»Nein. Schreib dir diese Nummer und das Passwort auf und benutze ein Festnetztelefon. Wir beginnen jetzt eine Telefonkonferenz mit dem FBI.«

Grace packte Perellis Arm.

Eine Schwester führte sie in ein leeres Büro. Grace schloss die Tür und klinkte sich in die Telefonkonferenz ein. Beteiligt waren das FBI, das Seattle Police Department, das King County Sheriff's Office und die Washington Highway Patrol. Weitere Strafverfolgungsbehörden sollten später informiert werden.

»Hier ist McCusker vom FBI. Wir koordinieren das hier. Zuerst erteile ich David Tanaka das Wort.«

»Das erwachsene Opfer des Brandes ist keine Frau, wie wir ursprünglich angenommen haben«, sagte Tanaka.

Grace und Perelli schauten sich überrascht an.

»Die Spurensuche hat einen Fingerabdruck in dem Haus gefunden, und wir haben einen Treffer«, fuhr Tanaka fort. »Axel Tackett, weiß, vierundvierzig Jahre. Er war auf Bewährung draußen, nachdem er wegen Drogendelikten eine Haftstrafe im Gefängnis Coyote Ridge abgesessen hatte. Wir haben seine Akte. Die Identifizierung wurde durch einen Vergleich des Gebisses mit Röntgenaufnahmen seines Zahnarztes bestätigt. Er wurde erstochen, und zwar mit einem Messer mit einer langen gezackten Klinge, das von der Spurensuche in den Trümmern der Garage gefunden wurde. Die Klinge ist identisch mit jener, mit der Beth Bannon erstochen wurde.«

Kay Cataldo meldete sich.

»Ein unter der Asche entdeckte Schuh ist ebenfalls identisch mit jenem, der auf dem Video der Überwachungskamera zu sehen ist, aufgenommen zum Zeitpunkt von Dylan Colsons Entführung. Die Abdrücke sind identisch mit denen, die im Haus an der Brimerley Lane entdeckt wurden, wo Beth Bannon ermordet wurde.«

»Tanaka hier. Wir glauben, dass Axel Tackett nicht an den Messerstichen gestorben ist, sondern während des Brandes durch eine Rauchvergiftung.«

»Was ist mit Dylan Colson?«, fragte Grace.

»Keine Spur von seinen sterblichen Überresten.«

»Überhaupt keine?«

»Nein. Auch der Suchhund hat nichts entdeckt. Tacketts Blutgruppe war B, Dylans 0, und darauf gab es am Ort des Brandes keinerlei Hinweise. Wir können davon ausgehen, dass Dylan Colson sich in dem Haus aufgehalten hat. Nichts deutet darauf hin, dass er in den Flammen gestorben ist. Absolut nichts.«

»Dann ist es möglich, dass er noch lebt?«, fragte Grace.

»Durchaus.«

»Und wenn er noch lebt, hat ihn wahrscheinlich diese Nadine Getch.«

»Wir werden eine Großfahndung nach ihr ausrufen und eine Pressekonferenz abhalten«, sagte McCusker.

Dur ein kleines Fenster sah Grace, wie Lee Colson im Flur Maria tröstete.

Grace schickte selbst ein Stoßgebet zum Himmel.

Hilf uns, Dylan zu finden.

Bevor es zu spät ist.

60

Nach der Telefonkonferenz stand Grace Garner vor einem Faxgerät des Krankenhauses. Ihr ging alles zu langsam.

Nach den neuen Erkenntnissen war sie aufgekratzt. Endlich begann das Faxgerät, Seiten auszuspucken.

Beim Seattle Police Department liefen die Telefonleitungen heiß. Alle wollten Informationen über den Brand und den Fall Colson: Überregionale Zeitungen, darunter *USA Today* und die *Washington Post,* die Fernsehsender CNN, CBS und FOX, die Nachrichtenagentur Associated Press.

Grace steckte die Seiten ein, die Boulder ihr gefaxt hatte.

Perelli, Maria und Lee erwarteten sie in einem kleinen Konferenzraum, wo es nach Möbelpolitur roch.

»Was ist passiert?«, fragte Lee, als sie eintrat. »Hat es einen Durchbruch gegeben?«

»Bitte sagen Sie es uns«, flehte Maria.

»Dylan ist nicht bei dem Brand ums Leben gekommen. Das ist die jüngste Entdeckung.«

Maria schlug eine Hand vor den Mund.

»Er lebt!«, rief Lee.

»Das ist sehr wahrscheinlich.«

»Wo ist er?«, fragte Maria. »Mein Gott, wo ist er?«

»Wir versuchen ihn zu finden, doch dafür brauchen wir Ihre Hilfe.«

Grace öffnete ihre Akte und legte ein ziemlich aktuelles Foto von Axel Tackett auf den Tisch. Sein Gesicht wirkte verbittert.

»Der Mann hat den Lieferwagen gefahren!«, sagte Maria.

»Hatten Sie ihn vorher schon einmal gesehen? Er hieß Axel Tackett.«

»Nein, nie.«

»Es ist jetzt sicher, dass Tackett bei dem Brand ums Leben gekommen ist.«

»Und wer noch?«

»Niemand.«

»Was ist mit Nadine Getch?«, fragte Maria.

»Keine Hinweise darauf, dass sie in den Flammen umgekommen sein könnte.«

Lee schaute erst Perelli, dann Grace an. »Also, wo ist unser Sohn?«

»Wir glauben, dass Nadine Getch mit Dylan auf der Flucht ist.«

Maria stöhnte gequält. »Sie müssen sie finden!«

»In ein paar Minuten beginnt eine Pressekonferenz, auf der wir eine landesweite Großfahndung ausrufen werden. Sie hat höchstens ein paar Stunden Vorsprung. Aber wir benötigen Ihre Hilfe.«

»Was können wir tun?«

Weil alle Beweise darauf hindeuten, dass Nadine Getch Beth Bannon und Axel Tackett ermordet hatte, war Lee Colson komplett gestrichen worden als denkbarer Verdächtiger.

»Ihre Fingerabdrücke auf dem Toyota, der Umschlag mit der Notiz über die Zahlung, Nadines Verbindung zu Bannon ... Sie haben einmal den Wagen für sie abgeschleppt, Mr Colson. Wenn Sie uns mehr über sie erzählen könnten, würde uns das helfen, Nadine zu finden. Können Sie uns irgendwelche Einzelheiten mitteilen.«

Grace schob Lee Fotos von Bannon und Nadine Getch zu, außerdem den Umschlag mit der Heimadresse der Colsons.«

»Denken Sie nach, Mr Colson. Wir wissen, dass Beth Bannon dabei geholfen hat, Babys zu vermitteln an Paare, die keine Kinder bekommen konnten. Außerdem wissen wir, dass Beth mit ihnen in Kontakt gekommen ist und Nadine mit Beth. Die Spurensuche hat gerade bestätigt, dass in dem Haus neben der abgebrannten Garage ein Fingerabdruck gefunden, der unserer Meinung nach von Nadine stammt.«

Colson starrte erst auf die Fotos, dann auf den an ihn adressierten Umschlag. Er studierte den Poststempel. Aus einer der hintersten Ecken seines Gehirns tauchte schemenhaft eine Erinnerung auf, die allmählich deutlicher wurde.

Prasselnder Regen.

Ein Zug und ein Laster waren zusammengestoßen.

Ein Notruf war eingegangen, direkt nach Dylans Geburt.

Doch *wann* war der Anruf gekommen?

Denk nach.

»Am Tag nach Dylans Geburt war ich in dem Krankenhaus, um ihn und Maria zu sehen, und ich bin lange geblieben. Ich erinnere mich, dass es eine kalte und sehr stürmische Nacht war. Als ich in meinem Abschleppwagen saß, kam der Notruf. Ein Laster war an einem Bahnübergang mit einem Zug zusammengestoßen.«

Colson unterbrach sich und dachte angestrengt nach.

»Moment, da waren zwei Frauen«, fuhr er fort. »Der Motor ihres Autos sprang nicht an. Da war, bevor der Notruf kam, auf dem Parkplatz des Krankenhauses. Eine der beiden Frauen war die hier.« Er tippte auf das Foto von Beth Bannon. »Es war dunkel, doch es war ein Toyota. Sie hatte die Motorhaube geöffnet. Ich habe versucht, ihr zu helfen, kriegte dem Motor aber nicht wieder ans Laufen. Ich habe sogar daran gedacht, ihn kurzzuschließen, doch dann bemerkte ich, dass das Batteriekabel sich gelockert hatte. Das war's.«

»Und Sie haben keine Rechnung gestellt?«

»Nein. Ich habe Bannon und die andere Frau in der Kabine meines Abschleppwagens sitzen lassen, damit sie nicht weiter nass wurden und sich aufwärmen konnten. Bannon wollte mich bezahlen, doch ich lehnte ab. Wir haben noch ein bisschen geplaudert, und da muss sie den Umschlag vom Armaturenbrett genommen haben. Darin war der United National Trucker's Newsletter gekommen. Das Kuvert ist ihr zufällig in die Hände gefallen, und deshalb hat sie darauf geschrieben. ›Vergiss nicht zu bezahlen.‹ Aber ich habe zu ihr gesagt, ich sei gerade Vater geworden und schwebe auf Wolke neun, ich wolle ihr Geld nicht. Sie sagte, sie würde sich umso mehr freuen für mich, weil jener Abend für sie und ihre Freundin sehr traurig gewesen sei.«

»Ihre Freundin?«

»Ja, ich habe doch gesagt, dass noch eine zweite Frau dabei war. Die hat aber nichts gesagt.«

»War es Nadine?«

»Ich weiß es nicht. Es war eine dunkle, regnerische Nacht, und ich habe ihr Gesicht nicht richtig gesehen.«

»Wie kommt's, dass Sie sich jetzt erst daran erinnern?«, fragte Perelli aggressiv.

»Ich helfe vielen Menschen. Manchmal winken mich einfach Leute an den Straßenrand, und ich nehme häufig kein Geld, wenn es nur um ein loses Batteriekabel oder eine andere Kleinigkeit geht. Ich kann mich nicht an jedes Gesicht erinnern. Außerdem war ich aufgeregt, weil Dylan gerade geboren worden war. Und wie gesagt, als ich aus dem Krankenhaus kam, meldete sich über Funk mein Einsatzleiter, und hat mich zum Ort des Unfalls geschickt. Gott sei Dank war niemand verletzt worden, aber ich musste trotzdem hin.«

Colson fügte noch hinzu, er habe sich bei der Geschichte mit den beiden Frauen damals nichts gedacht. Er sei einfach nur überglücklich gewesen, dass es trotz allem doch noch geklappt hatte mit dem Baby.

Grace blätterte in ihren Notizen und erzählte den Colsons, Beth Bannon habe in einem Gemeinschaftszentrum in Ballard eine Selbsthilfegruppe für Frau besucht, die keine Kinder bekommen konnten oder eines verloren hatten.

»Mr Colson, ich nehme an, dass die andere Frau an jenem Abend Nadine Getch war.«

»Sie glaubt, dass Dylan ihr Kind ist«, sagte Maria Colson.

Alle schauten sie an.

»Diese Nadine, die Dylan entführt hat, glaubt, er sei ihr Kind«, wiederholte sie.

Maria sah sich das Foto von Nadine noch einmal genauer an, besonders die Augen.

»Er gehört nicht dir«, flüsterte sie. »Gib ihn mir zurück.«

Colson wollte seien Frau in den Arm nehmen, doch die schüttelte ihn ab und schlug mit der Faust auf den Tisch.

»Wo bist du? Gib mir meinen Sohn zurück!«

61

Ein Insekt krabbelte über das Sensationsblättchen mit den neuesten Storys aus Hollywood, und Shirley Brewer erledigte es mit der Fliegenklatsche.

Dann fuhr sie mit der Lektüre fort, wobei sie Blätterteiggebäck aß und schwarzen Kaffee trank.

Ein weiterer fauler Morgen im Sweet Dreams & Goodnight Motel. Es stand am bewaldeten Rand eines Stadtteils, dem kaum jemand Beachtung schenkte. Das Motel mit den schäbigen Fensterrahmen, der abblätternden Farbe und den schadhaften Wasserleitungen gehörte Shirley, ihrem Ehemann, diesem arbeitslosen Nichtsnutz, und der Bank.

Wäre nicht alles zum Heulen gewesen, hätte man auch lachen können. Eben war sie noch eine achtzehnjährige Schönheit aus Tacoma gewesen, die davon geträumt hatte, Sängerin zu werden. Das schien erst gestern gewesen zu sein, die Zeit war wie im Flug vergangen. Nun, vierzig Jahre später, wog sie hundertfünfunddreißig Kilo und blies Trübsal. Wenigstens war das Gebäck gut.

Sie schaute durch das schmierige Fenster des Büros. Draußen war gerade ein Wagen vorgefahren. Ein Gast? So früh? Ausgeschlossen. Vielleicht wollte jemand nach dem Weg fragen.

Die Glöckchen über der Eingangstür bimmelten.

Eine Frau von etwa Ende zwanzig. Gute Figur. Kurz geschnittene Haare, Hut, große Sonnenbrille, die aber nicht den blauen Flecken auf ihrer linken Wange verbergen konnte.

Langjährige Erfahrung hatte Shirley gelehrt, sich ein Bild von ihren Gästen zu machen, und sie glaubte die Story dieser Frau sofort zu kennen.

»Ich möchte ein Zimmer mieten.«

Shirley warf durch das Fenster einen Blick auf das Auto.

»Für wie viele Personen?«

»Nur für mich.«

»Für wie lange?«

»Weiß ich noch nicht.«

»Eigentlich fünfundvierzig pro Übernachtung, aber zurzeit gelten bei uns Sonderpreise. Eine Werbeaktion. Dreißig pro Nacht. Wie klingt das?«

»Gut, vielen Dank.«

»Füllen Sie einfach das Anmeldeformular aus.«

Die Hände der Frau waren zerkratzt und zitterten ein bisschen.

Was die wohl durchgemacht hat, dachte Shirley.

Dann fiel ihr das Tattoo auf dem Handrücken auf.

Ein interessantes Motiv.

Die Frau trug sich ein als Jane Smith aus Spokane.

Smith, ja klar.

»Sind Sie die ganze Nacht gefahren?«

»Was?«

»Spokane ist weit weg.«

»Ja, bin ich.«

Shirley nahm den Schlüssel für Zimmer 19 von einem Haken.

»Mit Bad und einer neuen Matratze«, sagte sie. Am hinteren Ende des Hofs, angenehm leise. Sie können hinten parken. Und wenn sie durch den Wald am Rand des Grundstücks gehen, stoßen Sie auf einen Bach. Ein schattiges Plätzchen, wo man gut nachdenken kann.«

»Danke.«

»Sie haben sich bestimmt richtig entschieden.«

»Pardon?«

»Es geht mich nichts an, doch es ist offensichtlich, was passiert ist.« Shirley zeigte auf den blauen Flecken. »Er hat Sie geschlagen, also haben Sie ihn verlassen. Vielleicht ist es Ihnen schwergefallen, aber Sie haben die richtige Entscheidung getroffen, so viel ist sicher. Oder täusche ich mich?«

Jane Smith dachte ein paar Momente schweigend nach.

»Bitte sagen Sie niemandem, dass ich hier bin«, erwiderte sie schließlich. »Er hat viele Freunde, sogar bei der Polizei. Ich weiß nicht, was er tun wird, wenn er mich findet. Versprechen Sie mir, dass Sie niemandem etwas sagen.«

»Keine Sorge, hier sind Sie in Sicherheit.« Shirley senkte die Stimme. »Mein Nichtsnutz von einem Mann hat mich vor langer Zeit auch mal geschlagen, als er betrunken war. Ich hab ihm mit der Bratpfanne eins übergezogen, und er hat es nicht wieder versucht.« Sie zwinkerte. »Wie gesagt, parken Sie hinten. Niemand wird ihr Auto sehen.«

Nachdem Jane Smith verschwunden war, widmete sich Shirley wieder dem Boulevardblättchen und ihrem Frühstück.

Das war die gute Tat für heute.

Seufzend schaltete sie den kleinen Farbfernseher ein, der auf der Theke stand, um die Nachrichten zu sehen.

62

In Zimmer 19 roch es nach kaltem Zigarettenrauch, Bier und Verzweiflung.

Hinter der Anmeldung des Motels standen hohe Bäume mit dichtem Unterholz dazwischen. Der kleine Bungalow, den sie gemietet hatte, war von der Straße aus nicht zu sehen. Perfekt. Und es war ein großes Glück, dass die neugierige Kuh an der Anmeldung für eine Frau aus Spokane hielt, die von einem Mann misshandelt worden war.

Nach dem Brand war sie einfach losgefahren.

Ohne Ziel.

Ihr war klar, dass es angesichts ihrer Erschöpfung besser gewesen wäre, sich etwas hinzulegen, um hinterher wieder klar denken zu können, doch sie wusste, dass sie keinen Schlaf finden würde, bevor sie sich nicht darüber klar geworden war, was sie tun musste.

Sie hatte Angst.

Alles war schiefgegangen. Alle hatten sie angelogen. Sie vertraute niemandem. Sie musste die Wahrheit herausfinden. Als sie aus dem Auto geholt hatte, was sie benötigte, zog sie die Vorhänge zu.

Ihre Hände zitterten immer noch.

Sie wusch sie sich, schaute sich im Spiegel an und berührte den blauen Flecken auf der Wange. Axel hatte es geschafft, einmal zuzuschlagen. *Ein letztes Mal.* Er hatte sie betrogen.

Warum hast du mich angelogen, Axel? Ich habe dir vertraut. Dich geliebt. Mit dir den Traum von einem neuen

Leben geträumt. Aber du warst genau wie die anderen. Wann werde ich lernen, dass ich nur mir selbst trauen kann?

Es war alles so schnell passiert. Ihr war keine andere Wahl geblieben. In den Tagen vor der geplanten Abreise war ihr einmal aufgefallen, dass er seinen Computer eingeschaltet gelassen hatte, und sie hatte seine rätselhaften Dateien gelesen. Und am letzten Abend, als sie den Wagen für die Abreise bepackten, hatte sie von seinem Plan erfahren.

Das muss ein Witz sein, hatte sie gedacht.

Oder hatte er wirklich vor, sie zu *ermorden* und es wie einen Selbstmord zu inszenieren, um dann Dylan auf dem Schwarzen Markt in Vancouver, British Columbia, für fünfundzwanzigtausend Dollar zu verkaufen und es so aussehen zu lassen, als wären sie und das Baby beide bei einem Brand ums Leben gekommen?

Sie war völlig verdutzt, durfte sich aber nichts anmerken lassen.

Unter ihrer Bluse hatte sie ein Messer in den Bund ihrer Hose geschoben.

Als Axel sie in die Garage rief, um ihr »eine Überraschung« zu zeigen, war sie darauf vorbereitet, ihn zu überraschen. Und als sie das Benzin und roch und sah, wie Axel die Hände hob, um ihr eine Plastiktüte über den Kopf zu ziehen, reagierte sie sofort.

Im Gegensatz zu ihm.

Sie bohrte ihm die Klinge tief in den Bauch, zog sie heraus und stach wieder und wieder zu. Er konnte noch einmal zuschlagen, bevor er blutüberströmt zusammenbrach. Vergeblich bettelte er um Gnade, während sie ihn in den Lieferwagen hievte und vollendete, was er für sie geplant hatte.

Lügner!

Die Garage begann in Flammen aufzugehen.

Axel war wie Beth Bannon. Was die getan hatte, war auch unverzeihlich.

Teuflisch.

Selbst als Nadine ihr die Chance gegeben hatte, ihr zu verzeihen, wenn sie es gestand, hatte sie weiter gelogen.

Warum lügen mich so viele Menschen an? Warum geben sie immer vor, mit mir befreundet zu sein, nur um mich dann anzulügen

Sie verstand es nicht.

Als sie in Seattle eintraf, war sie allein und hatte Probleme. Sie suchte Hilfe in Krankenhäusern und bei Selbsthilfegruppen. So hatte sie Beth kennengelernt, bei einer Veranstaltung für Mütter, die ein Kind verloren hatten.

»Ich werde dir helfen, Nadine. Versprochen.«

Aber Beth log.

Nadine hatte herausgefunden, dass Beth Babys vermittelte an Paare, die Gott nicht für geeignet hielt, um eigene Kinder zu bekommen.

Nadine fühlte sich betrogen.

Es war ihr nichts anderes übrig geblieben, als Beth zu dem Haus in North Seattle zu folgen und sie zur Rede zu stellen. Beth war geschockt, als sie an diesem Abend plötzlich vor der Tür stand, versuchte aber, sich cool und lässig zu geben. Sie gab vor, ihr auch weiter helfen zu wollen, weigerte sich aber, die Wahrheit einzugestehen, nachdem Nadine sie damit konfrontiert hatte. Gott allein wusste, wie sehr sie versucht hatte, Beth eine Chance zu geben, um die Dinge richtigzustellen.

Aber Beth weigerte sich und ließ Nadine keine andere Wahl.

Manche Leute reagierten besser auf eine Drohung.

Doch selbst als Nadine sie mit dem Messer bedrohte, gab sie sich weiter ruhig und verständnisvoll.

Als hätte Nadine die Wahrheit nicht begriffen.

Und dabei war doch Beth die Lügnerin.

Vor ihrem inneren Auge sah Nadine wieder und wieder, was sich angespielt hatte an jenem Abend.

Beth hatte sich gerade Popcorn gemacht und saß damit vor dem Fernseher, um eine Serie zu gucken.

»Wir müssen sofort reden, Beth. Ich habe dir erzählt, dass ich allein und schwanger war, als ich nach Seattle kam.«

»Ja, hast du.«

»Das Krankenhaus hat mir mein Baby weggenommen und es einem fremden Paar gegeben.«

»Ja, das hast du gesagt, aber ich bin mir nicht sicher …«

»Lügnerin! Du kennst die Wahrheit. Das Krankenhaus hat mir das Baby direkt nach der Geburt weggenommen und es dir gegeben.«

»Mir? Nein, das ist nicht wahr.«

»Und dann hast du mein Baby ebenfalls weggegeben.«

»Das stimmt nicht, Nadine. Leg jetzt bitte das Messer weg und hör zu.«

»Nein! Du hörst mir zu! Erzähl mir, wer mein Baby hat!«

»Niemand hat dein Baby. Bitte leg jetzt das Messer weg.«

»Wo ist mein Kind, Beth.«

»Ich schwöre dir, ich weiß es nicht.«

»Du bist eine verlogene Schlampe! Eine dumme, verlogene Schlampe!«

»Ich kann dir helfen, Nadine.«

»Wo ist mein Baby? Du hast es genommen und weggegeben!«

Nein.«

Nadine war außerstande, noch eine weitere Lüge zu ertragen, und stach zu.

Beth schrie auf.

»Bitte, hör auf.«

»DU hast mein Baby an jenem regnerischen Abend diesem Fahrer von dem Abschleppdienst gegeben.«

»Bitte lass es. Ich weiß nicht, wovon du redest.«

Nadine stach erneut zu.

»Wie heißt er. Wo wohnt er? Ich habe mitgehört, was du an jenem Abend gesagt hast. Du hast über sein neues Baby gesprochen, darüber, wie glücklich er sein könne. Du hast von Geld geredet. Ich habe gesehen, wie du etwas auf einen Umschlag geschrieben hast. Na los, rede!«

Nadine stach ein drittes Mal zu, und Beth brach zusammen.

»Bitte hilf mir.«

»Hör auf zu lügen!«

Nadine stach wie von Sinnen immer wieder zu, bis das Blut in alle Richtungen spritzte, doch Beth wollte immer noch nicht die Wahrheit sagen.

»Jetzt liegst du da und kratzt ab, Beth Bannon.«

Nadine wusch sich die Hände uns säuberte die Klinge des Messers, bevor sie Beth Bannons Akten an sich nahm.

Und hier waren sie.

Nadine wandte sich den drei Kartons mit Akten zu, die sie zusammen mit Axels Laptop aus dem Auto in ihr Motelzimmer gebracht hatte.

Nachdem sie Beth getötet hatte, hatte Nadine ihre Papiere

durchsucht und den Umschlag mit der Adresse gefunden, die sie zum Haus der Colsons in Ballard geführt hatte.

Sieh an, es stimmt also.

Die Colsons hatten ihr Baby, doch sie würde es bald befreien. Das sagte sie sich immer wieder, als sie die Colsons zu beobachten begann.

Lügner! Alles Lügner!

Doch so oft sie Beth Bannons Dokumente auch durchsuchte, sie fand nie die Papiere, die bewiesen, dass Dylan ihr Sohn war.

»Ich werde jetzt angestrengt suchen, bis ich die Unterlagen finde, die ein für alle Male jeden Zweifel aufräumen. Hörst du, mein Süßer?«

Sie beugte sich über das Bett und küsste den schlafenden Dylan.

»Verstehst du, alle haben versucht, dich mir wegzunehmen. Sie haben alle gelogen und sind alle tot. Aber wir beide werden für immer zusammenbleiben. Für immer.«

Nadine summte vor sich hin, während sie die Akten durchforstete.

63

Jason war auf dem Rückweg von Joy Montgomerys Haus nach Ballard. Er musste Nadines Foto den Nachbarn der Colsons zeigen, vielleicht auch den beiden Supermarktkassiererinnen und den Mitarbeitern des Abschleppdienstes.

Als er gerade die nächsten Schritte plante, klingelte sein Mobiltelefon.

»Grace Garner hier. Sie sind der Erste, der davon erfährt. Wir glauben, dass Dylan Colson noch lebt.«

»Was? Moment.« Er fuhr an den Straßenrand und hielt. »Sagen Sie das noch mal.«

»Am Ort des Brandes wurden die leiblichen Überreste des Babys nicht gefunden.«

»Und wer ist dann gestorben?«

»Nadines Freund. Ein ehemaliger Häftling namens Axel Tackett. Ich muss jetzt Schluss machen.«

»Moment noch. Buchstabieren Sie den Namen, und geben Sie mir sein Geburtsdatum.« Nachdem er die Information notiert hatte, fragte er: »Wo ist Dylan?«

»Wir nehmen an, dass Nadine mit ihm geflohen ist, nachdem sie den Brand gelegt hatte.«

»Sie hat Tackett ermordet?«

»Sie ist die Hauptverdächtige.«

»Auch für den Mord an Beth Bannon?«

»Ja.«

»Wo könnte sie sein? Haben Sie eine Spur?«

»Wir arbeiten daran. Es wird alles bald bekannt gegeben auf einer Pressekonferenz. Wir sehen uns da. Sie haben die Exklusivinformation. Ich muss jetzt auflegen.«

»Moment noch. Was ist mit Lee Colson? Gilt er noch als Verdächtiger?«

»Nein.«

»Kann ich das alles schreiben?«

»Ja, und jetzt sind wir quitt.«

»Zumindest fast.«

»Sehr witzig.«

Jason rief in der Redaktion an und gab die Neuigkeiten durch, damit die sofort auf die Website des *Mirror* gestellt werden konnten. Dann rief er Spangler an, ohne Erfolg. Er hinterließ eine Nachricht auf dem Anrufbeantworter, in welcher er ihn über die Neuigkeiten informierte und ihn bat, dafür zu sorgen, dass sorgfältig der Polizeifunk abgehört wurde.

Kurz darauf klingelte das Handy erneut.

»Wir müssen uns sofort treffen, Jay«, sagte sein alter Herr.

»Nicht jetzt, Dad. Es hat gerade einen großen Durchbruch gegeben.«

»Ich habe etwas, das ich dir zeigen muss.«

»Was?«

»Unterlagen der Polizei, eines Gefängnisses und eines psychiatrischen Krankenhauses über Nadine Lasher. Das ist ihr richtiger Name. Nadine Sienna Lasher.«

Zwanzig Minuten später saß Jason seinem Vater in einer Nische von Fat Ray's Diner gegenüber, einem Schnellrestaurant in der Nähe der University of Washington.

Sein alter Herr reichte ihm die versprochenen Unterlagen und gab Zucker in seinen Kaffee. »Sie ist eine in Toronto geborene Kanadierin.«

»Ich sehe es hier. Das ist Dynamit. Wie bist du so schnell an das Material herangekommen?«

»Krofton hat gute Verbindungen. Die Detektivagentur hat die Informationen schnell bekommen durch einen Verbindungsmann des FBI in der amerikanischen Botschaft in Ottawa. Aber du kannst darauf wetten, dass das FBI und das Seattle Police Department, das ebenfalls bekommen haben. Und noch mehr.«

Während Jason die Unterlagen studierte, verdichteten sich die Informationen zu einer faszinierenden Story.

Nur Stunden nach ihrer Geburt war Nadine Lasher im Eingang einer Kirche in der Innenstadt von Toronto gefunden worden, eingewickelt in eine abgetragene und zerrissene Skijacke.

Für sie war die Sozialfürsorge zuständig, und aufgewachsen war sie in einer Reihe von Pflegefamilien, wo sie zuweilen missbraucht wurde. Mit dreiundzwanzig war sie eine völlig vereinsamte Verkäuferin in einem Souvenirladen, die seltsamerweise immer noch bei moralisch rigorosen Pflegeeltern wohnte.

Sie hatte eine Affäre mit einem verheirateten Aktienhändler und wurde schwanger. Er brach sein Versprechen, seine Frau zu verlassen und sie zu heiraten. Nachdem er verlangt hatte, Nadine solle das Kind abtreiben, brach er die Beziehung ab.

Nadine trieb nicht ab, unternahm aber einen Selbstmordversuch.

Als die Pflegeeltern von der Affäre und der Schwangerschaft erfuhren, waren sie entsetzt und beschämt. Sie schickten Nadine zu Verwandten in Niagara Falls, wo sie einen Sohn zur Welt brachte. Danach verlangten die Pflegeeltern, sie solle das Baby zur Adoption freigeben.

Nadine stimmte zu, hielt aber heimlich Kontakt zu den Adoptiveltern. Zu dieser Zeit unterzog sie sich, ohne dass jemand davon wusste, einer psychiatrischen Behandlung, wegen Drogenmissbrauchs und weil sie an Wahnvorstellungen litt.

Unterdessen hatten die Pflegeeltern sich damit einverstanden erklärt, dass Nadine das Kind gelegentlich besuchen durfte.

Während eines Besuchs bei ihrem Sohn entführte ihn Nadine und floh mit ihm. Bei einer Großfahndung der Polizei mit Suchhunden und Helikoptern, unterstützt von Freiwilligen, führte die Spur schließlich in eine abgelegene Gegend nördlich von Toronto, wo Nadine allein am Ufer eines abgelegenen Sees entdeckt wurde.

Sie saß dort und summte ein Wiegenlied vor sich hin.

Das Baby wurde nicht gefunden, Taucher suchten den Grund des Sees ab. Die Polizei suchte drei Tage, doch es wurde keine Leiche gefunden.

In der Untersuchungshaft erzählte Nadine den Detectives, der Vater des Kindes habe sie angelogen, ihre Pflegeeltern hätten sie gezwungen, das Baby zur Adoption freizugeben. Und die Adoptiveltern hätten es ihr weggenommen.

»Wie könnte das Baby jemals glücklich sein ohne seine leibliche Mutter?«, fragte sie die Polizisten, die wegen Mordes ermittelten.

Während des Gerichtsverfahrens schilderte sie die Entführung, sagte aber, sie habe keine Erinnerung an den Verbleib ihres Kindes. Nach einer dreitägigen Verhandlung, bekam Nadine Sienna Lasher wegen ihrer psychischen Erkrankung zur Zeit der Taten mildernde Umstände. Sie wurde zu einer fünfjährigen Gefängnisstrafe verurteilt.

Nach dem ersten Jahr in einem Gefängnis für psychisch Kranke erlitt sie mehrere psychotische Schübe. Sie ließ die Polizei rufen und verkündete, sie habe noch mehr zu sagen.

In einem langen, emotionslos vorgetragenen Monolog gab sie anderen an allem die Schuld. Sie sei immer nur angelogen worden und sei sich sicher, dass die Adoptiveltern mit dem Kind so weit wie möglich wegziehen würden.

»Ich wusste, dass ich meinen Jungen nie wieder sehen würde, und deshalb habe ich mich um ihn gekümmert.«

»Was haben Sie denn getan?«

»Ich habe mein Baby zum Himmel auffahren lassen.«

»Wo?«

Nördlich von Toronto, doch weit entfernt von der Stelle, wo sie am Ufer des Sees gefunden worden war, führte Nadine die Polizisten in einem Wald zu einer Lichtung, wo sie auf einen glänzenden, herzförmigen Stein zeigte, umgeben von wilden Blumen.

Eine Autopsie bestätigte, dass das Baby begraben worden war.

Lebend.

64

Überall in den Vereinigten Staaten strahlten Fernsehsender Fotos von Nadine Lasher, Dylan Colson, Axel Tackett und Beth Bannon aus.

Im Laufe des Vormittags wurde Nadine Lasher alias Nadine Getch zur meistgesuchten flüchtigen Person im ganzen Land wegen der Entführung von Richard Colson und des Mordes an Beth Shannon und Axel Tackett.

Die Polizei vermutete, dass sie sich im Großraum Seattle aufhielt, und bat die Öffentlichkeit um Mithilfe bei der Suche.

»Sie ist wahrscheinlich bewaffnet und gefährlich«, warnte Agent McCusker vor über hundert Journalisten auf der Pressekonferenz, die gemeinsam vom FBI, dem Seattle Police Department und dem King County Sheriff's Office veranstaltet wurde. »Jetzt werden Dylans Eltern, Lee und Maria Colson, ein paar Worte an Sie richten. Fragen werden sie nicht beantworten.«

Die Spannung stieg, Blitzlichter flammten auf.

Die Colsons saßen vor einer Unzahl von Mikrofonen und Aufnahmegeräten, mit gesenkten Köpfen und sich bei den Händen haltend. Maria trug ein bedrucktes Kopftuch, damit man die vernähten Wunden nicht sah. Lee war unrasiert. Hinter ihnen standen Verwandte und Freunde.

»Dylan ist unser Ein und Alles«, sagte Maria. »Bitte, Miss Getch, wenn Sie mich hören ... Ich flehe Sie an, bitte, lassen Sie unseren Jungen frei.«

Sie schlug eine Hand vor ihr Gesicht und vergrub den Kopf dann an Lees Brust. Das nächste Blitzlichtgewitter. Das war *das* Foto des Tages. Ein Bild seelischen Schmerzes. Die Mutter eines entführten Kindes flehte eine flüchtige Kidnapperin und Mordverdächtige an.

Lee räusperte sich. »Miss Getch, Dylan ist unser Sohn. Wir wissen, dass Sie sich gut um ihn kümmern und dass Sie nicht die Absicht haben, ihm etwas anzutun. Bitte, lassen Sie ihn frei. Bitte. Vielen Dank.«

Die Colsons gingen, und McCusker beendete die Veranstaltung mit einer Personenbeschreibung.

»Wir bitten jeden, der etwas weiß über den Aufenthaltsort von Nadine Lasher und Dylan Colson, sich umgehend bei der Polizei zu melden«, sagte er. »Wir sind nur einen Anruf davon entfernt, Dylan zu finden und ihn seinen Eltern zurückzugeben.«

65

»Ihr seid beide Lügner!«, schrie Nadine, als Lee und Maria Colson im Fernsehen bettelten, sie möge Dylan freilassen. Sie blickte sich panisch in dem Motelzimmer um. Bald würde die Polizei da sein.

Dylan lag schlafen auf dem Bett.«

»Du gehörst mir. Sie können dich mir nicht wegnehmen.«

Auf dem stinkenden Teppichboden lagen überall Akten, Notizen, verstreute Papiere.

Sie hatte Beth Bannons Materialien durchsucht und war nicht fündig geworden.

Warum nicht?

Schmerzhafte Erinnerungen an ihre Ankunft in Seattle, einsam, verängstigt, schwanger. Sie hatte ihren Sohn zur Welt gebracht, doch sie wollten ihn sie nicht sehen lassen.

Warum?

Nun, sie hatte es herausgefunden. Es musste gewesen sein wie beim letzten Mal. Sie hatten ihn einem kinderlosen Ehepaar gegeben. Und sie würde nicht zulassen, dass es noch einmal passierte. Sie hatte Beth alles erzählt und sie angefleht, ihr bei der Suche nach ihrem Baby zu helfen.

Wer hatte ihren Jungen?

Beth musste es wissen.

Sie half Menschen, Babys zu finden.

Auch Axel hätte ihr helfen sollen. Deshalb hatte sie ihm vor der Entlassung ins Gefängnis geschrieben. Er glaubte an sie, teilte ihren Traum, zusammen und mit dem Baby ein neues

Leben zu beginnen. So war es gewesen, bis sie herausfand, dass alle und Maria Colson ihren Jungen gestohlen hatten

Sie wühlte in den Papieren auf der Suche nach einem Schriftstück, das es beweisen würde. Tränen traten ihr in die Augen. Warum fand sie es nicht? Sie konnte es nicht zulassen, dass sie ihr ihren Jungen wegnahmen

Was ist das?

Eine handschriftliche Notiz, geschrieben von Beth. Sie setzte sich auf den Boden und las, wollte es nicht glauben. Es war wie ein Tiefschlag.

Ich mache mir große Sorgen um Nadine. Sie ist psychisch labil und besteht darauf, hier in Washington innerhalb des letzten Jahres einen Jungen zur Welt gebracht zu haben, doch das ist einfach nicht wahr. Ich weiß wenig über ihre Vergangenheit, aber ihre Hirngespinste und Wahnvorstellungen sind verstörend. Sie braucht Hilfe.

Nadine schnappte nach Luft.

Psychisch labil. Hirngespinste. Wahnvorstellungen.

Wie hatte Beth so etwas Verletzendes schreiben können?

»Das ist mein Sohn da auf dem Bett, Beth! Er ist kein Hirngespinst!«

Was war das?

Eine Sirene.

Wurde sie lauter oder leiser?

Sie konnte es nicht riskieren und zu warten, um es herauszufinden. Niemand durfte sie daran hindern, mit ihrem Kind zusammen zu sein. Sie stand auf, wischte sich die Tränen aus den Augen, wickelte Dylan in eine Decke und verschwand mit ihm.

Kurz darauf trat sie in den kühlen, dunklen Wald. Sie folgte dem Pfad, der sich einen Hügel hinabschlängelte. Dann hörte sie das Rauschen des Wassers. Sie näherte sich dem Strom und damit einer endgültigen Entscheidung.

Der Wald war eine abgelegene Zuflucht innerhalb von Seattle, es war niemand zu sehen.

Nichts als Bäume und der Fluss, das Rauschen des Wassers übertönte die Geräusche der Stadt.

Nadine stand am Rande des Wassers, mit Dylan in den Armen und Tränen in den Augen.

Sie hatte die Lügen so satt, war es leid, um etwas kämpfen zu müssen, das ihr gehörte. Sie spürte Dylans warmen Körper und schaute auf sein süßes Gesicht.

Nun verstand sie genau, was er war.

Er war ihr kleiner Engel aus der schlechten Zeit, de aus dem Himmel zur Erde zurückgekehrt war.

Er hatte ihre Gebete erhört und war zurückgekommen, um sie mit sich zu nehmen.

Langsam streifte sie die Schuhe ab.

Der feuchte Schlamm am Ufer war kühl unter ihren Füßen.

Es war wie eine *Befreiung*. Wie ein Traum.

Ihr Traum. Ihrer beider Traum.

Sie würden sich in einem schönen kleinen Haus an der Küste von Oregon niederlassen, mit einer Veranda, wo es eine Hollywoodschaukel geben würde, auf der sie an langen Sommerabenden mit Axel Limonade schlürfen und zum Sternenhimmel aufblicken würde.

Sie würden einen schönen Garten mit alten Bäumen hinter dem Haus haben, wo das Kind spielen konnte. Ihm einen

Handschuh samt Baseball und einen Football kaufen, damit Axel mit ihm spielen konnte. Sie würde Fangen mit ihm spielen Und am Wochenende würden sie aufs Land fahren, um zu picknicken, wilde Blumen zu pflücken und in einem Bach zu waten. Geburtstage, Weihnachten, alles würde ein Traum sein, wie in den illustrierten.

Sie würden die Musterfamilie sein, von der Nadine immer geträumt hatte, seit sie ein kleines Mädchen gewesen war. Und in einem Haus leben, das sie in ihren Träumen viele Male gesehen hatte.

Es würde einen großen Kamin geben, an dem sie an stürmischen Abenden sitzen und dem Regen lauschen würden, wie an den langen Winterabenden. Und es würde eine große Küche geben, wo sie ihre Liebsten mit den besten Mahlzeiten verwöhnen würde.

Dorthin würden sie nun aufbrechen.

Bald stand sie bis zu den Knien im Wasser, dann bis zur Hüfte.

Dylan wand sich in ihren Armen.

Die Farben seiner Decke, ihrer Hose und ihrer Bluse wirkten irreal vor dem Hintergrund des dunklen Wassers und dem Grün der Bäume. Sie ging weiter, fühlte die glitschigen Steine unter ihren Füßen, die Strömung.

Dylan wurde wach.

»Pst. Wir sind fast zu Hause, mein Engel.«

66

Der Mund. Das Kinn. Die Tätowierung eines Schmetterlings, der sich in einem Spinnennetz verfangen hat.

Heiliger Bimbam, war diese Jane Smith, der sie das Zimmer vermietet hatte, die Frau aus dem Fernsehen, nach der die Polizei fahndete?

Shirley Brewer riss den Blick von dem Bildschirm los und schaute auf den Zweitschlüssel für Zimmer 19, dann auf das Telefon. Schließlich nahm sie sich noch einmal das Anmeldeformular vor.

Jane Smith. Mit einem blauen Flecken auf der Wange und zerkratzten Händen.

Sie hatte geglaubt, die Frau sei geschlagen worden und vor einem Mann davongelaufen. Nein, das konnte nicht diese »Nadine« sein, nach der die Cops suchten. Oder doch? Sie hatte kein Baby dabei. *Aber diese Tätowierung auf dem Handrücken.*

Also gut.

Bevor sie die Polizei anrief, würde sie das überprüfen, nur um sicherzugehen.

Stöhnend griff sie nach ihrem Krückstock und dem Schlüssel. Dann ging sie zu einem Lagerraum, um ein paar saubere Handtücher zu holen und ihre Gedanken zu sammeln. Ja, sie würde der Sache nachgehen, Was war schon dabei. Und es war sinnlos, die Polizei anzurufen, wenn es doch nicht diese Nadine war.

Und Shirley betete, dass sie es nicht war.

Guter Gott. Zwei Morde, ein verschwundenes Baby.

Ihr war unbehaglich zumute, aber sie hatte keine Angst.

Sie hatte schon mit allen möglichen zwielichtigen Typen zu tun gehabt und gelernt, dass dieses Geschäft nichts für Leute mit schwachen Nerven war.

Die geschwollenen Beine machen dir mehr und mehr zu schaffen, dachte sie, während sie den verwaisten Hof durchquerte. Als sie den kleinen Bungalow bei den Bäumen erreichte, sah sie Jane Smith' blauen Ford Focus und prägte sich das Kennzeichen ein.

Der Wagen war nicht abgeschlossen, die Fensterscheiben waren herabgelassen. Seltsam. Sie blickte in das Wageninnere. Nichts Ungewöhnliches, doch dann sah sie das Schild der Autovermietung.

Sie klopfte an die Tür des Motelzimmers.

»Miss Smith? Ich wollte Ihnen ein paar frische Handtücher bringen.«

Keine Reaktion.

»Miss Smith?«

Sie klopfte erneut. Die Vorhänge waren nicht ganz zugezogen, und sie warf einen Blick in das Zimmer. Wo konnte sie sein? Eine leichte Brise strich durch die Baumwipfel. Vielleicht war sie im Wald, machte einen Spaziergang zu dem Wasserlauf.

Sie schloss die Tür auf und trat ein.

»Hallo, Miss Smith, ich bringe Ihnen frische Handtücher.«

Ihr fiel die Kinnlade herunter.

Guter Gott.

Überall verstreute Papiere, auf dem Boden, dem Nachttisch, dem Stuhl, dem Schreibtisch, dem Bett. Ein Laptop, ein offener Koffer. Was für ein Chaos. Etwas stimmte nicht.

Sie trat an das Bett und sah ein Fläschchen und eine Packung Windeln. Sie schnappte nach Luft.

Also hat sie doch ein Baby dabei.

Sie hatte sich mit Säufern, Drogensüchtigen, Nutten und Zuhältern herumgeschlagen, mit dem ganzen furchterregenden Abschaum, der in solchen Motels landete. Doch jetzt bekam sie es wirklich mit der Angst zu tun, als ihr Blick auf den Spiegel fiel. Darauf war mit Lippenstift geschrieben:

Er ist mein Baby!

Sie wollte sofort die Polizei rufen und griff nach dem Telefon.

Und dann hätte sie fast einen Herzstillstand erlitten.

»Was haben Sie in meinem Zimmer zu suchen?«

Nadine stand in der Tür.

»Oh, Miss Smith, Sie haben mir einen Schreck eingejagt! Ich wollte Ihnen nur frische Handtücher bringen.« Shirley musterte die Frau. »Mein Gott, Sie sind ja klatschnass.«

Nadine sagte nichts. Von ihren Haaren und der Kleidung tropfte Wasser auf den Teppichboden, und als sie der Frau in die Augen blickte, war ihr klar, dass diese Bescheid wusste.

Shirley schluckte. »Wo ist das Baby?«

Nadine war verloren in einer Trance und starrte ins Leere.

»Wo ist das Baby?«, wiederholte Shirley.

»Er ist mein Junge.«

»Ich würde ihn gern sehen.«

»Er ist in Sicherheit. Er wird immer in Sicherheit sein.«

»Wo ist er?«

»Hallo?«, ertönte von draußen aus der Ferne die Stimme eines Mannes. »Hallo, Miss?«

In dem Augenblick schnappte sich Nadine eine kleine Reisetasche, rannte nach draußen und stieg in ihr Auto.

»Halt!« Shirley humpelte hinter ihr her. Die Frau hatte die Tür schon zugeschlagen und den Motor angelassen. »Bitte warten Sie!«

Nadine raste mit quietschenden Reifen davon.

»Halt, Miss!«

Ein Mann trat zwischen den Bäumen hervor. Mitte vierzig, Brille, Baseballkappe, Bart. Auch seine Kleidungsstücke waren durchnässt.

»Was zum Teufel ist hier los?« Er schaute Shirley verwirrt an.

»Ich bin unten am Wasser, um Vögel zu fotografieren, und sehe diese Frau im Sucher meiner Kamera. Ich habe gedacht, sie würde ertrinken, und bin zu ihr geeilt, um ihr zu helfen, doch bevor ich bei ihr war, ist sie weggerannt. Ma'am?«

Shirley sprach wieder und wieder laut das Kennzeichen vor sich hin, während sie so schnell wie möglich zurück zur Rezeption ging. Dort griff Sie nach dem Telefon und wählte die Notrufnummer.

»Mein Gott, beeilen sie sich!«, sagte sie, obwohl die Verbindung noch gar nicht stand.

Der Mann war ihr gefolgt. »Was zum Teufel ist los? Alles in Ordnung mit der Frau?«

Shirley zeigte mit dem Krückstock auf den Vogelliebhaber. »Gehen Sie zurück zum Wasser, und suchen Sie nach einem Baby!«

»Was?«

»Sie sollen nach einem Baby suchen!«

Am anderen Ende wurde abgenommen. »Hallo, Polizei? Hier ist das Sweet Dreams & Goodnight Motel. Mein Gott, schicken Sie sofort ...«

67

Jason Wade war jetzt im Bilde über Nadines Vergangenheit. Jetzt hatte sie zwei weitere Menschen ermordet, und seine Hoffnung schwand, dass Dylan Colson noch lebend gefunden werden würde.

Wenn Sie ihn überhaupt finden.

Der Raum hatte sich geleert seit dem Ende der Pressekonferenz. Die meisten Journalisten, Fotografen und Kameraleute waren verschwunden, nur ein paar Nachzügler telefonierten noch mit ihren Handys. Er musste einen Augenblick mit allein mit Grace Garner reden, hatte sie aber aus den Augen verloren.

Sein Mobiltelefon klingelte.

»Spangler hier. Die Eltern waren hinreißend. Was hast du zu bieten.«

Er entfernte sich, bis er außer Hörweite war. Und beschloss, dass es an der Zeit war, Spangler alles zu erzählen. »Eine sensationelle, biografische Exklusivstory über Nadines Vergangenheit.«

»Ich höre.«

»Früher hat sie in Toronto schon einmal ein Baby entführt. Und es getötet. Ich habe offizielle Unterlagen über sie aus Kanada.«

»*Was?* Her damit, ich will sie sofort sehen.«

»Ich faxe Ihnen die wichtigsten Seiten.«

»Schnapp dir die Eltern. Als Nächstes will ich eine Exklusivstory über die Colsons!«

»Sie sind nicht mehr hier.«

»Dann suchst du sie eben, Wade! Lass uns jetzt nicht hängen!«

Garner müsste es wissen, dachte er nach dem Ende des Telefonats. Aber wo war sie? Er brauchte sie. Die Zeit arbeitete gegen sie. Nate Hodge, der Fotograf des *Mirror,* war hier und diskutierte am Telefon mit Bitner aus der Bildredaktion über seine Schnappschüsse.

Jason packte seine Schulter. »Nate, hast du gesehen, in welche Richtung Grace Garner und die Colsons verschwunden sind?«

Hodge zeigte nach rechts den Gang hinab. Münzen klirrten in seinen Taschen, während er den Korridor hinabrannte, und als er um eine Ecke bog, rannten Perelli und Dupree mit besorgten Mienen in der entgegengesetzten Richtung an ihm vorbei, eine Duftwolke von Aftershave hinter sich her ziehend.

Irgendwas ist passiert, dachte er. Als er sich umdrehte, um den beiden nachzublicken, stand plötzlich Garner vor ihm, und auch sie wirkte sehr angespannt.

»Ich muss mit Ihnen über Nadines Vorgeschichte reden«, sagte er. »Über Toronto.«

»Nicht jetzt, Wade!«

»Bitte, ich muss zwei Minuten mit den Colsons allein sein.«

»Verdammt, Wade, nicht jetzt. Es ist etwas geschehen.«

»Was?«

Sie antwortete nicht und rannte zur Feuertreppe. Als er hinter ihr her eilte, sah er Lee Colson am Ende des Ganges in eine Toilette treten.

Hodge rief ihm etwas nach, doch er folgte Colson. Der stand vornübergebeugt vor dem Waschbecken und spritzte sich mit zitternden Händen Wasser ins Gesicht. Als er sich aufrichtete, traf sein Blick im Spiegel den Jasons.

»Entschuldigen Sie, Mr Colson. Ich bin Jason Wade vom *Mirror.*«

»Ich weiß, wer Sie sind. Sie haben die Leiche von Beth Bannon gefunden.«

»Mr Colson, ich habe mich gefragt ...«

Wenn Sie als Schreiberling so ein Ass sind, können Sie mir dann nicht sagen, was jetzt los ist?«

»Das wollte ich sie auch gerade fragen. Grace Garner und ihre beiden Kollegen haben das Haus schleunigst verlassen.«

»Sie haben gerade einen weiteren Tipp erhalten, wollen uns aber nichts darüber sagen. Angeblich wollen sie nicht, dass wir uns falsche Hoffnungen machen. Sie wollen uns nach Hause bringen und uns warten lassen. Wir ertragen es nicht mehr, wollen einfach nur, dass unser Junge gefunden wird. Ich fühle mich so verdammt hilflos.«

Die Tür öffnete sich, und Hodge trat ein, mit dem Telefon am Ohr.

»Jason, Bitner sagt, er habe gerade den Polizeifunk gehört. Jemand hat die Notrufnummer gewählt, weil er Nadine gesehen hat! Scheint zu stimmen, der Anruferin ist die Tätowierung aufgefallen.«

Colsons Miene spiegelte Hoffnung.

»Wo?«

»Moment.« Hodge lauschte, was am anderen Ende gesagt wurde, richtete sich dann wieder an Jason. »In einem

Ford Focus, irgendwo in der Nähe von Aurora, Fahrtrichtung unbekannt. Die Polizei hat einen Hubschrauber aufsteigen lassen. Die Cops lassen nichts unversucht, um sie zu fassen. Komm schon, Jason, wir nehmen meinen Blazer und fahren los!«

»Moment«, sagte Colson. »Nehmen Sie meine Frau und mich mit!«

Hodge und Jason starrten wortlos ihn an.

»Maria und ich müssen dabei sein.«

Jason nutzte die Chance.

»Okay, holen Sie Ihre Frau.«

»Sofort.«

»Sagen Sie Ihrer Verwandten, die sie nach Hause fahren sollte, das FBI habe alles so arrangiert.«

Colson nickte.

»Wir treffen uns im Erdgeschoss am Eingang des Treppenhauses. So schnell wie möglich.«

»Moment noch«, sagte Colson zu Hodge. »Hat die Frau, die beim Notruf angerufen hat, etwas von einem Baby gesagt? Hat sie Dylan gesehen?«

Hodge richtete die Frage an Bitner, der einen Praktikanten des *Mirror* fragte, der den Polizeifunk abhörte.

»Es wurde von einem Baby gesprochen«, sagte Hodge, als er die Auskunft erhalten hatte. »Es wurden ein Suchtrupp und Taucher zu irgendeinem Fluss geschickt, doch niemand hat ein Baby gesehen. Wir sollten losfahren, sofort!«

68

Nadines Welt stürzte ein.

Mit Tränen in den Augen fuhr sie die Aurora Avenue hinab. Sie hatte im Wasser allem ein Ende machen vollen, an diesem wundervollen Ort, doch der Fremde hatte ihr einen Strich durch die Rechnung gemacht.

Also würde es woanders passieren.

Sie ertrug es nicht, sich selbst im Spiegel zu sehen, wischte sich Tränen aus den Augenwinkeln.

Immer wieder war sie angelogen worden. Irgendwann hatte es ihr gedämmert, dass alle, denen sie vertraute, ihr einzureden versuchten, *ihr* ganzes Leben sei eine einzige Lüge.

Nun, sie hatten sich geirrt.

Alle.

Sie waren nichts als Lügner.

Hinter ihr hupte jemand, und sie konzentrierte sich wieder auf die Straße. Sie wusste nicht genau, wohin sie wollte.

Aber sie kannte die Wahrheit.

Dylan gehörte ihr.

Er log nicht.

Liebte sie.

Sie musste an einer roten Ampel halten und blickte hinter den Sitz, wo Dylan auf dem Boden lag. »Du bist ja so still, mein Engel. Nur noch eine kleine Weile, dann wird uns niemand mehr anlügen. Wir werden an einem Ort sein, wo uns niemals jemand finden wird. Oh, die Ampel ist grün.«

Aus irgendeinem Grund herrschte zunehmend starker Verkehr.

»An einen Ort, wo ich dich für immer lieben und in meinen Armen halten kann. Wo niemand lügt.«

Sie summte ein Wiegenlied vor sich hin. Auf einem Schild stand, dass sie sich der Aurora Avenue Bridge näherte, die den Lake Union überspannte.

»Bald werden wir im Himmel sein.«

69

Lieber Gott, bitte lass mich mein Baby finden.

Maria Colson saß angeschnallt auf der Rückbank des SUV von Nate Hodge, hatte die Hände gefaltet und betete.

Im Polizeifunk klangen die Stimmen der Einsatzleiter zunehmend emotionaler.

»Fahrzeug der Verdächtigen gesichtet, es nähert sich der Brücke. An alle Einheiten …«

Hodge nahm jede ihm bekannt Abkürzung, doch die Zeit wurde knapp. Sie hörten aus der Ferne das Heulen von Sirenen und sahen den Helikopter der Polizei.

»An alle Einheiten, es wurde bestätigt, dass es das gesuchte Fahrzeug ist. Es nähert sich der Brücke …«

»Haltet euch fest.«

Hodge trat das Gaspedal voll durch.

Zuerst begriff Nadine nicht, warum es nur noch im Schneckentempo vorwärts ging, als sie die Brücke fast erreicht hatte.

Bauarbeiter hatten sie Zahl der Fahrbahnen verringert, was zu Verzögerungen führte.

Plötzlich erzitterte das Auto, und der Motor ging aus. Die Benzinuhr zeigte an, dass der Tank leer war. Sie schlug frustriert mit den Händen auf das Lenkrad. Hinter ihr begannen Fahrer zu hupen. Sie waren ohnehin schon genervt von dem stockenden Verkehr.

Nadine hatte einen Plan. Sie stieg aus, öffnete die Tür

hinter dem Fahrersitz, nahm Dylan in die Arme und ging Richtung Brücke.

Er war so ein liebes Baby.

So still.

Im Wald hinter dem Sweet Dreams & Goodnight Motel hatten sich Grace Garner, Perelli und Dupree zu einem Heer von Polizisten, Feuerwehrleuten und Sanitätern gesellt.

Das Gequake und Geknister aus den Funkgeräten hallte durch den stillen Wald.

Auch Shirley Brewer und der Vogelliebhaber mit der Kamera waren da und sahen den Polizisten zu, die alle nach einer kleinen Leiche suchten.

Rettungssanitäter ließen Schlauchboote zu Wasser.

Grace befürchtete, dass Nadine Dylan ertränkt und geflüchtet war.

War das ihr dritter Mord in diesem Fall?

Ihr Mobiltelefon klingelte.

»Boulder hier. Nadines Ford wurde in der Nähe der Brücke gesichtet. Sie hat definitiv ein Baby bei sich.«

»Lebt es, Stan? Sie könnte auch eine Leiche bei sich haben. Lebt der Junge?«

Im Polizeifunk wurde durchgegeben, Nadines Auto nähere sich der Brücke aus südlicher Richtung.

Der Blazer von Nate Hodge steckte in Sichtweite der Brücke im Verkehr fest. Wie etliche Streifenwagen mit eingeschalteten Sirenen.

»An alle Einheiten, ein Autofahrer meldet, eine Frau mit

einem Baby sei aus dem Auto ausgestiegen und zu Fuß auf dem Weg zur Brücke …«

»Wir sitzen im Stau fest. Sieht's bei dir besser aus, Larry?«

»Leider nicht.«

Und dann meldete sich der Copilot aus dem Polizeihubschrauber Guardian One.

»Wir sehen sie. Sie hat ein Kind in den Armen und geht Richtung Brücke. Vielleicht sollten wir die Bauarbeiter wissen lassen, was los ist. Irgendjemand muss sie sich sofort schnappen!«

Lee Colson hämmerte frustriert gegen die Tür neben der Rückbank. »Verdammt!«

»So tue doch endlich jemand etwas!«, flehte Maria.

Es lief Jason kalt den Rücken hinab. Würden die Colsons im Polizeifunk hören müssen, dass ihr Baby ermordet worden war?

»Alle festhalten!«, rief Hodge, der auf die Gegenfahrbahn ausscherte und Vollgas gab, die Hupe durch die Lichthupe unterstreichend. Immer wieder musste er Absperrungen der Bauarbeiter umrunden.

Ich schwöre, Euer Ehren, es ging um Leben und Tod.

»Schneller!«, schrie Maria.

Die Aurora Avenue Bridge spannt sich über den Lake Union, und man hat einen fantastischen Blick auf Seattle, Ballard Locks und den Lake Washington-Lake Union Ship Canal, der zum Meer führte.

Nadine hatte die Mitte der Brücke erreicht, als jemand sie anzuhalten versuchte.

»Bleiben Sie sofort stehen.«

Zwei Männer in Jeans, mit weißen T-Shirts, einer orangefarbenen Weste und Schutzhelmen auf dem Kopf rannten auf sie zu. Sie sah die an ihren Gürteln baumelnden Walkie-Talkies.

»Bitte, wir möchten Sie einen Moment sprechen.«

Dylan begann zu weinen.

»Hauen Sie ab!«

Sirenen, Hupen, der Rotor des Helikopters. Der Blazer von Nate Hodge hielt mit kreischenden Bremsen. Maria und Lee Colson sprangen aus dem SUV und rannten auf Nadine zu, die sich gegen das Geländer der Brücke presste.

»Bitte, Nadine, ich bin Maria, Dylans Mutter! Bitte geben Sie ihn mir.«

Nadine musste daran denken, wie Maria sich verzweifelt auf die Motorhaube von Axels Kleintransporter geworfen hatte und die Windschutzscheibe einschlagen wollte, um ihr Kind zu befreien. Ihr Blick hatte jene nackte Verzweiflung gespiegelt, die nu n sie gepackt hatte.

Nadine war verwirrt.

Lass dich nicht austricksen.

Sie blickte auf die Leute, die sie einkreisten, die beiden Bauarbeiter, Maria, ihr Mann, Jason Wade und Nate Hodge, der die näher kommenden Polizeiautos fotografierte.

»Zurück! Alle!«

»Ja, Nadine.«

»Er gehört mir, Maria! Du hast ihn mir weggenommen!«

Nadine setzte Dylan auf das Geländer, hielt ihn aber fest.

»Bitte nicht, Nadine!« Tränen traten Maria in die Augen, als sie Schritt für Schritt näher kam und gegen die Versuchung ankämpfen musste, nach Dylan zu greifen.

Sie war noch zu weit weg.

»Sie haben mein Baby gestohlen und mich angelogen, Maria.«

Maria nickte. »Ja, er gehört Ihnen und ich weiß, wie sehr Sie ihn lieben. Aber außer mir versteht das niemand.«

Nadine nickte.

»Also sage ich allen Anwesenden hier, Nadine, dass er Ihr Baby ist, weil Sie ihn am meisten lieben.« Sie zeigte auf Jason. »Er ist Journalist und wird die Wahrheit schreiben.«

Nadine nickte erneut.

»Aber auch ich liebe Dylan. Bitte, könnte ich ihn ein letztes Mal in den Armen halten, um mich von ihm zu verabschieden?«

Nadine umklammerte Dylans Taille, während Maria und die Polizisten hinter ihr immer näher kamen. In der Ferne nahm ein Scharfschütze sie mit dem Zielfernrohr seiner Waffe ins Visier.

»Bitte, Nadine, darf ich ihn ein letztes Mal halten?«

»Nein!«

Maria stürzte sich schreiend auf sie, und Nadine versuchte, Dylan über das Gelände zu stoßen.

Dylan wimmerte, während die beiden Frauen um ihn rangen. Die anderen versuchten, sie von dem Geländer fortzuziehen. Maria hatte Nadine das Kind entrissen, doch der war es gelungen, über das Geländer zu klettern. Hände griffen nach ihr, doch nur einem Polizisten gelang es, eines ihrer Handgelenke zu packen. Sie baumelte hoch über dem Lake Union.

Sie schrie nicht.

Sagte nichts.

Stattdessen befreite sie sich mit letzter Kraft von dem Griff des Polizisten. Einer seiner Kollegen wollte sie packen, doch er kam zu spät.

Während sie in die Tiefe stürzte, blickte sie lächelnd zur Sonne auf, denn in den letzten Augenblicken ihres Lebens begriff sie, dass Gott sie im Himmel willkommen heißen würde.

Und alles würde vergeben sein.

Hoch über ihr war Maria Colson auf der Straße zusammengebrochen. Lee kauerte neben ihr und hatte die Arme um sie und Dylan geschlungen.

Sechster Tag

70

Am nächsten Morgen erschien auf der Titelseite des *Mirror* ein riesiges Foto, das zeigte, wie Maria Colson Nadine ihren Sohn Dylan entriss.

Die Schlagzeile darüber lautete:

BABY BEFREIT, WÄHREND ENTFÜHRERIN SICH
VON BRÜCKE IN DEN TOD STÜRZT

Die Zeitung hatte acht Seiten freigeräumt für die erschöpfende Berichterstattung – insgesamt zwölftausend Wörter – über den Fall, und alle Artikel erschienen mit erstaunlichen Fotos. Eines davon war von dem Vogelliebhaber geschossen worden und zeigte Nadine, wie sie mit Dylan in den Armen bis zur Hüfte im Wasser stand. Karten, Grafiken, eine Chronologie der Ereignisse. Spangler hatte vierzehn Journalisten für die Story abgestellt, und Jason hatte ihre Arbeit koordiniert.

Sein großer Artikel erschien einmal mehr auf der ersten Seite.

Darin wurde betont, dass Nadine, abgesehen von dem zufälligen Zusammentreffen mit Lee wegen Beth Bannons Panne an jenem regnerischen Abend, keine Verbindung zu den Colsons gehabt hatte.

Kanadische Strafverfolgungsbehörden bestätigten, dass Nadine Sienna Lasher, nachdem sie von einem verheirateten Mann in Toronto geschwängert worden war, wegen der Tötung ihres Babys verurteilt wurde. Aufgrund schwerer psychischer Probleme waren ihr mildernde Umstände zugestanden worden, und sie musste nur für fünf Jahre ins Gefängnis.

»Offenbar machte sich ihre psychische Instabilität nach der Entlassung und ihrer Ankunft in Seattle wieder verstärkt bemerkbar«, wurde Grace Garner in einer Veröffentlichung des Seattle Police Department zitiert. »Sie war verantwortlich für die Morde an Beth Bannon und Axel Tackett sowie für die Entführung von Dylan Colson.«

Nadine war nach Seattle gezogen, nachdem sie eine Beziehung mit Axel Tackett begonnen hatte, einem ehemaligen Häftling, mit dem sie während seiner Haft eine Brieffreundschaft gepflegt hatte. Nicht verifizieren ließ sich ihre Behauptung, dass sie jemals im Bundesstaat Washington ein Kind zur Welt gebracht hatte.

Nach Dylan Colsons dramatischer Befreiung trafen im Haus der Colson in Ballard immer mehr Blumen, Karten und Stofftiere ein.

Verwandte, Freunde Nachbarn und etliche Lokalpolitiker kamen zu Besuch, um sich mit den Colsons darüber zu freuen, dass Dylan wieder bei ihnen war. Maria ließ Dylan keinen Augenblick aus den Augen, nicht einmal in ihrem eigenen Haus.

Das Ehepaar Colson bedankten sich bei allen, die an der Suche nach Dylan beteiligt gewesen waren, und bei jenen, die für ihren Sohn gebetet hatten. Maria kondolierte den Angehörigen der Mordopfer und empfand selbst Mitgefühl für Nadine.

»Nein, ich hasse sie nicht dafür, was sie getan hat«, sagte sie gegenüber CNN. »Sie hatte große psychische Probleme, und ich hoffe, dass sie nun ihren Frieden gefunden hat. Nach dem, was sie getan hat, liebe ich meinen Sohn sogar noch mehr, falls das möglich ist.«

Lee räumte gegenüber Grace, Perelli und Dupree ein, im Nachhinein zu verstehen, dass die Polizei angesichts der Beweislage zwischenzeitlich Grund gehabt habe, ihn zu verdächtigen, in den Fall verwickelt gewesen zu sein.

»Ich verstehe es und bin nicht nachtragend.«

Eine eingehende Beschäftigung mit den E-Mails und Telefonaten von Axel Tackett durch das FBI und die Royal Canadian Mounted Police führte auf beiden Seiten der Grenze zur Festnahme von Personen, die Babys verkauft und illegale Adoptionen angebahnt hatten. Joy Montgomerys Kooperation war ebenfalls hilfreich. Offizielle sahen keinen Grund, die Rechtmäßigkeit der Adoption von Emily anzuzweifeln.

Als Grace das Haus der Colsons verließ, sah sie auf der anderen Straßenseite einen roten Falcon am Bordstein parken.

Jason stieg aus und lehnte sich mit vor der Brust verschränkten Armen an das Auto und lächelte, als sie auf ihn zukam. Seit der Intensivierung ihrer Zusammenarbeit hatten sie beschlossen, sich zu duzen.

»Du scheinst sehr zufrieden zu sein mit dir, Jason.«

»Dasselbe könnte ich von dir sagen.«

»Was hast du hier zu suchen? Hast du die Story nicht schon genug ausgeschlachtet?«

»Ich habe dich gesucht.«

»Warum? Der Fall ist abgeschlossen.«

»Unserer vielleicht nicht.«

Sie lächelte und strich sich eine Haarsträhne hinters Ohr, die ihr der Wind ins Gesicht geblasen hatte.

»Ich treffe mich nicht mit Männern.«

»Lässt du dich auch nicht zum Essen einladen?«

»Manchmal schon.«

»Dann lass uns zusammen in ein Restaurant gehen. Hast du es nicht ein bisschen satt, allein in deiner Wohnung zu essen?«

Sie schaute ihm in die Augen und mochte, was sie da sah, doch sie war sich nicht sicher. Sie lächelte und schaute die Straße hinab, wo Perelli hinter dem Steuer auf sie wartete.

»Natürlich gehe ich mit dir essen, Jason. Aber es ist kein Date.«

Er nickte. »Selbstverständlich nicht. Ich rufe dich an.«

»Vielleicht rufe ja ich dich zuerst an«, sagte sie lächelnd, bevor sie ihn stehen ließ.

An diesem Abend besuchte Jason seinen Vater in dessen Wohnung südlich des Flughafens. Sie aßen Steaks und tranken Cola, während sie auf die startenden und landenden Flugzeuge blickten.

Sie sprachen nicht viel und genossen den Sonnenuntergang.

»Danke für alles, Dad.«

Sein alter Herr zuckte die Achseln.

Jason betrachtete die Eiswürfel in seinem Glas und beschloss, dass nun der richtige Augenblick für seine Frage gekommen war. »Was ist passiert vor all diesen Jahren, als du bei der Polizei von Seattle warst?«

Sein Vater antwortete nicht.

»Ich meine, Boulder hat eine Anspielung darauf gemacht, als er dich wegen der Lizenz für Privatdetektive unter Druck zu setzen versuchte. Ich weiß, dass du den Job nur ein paar Jahre gemacht hast und dann ausgestiegen bist. Was war passiert, Dad?«

Sein alter Herr nahm die Baseballkappe ab, setzte sie wieder auf und blickte einem Jet nach, der vermutlich nach Tokio, Hongkong oder Hawaii flog.

»Ich werde es dir erzählen.«

Jason war überrascht.

»Während der letzten Jahre ist kein Tag vergangen, an dem ich nicht darüber nachgedacht hätte, es dir zu erzählen.«

»Dann schieß los.«

»Nicht heute Abend. Ich bin noch nicht ganz so weit, Sohnemann.«

Jason sah am Blick seines Vaters, dass der sich unbehaglich fühlte, und es überzeugte ihn davon, dass er warten musste, bis sein alter Herr den richtigen Augenblick für gekommen hielt.

Eine der kirchlichen Gruppen, der Beth Bannon angehört hatte, unterhielt einen kleinen Friedhof in einer entlegenen Ecke des Bundesstaates Washington, wo Totgeburten, verwaiste Ausreißer, Obdachlose und Arme beigesetzt wurden. Man hatte einen kleinen Grabstein bestellt, und die Inschrift sollte lauten:

NADINE SIENNA LASHER

Die Himmelspforte hat sich geöffnet,
und alle Ängste sind vergessen.

Dank

Am Zustandekommen eines Buches sind immer viele Menschen beteiligt, bevor es den Leser erreicht. Mein Dank gilt meiner Lektorin Audrey LaFehr und allen Mitarbeitern des Verlages Kensington, die eine Rolle gespielt haben bei der Produktion, beim Marketing und bei der Distribution des Buches. Einmal mehr geht mein Dank auch an Wendy Dudley, Mildred Marmur, Jeff Aghassi, John und Jeannine Rosenberg, Shannon Whyte, Donna Riddell, Beth Tindall, Therese Greenwood, Prime Crime in Ottawa und die Florida-Gang. Mein spezieller Dank gilt Barbara, Laura und Michael, außerdem Freunden in den Medien und den Mitarbeitern von einigen führenden Publikationen zum Thema Kriminalliteratur: *Crime Spree, Mystery Scene, Deadly Pleasures* und *Mystery Readers Journal.* Und ich möchte mich erkenntlich zeigen bei Verlagsvertretern und Buchhändlern, durch die mein Buch in Ihre Hände gelangt. Womit ich zu Ihnen komme, meinen Lesern. Danke, dass Sie meinem Buch Ihre Zeit geschenkt haben, denn ohne Leser wäre es, als hätte ich es nie geschrieben. Ich hoffe, dass Ihnen das Buch gefallen hat und dass Sie auch seinen Nachfolger lesen werden.